时间与生命互相裹挟，互相拥抱，或生或死，或悲伤或喜乐，总是行往相同的方向。

生活在秦渠两岸的人们，本能地恋着哺育他们的这方水土，或许他们什么也不懂，不懂远方，不懂深刻，不求问意义，便在浅薄之中，守着希望，烟火腾腾，星辉照耀。

春晓琴趣

CHUNXIAO / QINQU

梁新惠

—— 著

黄河出版传媒集团
阳光出版社

图书在版编目（CIP）数据

秦渠春晓 / 梁新惠著. —— 银川：阳光出版社，
2024.12. —— ISBN 978-7-5525-7585-9

Ⅰ. I247.5

中国国家版本馆CIP数据核字第2024VK2112号

秦渠春晓　　　　　　　　　　　　　　　　梁新惠 著

责任编辑　赵　寅
封面设计　晨　皓
责任印制　岳建宁

黄河出版传媒集团
阳 光 出 版 社　出版发行

出 版 人　薛文斌
地　　址　宁夏银川市北京东路139号出版大厦（750001）
网　　址　http://www.ygchbs.com
网上书店　http://shop129132959.taobao.com
电子信箱　yangguangchubanshe@163.com
邮购电话　0951-5047283
经　　销　全国新华书店
印刷装订　宁夏凤鸣彩印广告有限公司
印刷委托书号　（宁）0031252

开　　本　787 mm×1092 mm　1/16
印　　张　15.75
字　　数　216千字
版　　次　2024年12月第1版
印　　次　2024年12月第1次印刷
书　　号　ISBN 978-7-5525-7585-9
定　　价　68.00元

黄河岸边的流年记忆

李　亮

很多人在小时候都有过文学梦，弗洛伊德认为，文学作品就是"作家的白日梦"，是成长记忆的呈现。这也许可以追溯到人类的童年时期。带有幻想性质的神话思维，早已成为我们的一种"集体无意识"，等待着被某个媒介唤醒。当然，每个人都有自己的记忆，但是用文字把记忆表述出来，则又是另外一回事。

《秦渠春晓》就是这样一部带着回忆铺设内容的小说，关于故乡，关于亲人，关于青春，关于成长；迷茫也有，坚定也有，痛苦也有，幸福也有……虽说这也不过是"平凡的世界"上，特定时空坐标下对应群体生活的人生故事，但故事里的记忆往往具有群体的共同属性。相对于记忆，"未来"才是指向，在小说主人公迟禾心里，不也是这样想的吗？因此，在我读来，与其说是缅怀过去，不如说是在向青春告别的过程中怀着希望走向未来。

黄河，作为中华民族的母亲河，赋予了这片土地独特的魅力和深厚的文化底蕴。两千多年来，秦渠里流淌的黄河水，犹如一条生命之脉，滋养着两边的人民，流淌着岁月的故事，见证了多少历史兴衰，又有多少悲欢离合。"一方水土养一方人。"在迟庄村这片土地上，人们勤劳善良、朴实无华，"便在浅薄之中，守着希望，烟火腾腾，星辉照耀"。他们的生活方式、语言习惯、传统习俗，如交公粮、看戏、盖房、葬礼、搬迁、献月等，都体现了地域文化的时代特色。作者的笔触有着女性的细腻，描绘了黄河岸边的自然风光、风土人情，也有对我们生活时代的记录，展现了传统向现代转型的侧影。

秦渠边的一草一木、一砖一瓦都承载着无尽的回忆。小说中，迟环旺和李嫦月，没有惊天动地的壮举，却用一生书写了一部关于坚韧、奋斗和（无言的）爱的生活史诗，他们如同一座灯塔，照亮了后辈前行的道路。以迟元易为代表的父辈们的故事同样令人感慨万千。他们是朴实的农民，用粗糙的双手耕耘着土地；他们是勤劳的工人，在车间挥洒着汗水。而她们，更多的只是家庭妇女，默默无闻地为家庭、为孩子奉献自己的一生，她们作为妻子、作为母亲，树立了一座座无名的丰碑，却又有多少人被淹没在了秦渠的浪花里……

迟家三兄妹是《秦渠春晓》的主人公，尤其是妹妹迟禾。整部小说，应该是以迟禾的视角展开叙述的。有时候读着，我会不由自主地把作者带入到迟禾身上，她们似乎有一样的经历，作者的叙事也和小说人物的视角有一定的重合。小说在叙述中回忆了童年的欢乐、青春的迷茫、成长的烦恼和命运的抉择。在秦渠边长大的三兄妹，与大自然亲密接触，感受着四季的更替，领略着黄河的雄浑与秦渠的温婉。在童年的记忆中，有美好的时光，也有儿时玩伴的夭折。随着年龄的增长，青春的迷茫也随之而来。他们开始对未来感到困惑，对人生的意义产生了疑问。在这个过程中，他们也在不断探索、思考，寻找属于自己的人生答案。

"山高水长，逐梦而行！"青春的迷茫是小说的真实写照。青春是一个充满活力和激情的时期，也是一个充满困惑和迷茫的时期。在这个时期，迟家三兄妹对未来充满了期待，但又各自面对不同的人生困惑和命运抉择，小说的前半部分，就涉及青春、选择、未来、困惑等内容。然而，正是这些迷茫和困惑，让他们不断地成长和进步。如青春时期，该如何对待爱情？用哥哥迟谷的话说就是："对一个人的喜欢能牵引和关联到自己生命的时候恋爱就自然发生了。"青春的迷茫也是我们成长过程中必须经历的阶段，只有通过不断地探索、思考和阅读，自身有所感悟和觉醒，我们才能找到自己的人生方向。青春与爱情是邻居，小说中三代人的爱情故事都不是轰轰烈烈的，就是那么自然而然地发生了，而且老一辈人的婚姻里未必有爱情，最后都成为一种平淡而浓厚的亲情。这是与那些诞生在现代化都市里的青春残酷小说最大的不同之处，这里没有叛逆，更没有堕落。

对人生哲理的思考是小说《秦渠春晓》的深度体现。在成长的过程中，谁都会遇到各种各样的问题和挑战，促使我们思考人生的意义和价值。小说中的三兄妹，从小就都喜欢读书思考，从《三毛流浪记》《格林童话》，到《红楼梦》、哲学书籍等，迟禾还有写日记的习惯，也印证了"好好学习是通往青春最直接、最轻松也最可贵的路"。他们通过对自己成长经历的反思，对家庭亲情的感悟，对社会文化的理解，逐渐领悟到了人生的真谛。作者在小说中写道："回忆是带着棱角的，回忆的河总是靠不到生命的岸。""人的死亡，就是活一生的最终归宿，谁都避不开，只是时间和方式的问题。""时间与生命互相裹挟，互相拥抱，或生或死，或悲伤或喜乐，总是行往相同的方向。"对人生有这样体悟的人，想来也是一个活得自足坦然的人，正所谓"落花无言，人淡如菊。书之岁华，其曰可读。"

这部小说不以故事见长，胜在对带有地域和时代特色的日常生活的记录，对时代变迁的理解和对人生哲理的探讨。

孟子讲"知人论世"，反过来，通过阅读作品，也可以推测作者的为人性格。把更多的细节留给想象，留给读者们在文字里的"倾听"，留给永远延续的生活……

流不走的秦渠水

梁新惠

2016 年 6 月，我第二次坐在杭州西湖的游船上赏西湖美景，导游给船上的游客讲了很多关于西湖的历史知识及民间故事。晚上，我和两个朋友夜游西湖。夏夜的风吹在水面上，透出丝丝清凉。

朋友说，才出来几天，就有点想家了。我说："满目西湖水，心里却还记挂着秦渠水。西湖闻名天下，秦渠默默无闻。"

当年冬天，在秦渠边生活了一辈子的我的爷爷去世了。去世前，爷爷领了几年的失地农民养老保险金，住了两年拆迁后集体安置分配的楼房。隔年夏天，我的奶奶也去世了。我给他们写祭文以表达哀思。后来，我想把他们的一生写得更详细些，没什么明确的目的，只是想写。爷爷三周年忌日那天，我又萌生出新的想法：我要写爷爷奶奶生活过的地方，写和他们一样，生活在秦渠边的那些普通庄户人的普通故事。他们像田里的庄稼一样，一茬茬被播种，一茬茬被收割。

斗转星移，秦渠水奔流不息，秦渠岸边的人们即使经历着生的磨练和死的离别，可是他们追求幸福生活的愿望始终强烈，行动始终积极。村庄的人们，每天在他们居住的小区见面，他们全都按照国家政策买了失地农民养老保险，他们脸上溢满笑容，他们早已适应拆迁后的生活。每当意识到他们的生活究竟是因为什么而发生变化时，他们便由衷地感谢党、感谢国家，感恩他们生活的好时代。

作为被秦渠水滋养长大的庄户人，我和他们一样，心中充满感恩。尝试书写，不是为了记忆，记忆终有一天会被连根拔起。想要书写，只因怀着丁点儿但愿能留下活着的零星证据与答案的奢望，有关悲悯、有关责任、有关热爱，有关普通生命的固守与探索。

故事只讲述到 2014 年。生活在继续，改变还在发生，时代的潮流滚滚向前，人们在越来越好的时代里经历着越来越深刻的思想解放和越来越多元的实践行动……

第一次尝试写作，我的内心充满忐忑，还请读者们包容。

目 录
CONTENTS

一、春 生

正是农历三月，春风拂在秦渠两岸，岸上所植多为柳树，尚挂着柳絮的枝在阳光下摇曳，投出斑驳的俏影。小草一簇一簇裹着泼洒的绿大口呼吸土壤外的空气。大喜鹊在高高座着的树窝里哺着幼鹊，嗅着阳春的气息，鹊群响亮的叫声穿透了光影交织的春色。引注黄河水的渠闸还未开，渠内不时掀过层层薄暮般的飞沙，那沙似是无倦怠地合着风的动时缓时骤地向前去。

沙流早已淹没了秦汉与义渠匈奴作战的摇旗厮杀，秦渠也在风沙水流的冲刷中，与天地同视了两千多年。一代代的渠岸庄户，用生命探索着天地间的栖息，从初生到告别。

桥和闸口是两岸村庄的天然分界，一桥一村，一闸一队。秦渠南岸的迟庄村，含了八个生产队。迟庄二队，紧依渠岸。整个村队，东西南北，阡陌纵横着长短不一的乡间土路，庄户与农田交错其间，似经纬线般的土路，是乡村的灵魂与眼睛，内省外度。农田处，又开着引灌的条条分渠。沿渠岸向东，隔过迟湾三队，就进入市区街道。

1990 年，迎来了春天的迟庄村，正在经历的像是以往的任何一个春天，春耕的小麦露出了一大截可以为风伴舞的苗，庄稼人又开始忙着种蚕豆、种玉米。村庄所属的城市，也在新的一季中不急躁地漫步，一切都顺应自然舒展开来。

迟庄小学吸纳的春气，比别处更浓厚些。春像跳动的音符，在孩子们的眉眼、鼻尖和追跑后额头上泛出的汗丝上唱歌。若是春的音符再和着散学的钟声，便是孩子们与春天拥抱的全部讯号。迟庄小学是村里唯一的小学，位于迟庄二队西南边的池塘北，自建校以来，便承载起对迟庄村学龄儿童进行文化启蒙的使命。

清明临近，万物生长的清爽明净，人文内涵上，却兼容了三月三春盛之趣和清明祭祖的祈愿与伤怀。节前的周三下午，敲了散学的钟，钟为铜制，挂在办公房前的一棵大槐树下。片刻，孩子们便从迟庄小学的铁大门鱼贯而出。二队迟元易家的三个孩子都在队伍里，哥哥迟谷三年级，双胞胎姐妹迟柳、迟禾一年级。迟柳早出生了几分钟，便占了姐姐的位置。往回走的路上，不时有几处烧过纸钱的痕迹，也有祭品泼洒在地。大人们说，遇到烧纸的地方，走路时要避开，三个孩子也就小心翼翼地避开走！两个妹妹纠缠哥哥，问着为何要避开，哥哥也回答不出，在他们内心，对不知的事物，或许存在着要探索答案还是避开现实的斗争，也正是在种种斗争中，孩子们随之逐渐成长起来。

走了半路，细雨如丝而下，乡村的孩子，哪怕雨下得再大些，也是不惧的，反倒乐得在雨里玩。看着雨雾笼罩下的四周，几个孩子都想触碰雨的润泽。迟谷抬起头面朝天空，迟柳伸出两只小手，迟禾夸张地张大嘴巴，迟柳问："雨有味道吗？"迟禾说："雨太小，没滴进嘴里，雨就是雨的味道啊！"到了二队新旧庄分割处的小石板桥，兄妹三人便站在小桥看细细的雨滴在渠水中散开涟漪的花，迟谷捡几块碎石，扔进水里看溅起的大水花，迟柳从渠坡上揪几朵不知名的小花放水里，嘴里念叨着说水花和真花相伴更好看。

乡村的路，很多时候是意向的，田间网状化的小渠摆、年深日久的田埂都是孩子们回家的近道。农家做饭的柴烟炭烟从烟囱里飘出，同雨幕的薄纱相融，瞧着炊烟，更焦急了孩子们回家的心情。弯转几番，张盛大爷家大门前开花的杏树素简又艳丽地闪入视线，因是经常见面，门前那只拴着铁链的大黄狗坐在地上友好地摇摇尾巴，高兴的话还会起来拖着铁链的声响走走，熟识这只狗的孩子也并不害怕。迟柳望着被雨水冲洗过的杏花，心里觉得欢喜极了，踮起脚尖，想凑到花前闻花香，却够不到。迟禾捡起落在地上沾了泥土的花瓣，言语道："怎么就落下了，还是长在树上的好！"迟谷闻到院里飘出的饭香，肚子打小鼓似的叫唤起来，两个妹妹咯咯笑个不停，也顾不得杏花了。哥哥也不羞恼，却说道："不就是肚子饿了吗，就不信你们不饿？"

说话间，高凤奶奶从屋里出来。"听着狗链子响动，就出来看看，原来是你们几个小家伙。下着雨，怎都还不快点回家呢？"凤奶奶笑着说。"雨也不大，看您家门前这杏花好看，就停下了！"迟柳应道。"这些随处可见稀松寻常的花有啥好看，当心凉着了，先进奶奶家去吧！"迟谷的肚子又叫唤了，妹妹面前没关系，凤奶奶听到可就不好意思了，忙说道："谢谢奶奶，我们先回了！"谢了凤奶奶，几个孩子转身往回走。

又过一个小石桥，到了三爸迟元展家门前的土路，门是闭着的。穿过土巷，左拐右拐，到了二爸迟元达家门口，大门正对的是邻居迟安源家。几树桃花从院墙探出头，枝头微晃，似乎享受着墙外的细雨清风。

迟元易几兄弟的院子呈南北方向前后相连，各家都是独立院落，东西又各有邻居，与西边的邻居家共用着中间留出的土路，两边围起的院墙与那路构成七弯八拐的土巷道。迟庄二队从西头到东头，分布着南北走向的七条巷。迟元易家出入于居中的巷子，他和父母还有未成家的四弟迟元灿同住一院，院里都是土坯房。住屋面南，院子大门向西，北边靠着秦渠岸，渠坡下砌着土厕，搭着驴棚，间隙处天然长着杂草和未长大的桃柳之树，那些树终究不曾真正长大，仿佛是生活环境变化的速度挤压了树木长大的时间。与迟元易家一墙之隔的东户邻居是迟尚令老两口随着小儿子迟凡一家，迟尚令是个老红军。大门正对一路之隔的西户邻居是迟安源的父母迟秀、赵莉老两口及小儿子迟安广一家，迟秀参加过抗美援朝战争，还得了几枚孩子们看不懂的勋章。

推开铁框镶着的木门，几个孩子进了院子。他们先到院西头爷爷奶奶迟环旺、李嫦月老两口的住屋问候一声。出门后一排住房中间的屋是个单间，迟元灿住着。自家住屋在院东头，伙房另起，冬季承担起存储的功能，整个冬天烧炕的木柴和架炉子用的炭都放在那里，做饭在住屋的炉子上进行。

天暖了，屋里的炉子已撤下，伙房发挥起本有的功能。与伙房相对，院西头单盖了一间盛放农具、粮食和杂货的库房。

迟元易是个焊工，对农事、日常生活的方方面面都极熟络。他在院子南头挨着老二家的屋墙，放着自己焊的铁鸡笼子，上面用铁丝绑着食槽。院里，梅清一边"咕咕"叫着"睡觉"的鸡，一边往槽里投着糠麸玉米渣掺起来的鸡食。鸡长大了，槽就显得有些小了，不一会儿就看到一群鸡抢食吃的情景，有相互啄着的，也有踩在其他鸡身上霸位置的。

几个孩子放下书包先到院里看妈妈喂鸡，待了一会儿各自进屋写作业。迟禾依着上厕所的名，跑到秦渠岸上瞭看爸爸快回来没，没一阵就气喘吁吁地跑进来喊道："妈，我爸到老吴爷爷家的园子那了。"迟禾口中的老吴爷爷，七十多岁，家里有一大片果园，种着桃树、枣树、苹果树，也搭着几个葡萄架，果子成熟时，队里的很多孩子都可以尝到那些清香的水果。园子四周的篱笆上，长满了各种爬藤植物，爬山虎、牵牛花是最多的，也有甘草藤、羊奶角以及长得高高的月季、一团一团散开的枸杞树……迟庄二队的很多孩子都有过在园子四周挖甘草吃甘草根、吃成熟的羊奶角的经历。吴爷爷叫吴伯军，既是老红军，又上过抗美援朝的前线，平日里为人忠厚又慷慨，是个受人爱戴的老人。

迟元易推自行车进门时，梅清已经端好饭菜放在屋里漆了色的木方桌上。屋里四面土墙，摆着简单几样木家具，墙上贴着几个孩子的奖状。屋子里外套盖了三间，每间都打着土炕。各屋的窗户不时停落几只麻雀喜鹊，夏天会有蝴蝶飞过，土蜂也可能选择在窗沿下隐蔽的地方筑巢。

外屋窗台上摆几盆小花，迟柳说那盆紫罗兰是她的，迟禾说她喜欢仙人球，姐妹俩对自己喜欢的花自然多几分关注。

迟谷从院子的井里压了水，打到脸盆让爸爸洗脸洗手，随后一家人开始吃饭。粮食是前一年打下的，菜大多是前一年晒的菜干，或是放在地窖的白菜、土豆和萝卜，饭菜简单，却极可口。刚结婚的几年，一大家人的饭都由梅清做，后来老二、老三相继成家，迟环旺老两口便做主给迟元易分了家，迟元灿仍然随着父母生活。

没多会儿，迟元灿也学徒回来。让他学徒是迟环旺做的主，眼见小儿子快二十了，书没念成，也没个正经营生，迟环旺便托熟识的人收元灿为徒，在建筑队学水暖技术。元灿吃苦好学性格也活泛，得师傅喜欢。逐渐地，水暖之外的活他也会干了。那几年，城市建设发展得快，楼房一年年拔地而起，柏油马路也东南西北地铺设开来。迟庄村紧邻城市，迟庄二队更处近郊的前沿，因着便利的地域与交通条件，队里很多没完成学业也没正式工作的年轻男性，都到城里打工，增加点农业之外的收入。这些人当中，有像迟元易一样取得技工证后在城里做技工的，有像迟元达一样租个摊位干个体的，有像迟元展一样进入城里的厂子上班的，也有像迟元灿一样正在学徒，加入城市建设队伍的。女性多留在家里照顾家庭、操持农务，发展些家庭副业，也有到城里的劳务市场打临工贴补生活开销的。

迟庄村的很多家庭，农业都不再是收入的主要来源，但土地却永远是农户安身立命的根本。

吃过饭没多久，院里热闹起来，老二、老三家过来串门，老老小小一大家摆着木凳坐在院里，闲聊着队里的事和家里的事，几个孩子在院里玩。元达家的两个儿子迟稷、迟乾一个四岁、一个两岁，元展家的迟朗也刚两岁，几个小娃追着迟谷满院子跑。迟安源家的静静也跑来找迟柳姐妹玩。

老三媳妇张萍说："前些日子，新庄子那边的几家传着说要分地，不知道是真是假！"

老二家的王琴说："该分了，嫁过来这些年，就靠元达的那点田过活，队里的家庭和人口都在变，种的地不变也使不成啊。"

"全看政策，政策落下来，执行起来快着呢，政策不提，盼红眼也不管用。"梅清说。

婆婆李嫦月说："话要是已经传着，就可能真的要分，队长家在新庄子，他们那边消息灵通些。"

"这么些年都过来了，还等不了这一时半会的，总会有个说法的。"元展边逗几个孩子，边慢悠悠说。大家你言我语的聊天并没有影响迟元易继续焊他的农用手推车。

清明节后不久的一个晌午，大家的传言被证实，迟庄村要根据各家各户的人口变化对国有土地的使用权进行重新分配，如大家所愿，要"分地"了。家庭联产承包责任制刚开始在全国推行后，迟庄村的土地使用情况也曾调整过。只是，家庭结构和人口结构在其后又有了变化，新增的人口始终在旧的土地分配框架下生活。

很快，各队在上级干部和群众的监督下自主分地，各家各户抓阄决定分地顺序。熟识的庄户人聚集起来，地分好的随即打了田埂，生怕再有差池；还没分的，继续跟着拉绳的工作人员巴望着分块心仪的地。分地过程难免发生争执，争地的远近，争绳子拉得松紧，挑剔邻地庄户人的品性……分地自是达不到让每家都满意，最终还是用庄里人的办法调和了。

迟元易家分地一事，由梅清打理。她一心念着政策的好，种国家的地过自己的日子，分内之事又岂有挑剔的道理。迟柳、迟禾各分了庄子南边的五分地。新分的地，按队里的统一规定，都要在劳动节前后种上水稻。迟元易家五口人一共有了近四亩的耕地。

对农民来讲，分地就是那个春天与往年最不一样的事。乡土生活的厚重、乡土情怀的根植都因土地有了可感知的依托。一年一年逝去，市场经济的自由度让农民赋予祖祖辈辈精耕细作的土地以更丰厚的产出，祖辈们曾在岁月中经历的伤痕，似乎都被正在进行的火热生活抚平。农民们不曾真正思考家国关系，但他们脸上的笑容就是国家的笑容，一种无需言说的尊荣感正伴着他们身体的血液一起升腾。

隔天，下了一场雨，整个村庄现出毫不华丽却又无可企及的美。小燕雀们落在缀着雨珠的几行电线上，叽叽喳喳唱着独特的乐曲，声音荡在干净的天空下，同被雨水浸润的大地凝合。

乡邻们路上遇见后互相笑着招呼声，赞赞雨，也赞赞地里的庄稼，早已忘了走在脚下的一片泥泞。他们以包容善待一切，也以最大的善良承受着一切，披着烟雨，走回家去。

上学的孩子们，雨天会在玩耍中拖延了时间，尤是春雨，似乎多了几分对大地的怜惜，最喜清清静静地落下，滋养着草木庄稼，也滋养着人心，一切都是不慌张的舒服模样。这样的时候也最易牵动了情丝，那些忙忙碌碌的人们，会在微雨魔化般的笼罩下停一停，想想春雨之后、春天之后，又当如何生活。

一座村庄在一季春光中褪去寒凉，生命自然勃发，生老病死的事，却也不期然落在哪一户农家，给那家庭带去超越活着的喜悦与哀伤。与迟秀家一墙之隔的寡居户雷喜兰家对门住着一户人家，户主名叫马占邦，家中有三个孩子，两个读中学，最小的姑娘马妮是迟庄小学二年级的学生，妇人马爱花终日起早贪黑骑一辆脚踏三轮车在城里的菜市场摆摊卖菜。春夏交替时，迟庄二队从东头到西头南北延伸的七条土巷里的各户人家都忙着插秧。插秧当天正是周末，马爱花没去卖菜，三轮车就放在院里。马妮在田里来回运几趟秧苗便回了家。看到停在院里的三轮车，就没来由地欣喜，父母平日只让她在院里骑，趁没人看管，她想把车骑到外面玩！她先在院里骑了几圈，随后骑到了秦渠岸。经过老吴家果园那，车轮轧上了一块石头，没把控好，人和车都掉进了秦渠里，老吴家奶奶正好上渠岸倒垃圾，看到了那惊骇的一幕，她扔了簸箕，慌忙折下一根长树枝触进水里，但灌溉期渠里水大流得又急，孩子已经看不见也用树枝触不到了，老人家瘫坐在地上，声嘶力竭地喊："快来人呀，快来救娃娃呀！"反反复复喊着，终于喊来庄里过路的人。东头巷子里的丁家几兄弟，刚好到渠岸开闸口，听到喊声忙跑了过来，老吴家奶奶哑着嗓子说马占邦家孩子从这掉下去了，丁家大哥会水性，一头扎进急流的水里边凫水边捞摸着孩子。丁家老三跑到水田叫马占邦，周围地里的庄户人一听孩子掉进渠里，都扔下手里的农活，上了秦渠岸。孩子在迟庄二队三队临界的闸口处捞了上来，水已经灌到身体里，从头到脚尽是鼓胀，嘴唇紫黑着，早已没了气息，谁曾想这孩子在水里经历了怎样的恐惧与挣扎。马爱花见着孩子的瞬间，几乎用尽全力想要抬起双臂再次紧紧抱住孩子，她的嘴唇被牙齿咬破，血从嘴角流出，未及靠近，已瘫软在地，当即晕了过去！马占邦悲怆的表情足以撕裂在场每个人的心。善良的乡邻，不知能做些什么，都劝马占邦一家节哀，他们共同分担了马占邦家田里的活儿。

当天，各家大人不让小孩上秦渠岸，迟家兄妹却叫了东边邻巷的几家孩子尾随着大人跟上来。对死亡，他们是害怕的，但有种更强大的力量牵引着他们，他们想看看一两个钟头前还运着秧苗的马妮到底怎样了……挤进了静默的人群，孩子们看到的不再是鲜活的生命，马妮分明就躺在那，可躺着的却又不是马妮。迟禾目光惊恐眼角带泪，拉着迟柳悄悄退出了人群。再回到稻田里，两个孩子的情绪都显得低落，阳光下的水波粼粼与稻秧脆弱又吐着生机的绿，都失了先前可爱的模样。

"姐，马妮死了吗？"

"大概是死了！"

"以后都见不到她，也不能和她一块儿玩了吗？"

迟柳的双眼在风吹稻田的晕染下，映出深深的怅惘，"是的！"

说罢，两个孩子都哭了起来。"我们也会死吗？"迟禾内心充满了不安，明知姐姐也只同自己一般大，可还是自顾自地问着，她太渴望得到答案，却不明白自己到底想要得到怎样一份关于生死的答案。

迟庄村的触角在岁月的吱吱呀呀中缓缓延伸，庄稼户们习惯了日出日落，习惯了鸟鸣蛙唱，习惯了雪飘雨降，习惯了燕南飞鹊常在，习惯了生活平静而有规律地运转。只是，识着人世的滋味，总会在某个触点，需要放下眼前的生活，极不擅长却不得不去面对内心各种复杂的情感，在不可规避的自我面前，他们反倒惊慌地无所适从，想要快快逃离，回到田地中，回到一切赖以生存的活计中。马占邦家出事后，大家心照不宣，不再提及和溺水相关的事。生活，如旧，时光的巨流似乎可以冲刷一切，就像秦渠水日夜东流一般。

因为那天在秦渠岸的所见，以及对死亡的第一次尚不具体的印象，迟禾晚上睡觉一闭眼就害怕，因为害怕，她会在天一黑就惦记着把院子的大门从里边锁了，把小屋的门栓插好，把一块粗布窗帘拉了再拉，把被子盖得严严实实。她小声问迟柳："姐姐，你怕吗？"

迟柳好像知道迟禾在怕什么，说："怕。"

"可是我们为什么会害怕呀，不能不怕吗？"

"我也不知道，但我们还是会害怕。"

"姐姐，你以后还到小渠里玩水不？"

"上次我们在渠里玩水，不管爸爸怎么喊，我都藏着不出来，我怕被爸爸训。你带着爸爸找到我，爸爸拿柳条抽我，那时我也害怕，却不像现在这样怕。"

"大概爸爸怕你掉进水里吧。"

"我们以后就在浅水处玩吧，别让爸妈知道。"

"那不行，还是要给爸妈说一声再玩。"

两姐妹的说话声虽然很小，但还是扰了迟谷，他也小声说道："胆子那么小，还要跑去看，整得大晚上睡不了觉。"

"哥哥你不怕吗？"迟禾问。

"有什么好怕的。我们老师说，要有强健的体魄，还要好好读书学习，自己的力量强大了，就什么也不怕了。"

"哥哥你很强大吗？"

"我是男子汉，自然不怕。"迟谷说着，却不想让两个妹妹知道，那天看过渠岸上的场景，他自然是怕的，只不过他摸索到一个很好的解除害怕的方法，只要把注意力转移到背课文上，带着对文章场景的想象反复背，就一点儿也不怕了。几个孩子都不清楚，自己为什么会把死去的生命与可怕的想象联系在一起，也没人能给他们解释。害怕总还是挡不住孩子们的睡意，很快，天亮了……

仿佛一夜之间，迟庄村各处的巷道、田边、大大小小渠岸上浸过月光白的沙枣花在太阳升起的时候，忽然送给大地肆意弥漫的香气，那样的花、那样的香有着从生命抽发的独特，也给辽阔的西北平原注入更多的倔强与温暖。大人孩子也仿佛在一夜之间添了些许欢喜，他们在平缓的时光中体味着大自然赐予的一切礼物，也格外倾爱那一树树的花香。花的盛开，香的飘散会让人们忘却整个冬天的寒冷与寂寥。

对孩子们来说，从家里走向学校、再从学校回到家里的往返之路，变得满含魔力，一路的光影、色彩与气息，都会把他们带入快乐之中。迟柳迟禾最喜欢迟湾一二队交接处从秦渠引水灌溉的那条支渠岸上的一棵沙枣树。树根牢牢扎在水渠里，粗壮的树干像不堪年轮的重负般悬在两岸间的渠面上，弧度弯曲成天然的小桥，"小桥"的长度极恰当地避开了其他枝丫上密匝匝的小刺。迟禾最喜欢上学放学时过这座"桥"，她会晃着背上的书包，伸开双臂站在"桥"上，及目处，渠坡西侧的农田里，一阵风吹起泛着光的绿色麦浪，一行行麦沟之间及田埂四周种着的玉米叶在风中频频点头，发出簌簌沙沙的声音，蚕豆花混着沙枣花的香直沁心脾。渠坡东侧，大片大片的水稻褪去初时的嫩绿，代之以欲将喷涌而出的生命力。

稻田里，偶尔掠过的水鸟，似乎惊扰了蛙的美梦，先是传来几声孤零零的"呱呱"叫，随后会有更多的蛙声不倦怠地相和而起，像是在以群体的力量向闯入者示威。迟禾在那树桥上站够了，就会晃荡着双脚再坐一会儿，单是这样，心就会被欢喜塞满。她无法明确感知大自然融万物生于季节的精华与美妙，只知自己迷恋着眼前的一切，仿佛生活原本就该是这种令人迷恋的样子。迟柳更喜欢嗅着沙枣花的香，沿着渠边将蓝的、紫的、粉的、黄的小花各采几束，用皮筋扎成一捆，小心翼翼地护着带回家。迟禾也终于按捺不住，要把那一树沙枣花群中的一小簇折回家，用水泡养在玻璃瓶。她避开扎手的小刺，挑选半开半含苞的花，一小枝一小枝地折下来。实在闻着香，便留出一枝，一粒粒将花捋下，塞一撮到嘴里极慢极慢地咀嚼，似是要将那香滋滋的味道久久地包裹在自己的身体里。回到家里，姐妹俩各取一个玻璃瓶，灌上水，放入花枝，摆在写字桌上。简陋却干净的土房子一下子多了几分明艳的色彩，香味很快弥散在房间的每个角落……

天慢慢热了起来，孩子们减了衣衫，以更轻松的姿态奔跑在田间、树林、渠边。迟谷兄妹的衣服多是梅清用大人的衣服缝改而成，有些是亲戚家孩子穿不了送的，一年四季的布鞋也是梅清做的，几个孩子从不挑剔自己的饭食、衣着，他们的世界被很多事占着，那些事都远远高于对物质的挑剔。他们要学习、要玩耍，他们知道父母的辛苦，不擅表达地在心里爱着父母，他们用自己的细腻与迟钝体会着生活带给他们的一切。

一天下午，去学校时，天还是晴的，正上着课，忽然刮起一阵风，刮得校园里的树枝东南西北地摆，树叶像要被风从树上扯下来一般，泛着被吹皱的光，存着对树的依恋，与风抗争。校园里渐渐落下满地的断枝残叶，被风卷起时，凌乱地击打在教室的瓦顶、砖墙和窗户上，关着的门也被吹开了，撞在墙壁上啪啪响。稍一会儿，沙尘四起，大风刮着、浓云滚着，天空一片浑浊的昏黄。教室里的孩子刚开始还能不受干扰地上课，但很快就不由自主地向外张望，那张望里有兴奋、有担心、有害怕、有期待。学校提前放了学，得到通知的孩子们欢呼起来，他们很快整理好书包，冲出教室，冲出校门，冲进肆意横行的风沙中。迟庄村一二三队的孩子向北，其他各队的孩子向南，慢慢隐没在彼此的视线中。

村民也大都很多年不曾见过这样的天气，他们担心田里的庄稼，怕抽穗的麦子被刮塌，便去田里看看才踏实。他们不曾想着要去学校看看孩子，孩子们也都习惯了家人对待庄稼的复杂情感。迟庄二队的几个孩子结伴回家，他们走走跑跑，行了半路，大雨已滂沱而下。雨水顺着他们的脸颊、衣角不断滴落，汇集在脚下的泥洼中，鞋被泥水拖得重沉沉，脚也顾不得许多，只管行路。到家后，院里积了大片的水，只剩屋前高过院子的砖台可以通行，看着满院子的雨水，几个孩子反倒兴奋了起来，索性身上都已淋湿，学校也因天气原因没留作业，不如玩个痛快。他们脱下沾满泥的鞋，光着脚丫满院子跑。梅清在屋里大声喊："快进屋，换衣服！"

屋里的状况也好不到哪去，房子已老旧，又没有新上过房泥，很多处都在漏雨，雨滴击在屋里摆着的盆盆罐罐上，发出轻柔又有力的声音。看着屋里的光景，刚从玩耍中收了心的孩子们又开始担心爸爸。秦渠岸的路面虽宽，但毕竟是土路，来往的车辆一多，就会把一个冬天冻硬的路面轧得凹凸不平，土软晃晃地浮着，有时一脚踩下去，鞋就变成了土鞋。这样的大雨天，秦渠岸的路，硬的地方湿滑，凹进去的地方积水，浮土的地方都是泥。从黎明路的桥头经过秦渠岸到家的这段路太难走，爸爸的自行车定是很难推回来的。心里正想着，被雨淋透了的迟元易推着糊满泥的车子进了大门。风雨来得快，去得也快，于风雨而言似乎什么都没发生过，留在人们生活中的痕迹也像最初就有的一般，经历着的、经历过的，谁都不再多说什么，依旧做着一切该做的事情。西边的天空很快现出一道清晰夺目的彩虹，孩子们看到后喊叫起来："快看，那么好看的彩虹！"于是，又都眼睛也不眨地盯着彩虹看。一道虹，却总也看不够，就像虹里住着美仙子一般。大风吹过、大雨洗过的天空，本就蓝得明澈，在驱散了阴郁的阳光照耀下，更多了几分力量之美。

迟谷拿根木棍掏爸爸自行车里的泥，边掏边清洗。自行车是爸爸组装焊接的，骑了好些年，很旧但很稳。迟谷读二年级时在打谷场上学会了骑车，用的就是这辆车子。后来，他可以松开双手，用身体控制自行车的平衡，可以边骑车边扬起车子的前轱辘。他喜欢在春风吹满大地时吹着口哨伸开双手骑车，就像自己能追上风的速度一般，那样的时候他会觉得更接近自己，而不是接近每天都在继续的生活，生活于他而言是规则又凌乱的。他的祖辈、父辈，还有那些乡邻们都在既定的生存环境与生活方式里同岁月相依，他也做着一个乡村孩子能做和该做的一切。

有时，放学回家见不到爸妈，他们都在外忙着，他很清楚父母想靠更多的劳动换取不那么紧巴的生活，他们不想总被生活碾压着往前走，也不想让自己的孩子总穿着缝改的、有补丁的衣服。孩子们起初会到爷爷奶奶那边找吃的，去过几次，就不愿打扰吃食并不宽裕的老两口了。迟谷学着自己做饭，从稀饭到米饭，直到可以做简单的不同种类的饭菜。慢慢地，两个妹妹也能搭手了。在谁都不曾注意的一天，父母回家吃到了几个孩子做的饭，妈妈摸着他们的头，爸爸笑笑，谁都没再多说什么……

迟谷变得独立起来，他基本可以打理自己的所有日常，还会给妹妹扎辫子，他不自知地把自己能够深深感知与发现的情感藏起来。只是，在某个阳光明媚的早晨，他起床后依然会偷偷遮掩尿床的痕迹，后来又会被妈妈发现，把一床被子洗了晒了。在学校，迟谷的成绩总是名列前茅，他喜欢读书，喜欢无边际地感受与思考。家里没什么课外书，闲着的时候，他就去二爸家，二爸院子西头的一间房租给了一个七十岁出头姓冯的老人，熟悉后迟谷叫他冯爷爷。老人屋里的陈设极简单，但书柜却格外显眼，柜里摆满了内容不一的书，柜里摆不下的就装在纸箱子靠着墙放在地下，纸箱里有迟谷最爱看的各种小人书，不管什么名目，他都读得津津有味，《三毛流浪记》《邱少云》是他最爱看的。他会把书中的内容讲给班里的同学听，有时在课间，同学们似乎忘了玩耍，在班门前靠墙挤在一块儿听迟谷讲故事，那样的时刻成为他们共同的欢乐时光。小人书看完，他又缠着冯爷爷要读他书柜里的书。喜欢侍弄花草、爱遛鸟的冯爷爷也喜欢迟谷，毫不吝啬地把自己珍视的书拿给孩子读，从不限制时间。迟谷总是尽快读完就还了回去，他还专门把大张的白纸裁成均等的小块，用针线缝成本子，记录书上好的词句。很快，迟谷的作文就成为被老师表扬并在班里朗读的范文。

那场突然的大雨，让树林子、小渠坡变得更热闹。树根下、草丛里，一攒攒蘑菇争着赶着探出肉嘟嘟的顶，鲜嫩的光泽油油地闪在清新的空气中。放学后，孩子们会在回家的路上寻找蘑菇，幸运的话还可以摘到蘑菇美餐一顿，乡村的蘑菇在餐桌上足抵得了一顿肉，但吃起来的意蕴更胜于肉食。迟谷几兄妹和着同路的几个孩子一块儿回家，也都各自寻着蘑菇。迟柳沿着有"沙枣树桥"的小渠岸一直向北走，在一棵粗壮的柳树根下采到一窝蘑菇，她脱下自己的外套衣服，把一株株大大小小可爱的蘑菇兜进去，生怕碰裂了。迟禾看到后，兴奋地拍手，她最喜欢吃妈妈做的蘑菇面，不论是用西红柿酱炒还是用酱油炒，再配点青菜，吃拌面或者吃汤面都足够美味。迟禾一边在脑海里馋馋地想着热腾腾的面，一边叹气说："我怎么就没发现呢，我也想采一窝回家！"几个同路的孩子纷纷围过来，羡慕地看着，心里却与迟禾的想法大抵一样。

几顿蘑菇面吃过，已到了期末，孩子们即将迎来快乐的暑假。周六下午，梅清正纳着鞋底，雷喜兰到家里串门，两人拉了会子家常，没知觉地就到了做下午饭的时间，雷喜兰也该回家做饭了，临出门前，瞅见墙上贴的奖状，说："现在学得好不算啥，上了中学才能看出好赖，我家那俩丫头就是到中学成绩落下来了。"几个孩子都在里屋写作业，听到后，互相看看，迟禾气呼呼地小声说："怎么就知道我们中学学不好了，就是上中学了也要拿奖状，让妈也贴在墙上。"迟谷说："听大人聊天干啥，好好写你的作业！"

说来，雷喜兰也是苦命人，生下第三个孩子没几年，丈夫就去世了，打那以后，家里家外都她一个人操心，喂鸡喂羊干农活，哪件事都耽误不得。家里生活再困难，她都忍着苦坚持让几个孩子上学，只是孩子们都卡在中考，没能考上高中。家里唯一的儿子初中毕业后赶着放了几年羊，后来到建筑工地干活挣钱。迟谷上一年级的一个中午，回家后奶奶说雷大妈的儿子从架板上摔下来人没了，妈妈去雷大妈家帮忙去了。迟谷说不清自己心里什么感受，只是当妹妹气呼呼地表示对雷大妈不满时，他觉得妹妹不该那样。

三个孩子都以优异的成绩结束了一学期的学习，家里的墙上又多添了几张奖状……

二、暑假

时光如旧，压着肥肥瘦瘦的年华之路向前不息。又一个流火的七月，迟谷小学毕业了，两个妹妹结束了三年级的生活。炎炎的空气中弥漫着懒倦，农家的忙碌却没有结束。

各队的小麦都入了场，大大小小的麦垛堆起来，堆起土地的忠诚，堆起主人家劳苦之后的喜悦，更堆起孩子们玩耍的意兴。麦垛不能放得时间久，麦捆要尽快脱粒，队里打场按排号顺序进行，迟元易家每次都排在前面。迟元灿也成了家，兄弟几家用同一个号一起打场。白天太热，一般会在吃过下午饭开机干活。

迟谷身高已过一米六五，他把自己当作家里干活的主力。割麦子，他的速度快赶上妈妈快；背麦捆，妹妹每次背一捆，他背两捆。任凭汗流浃背，麦芒刺扎得脖子痒，他也不喊不说。迟柳跟着哥哥，一趟又一趟，汗水湿了前额的发丝，脸上落的麦尘也顺着汗水浸成一道道颜色深浅不一的"小沟渠"。迟禾多少有些偷懒的痕迹，割麦子累了就停下休息会，背麦子背几趟就忍不住看空中飞过的小鸟，边干活边蹦跳着踩几朵小花别在扎头发的皮筋里。

打场需要分工，孩子们一般都拉垛，将系在麦捆上的草葽子解开，葽子单独扔一边，麦子从垛上扔下去，由大人递入机子，过机后，麦柴和麦粒分离，接下来捆柴的捆柴、扒粒的扒粒。

迟环旺老两口在家待不住，总忍不住到场上转几圈看打场的情况，送点西瓜和茶水。打场通常都会连通宵，一夜的月光与星光揉着蛐蛐的伴唱，华丽了苍穹，却不知可否抚慰人们疲累的身躯！别家的孩子把自家的垛拉了就回了，迟元易家的孩子却坚持把几家的麦垛都拉完。几个孩子脸上都是灰，鼻孔也呛黑了，只有黑闪闪的眼睛如星子般亮。胳膊已经酸疼，伸展伸展身体，抬头看看天空中那些仿佛是为他们闪耀的群星。

打场结束装粮食时，大家数着一袋袋装得满满的麦粒，边数着，困累会忽然塌了般压给身体。

天微亮，粮食整齐地堆在院里，孩子们还睡着，梦里全是一遍遍重复的打场情景，睡眠中四肢的酸疼也没有让他们走出梦境。迟元易掺好温水，在大木桶里洗去身上的尘垢，换身衣服，喝点小米粥，吃了烙馍馍又去工地干活……

迟庄二队的夏收任务很快圆满结束，场上堆起一堆堆麦柴垛，各家会留几捆放在院墙根，每天做饭时引灶火，剩余的都拉到柴厂里卖了。午后，吃过饭的孩子都喜欢到场上玩，他们玩老鹰捉小鸡、滚铁环、弹玻璃珠、跳皮筋、打沙包，也有些孩子借助场上的柴垛玩捉迷藏。迟谷喜欢在柴垛里掏个洞钻进去，再虚掩些柴草，等到下一局时再换一个垛掏洞子，找人的孩子每次都想丢开迟谷不找了，却只能眼巴巴看着他一次次成为捉迷藏游戏的赢家。

迟庄二队的庙就在场的东边，一座人字顶经年的老庙，对孩子们而言，那是神圣又不可靠近的地方，即使捉迷藏玩到忘乎所以，也不敢躲到庙的周边。孩子们还不懂敬天法祖的含义，只知道哪家有人去世还有年节时，庙里才有人进去烧香供祭品。庙门的钥匙迟环旺管着，迟谷和两个妹妹因为好奇，有时会跟着爷爷去开门，却从不进去。

孩子们玩到快天黑时，各家大人亮着嗓子的唤名声就会一遍遍从不同方向的巷子传来。梅清总拖着长长的音叫着"柳柳、禾禾"，那声音像长了翅膀般，飞进两个孩子的耳朵。各家孩子听到唤名声，得了命令，恋恋不舍地结束当天的玩耍。迟谷兄妹回家或者走二爸家所在的巷子，或者走沿场而上直达秦渠岸的阿霞家所在的巷子。有哥哥在还好，哥哥若没和她俩一块儿出来玩，天一黑，两个小女孩回家就有些犯难，不论走哪条巷子，她们心里都有许多无形的害怕。两人顺着二爸家所在的巷子，撒开腿一口气跑回家里。在没有大人陪同的情况，她们从不走阿霞家那条巷子。

阿霞比迟柳姐妹大两岁，家里还有个哥哥和姐姐，阿霞上学留了两级，就和迟柳姐妹成为同班同学。听队里的大人们说，阿霞的舅舅下古墓，得了些值钱的东西，可是自那以后，家宅再无安宁。她的妈妈漂亮贤惠，在她舅舅下墓后没多久就去世了。

阿霞告诉迟柳迟禾，她想妈妈，做梦都在找妈妈，有时去伙房，有时去杂货房，有时站在院子中间，她想着妈妈是不是在天上，可她终究再也见不到妈妈。阿霞的爸爸又娶了妻，没有生育，这一房妻没多久也去世了。

场上的麦柴垛逐渐都被卖到了柴厂或是被贩子直接从场上收走，打谷场又露出完整的土黄，等待水稻的入场。

各家的麦子翻晒后，陆续开始交公粮。梅清推着迟元易焊的拉车，装上几袋粮食，沿着秦渠岸，上黎明路，过桥，再到粮站。梅清拉车，三个孩子在后面推着，遇到坡路，怕妈妈吃力，推得也更使劲些。经过层层筛查处理，粮食归入国家粮库，那一瞬间，身为农民，既有长吁一口气的轻松感，也会忽然涌出一份光荣感。一个种着国家土地的农民，在履行自己的交粮义务时，内心总是踏实的。

交了公粮，农民会得到些相应的补贴。为数不多的钱拿到手，梅清问孩子们想吃什么，迟柳迟禾像商量好了一样，拍手叫道："妈妈，我们去市场转转吧！"

迟谷却说："妈，回家吃饭吧，我们几个上学还要花钱。"

梅清听孩子这么说，眼圈就跟着湿润了。她带孩子们去了市场，拉车放在市场外的空闲场地。迟柳迟禾的目光很快就被糖果花生柿饼之类的给吸引了，她们慢慢走仔细看，似乎要把这一切都看进肚子里去。摊主大妈两手各抓一把花生给她们，嘴里说着："多乖巧的女娃啊，拿着吃吧！"两个孩子笑笑，说声谢谢就走开了。梅清买了菜买了调料买了糖果，也给迟环旺老两口买了新衣服，回家前和几个孩子各吃一碗凉皮，给家里人再各带一份。那一碗凉皮的味道，能让孩子们回味很久。

回家路过桥头，有卖西瓜的摊贩，买几个西瓜放到拉车上。一到秦渠岸，孩子们便轻松起来，妈妈让他们坐到拉车上，谁也不肯坐上去，妈妈说车上坐人车头轻些更好拉，迟禾听话地赶紧坐了上去。一路上，大人孩子的说笑声跃入秦渠，渠水被阳光映出辉煌与壮阔。

秋收前，田里的农活似乎总忙不完。交粮结束，田里的玉米和水稻又等着薅草，几个孩子早起和妈妈一块下地干活。迟禾薅草累了，就把双手拢在头下，伸展双腿躺在地里睡会，她感到身体和大地的接触就像青蛙和水的接触一样。天空也因燥热褪去了多余的颜色，只留下透明的蓝，阳光和影子在天地间嬉戏，迟禾的身上也被投上疏疏密密的影子。蜜蜂蝴蝶飞过头顶，蝉在叫，叫来丝丝清凉。迟禾睡着了，睡得满鼻花草泥土香，睡得在梦里起舞。迟柳拔下一根芨芨草，用茸茸的草尖触妹妹的脸，迟禾翻个身，眼睛半眯半睁，嘴里咕哝着："我的脸说它痒痒了，让你的芨芨草别挠了。""你来田里是睡觉的吗，懒虫。""躺地上太舒服了，不信你也来试试。我拔草，换你躺这休息会。""我才不呢。"姐妹俩你一句我一句地说着，妈妈和哥哥已经拔完一沟草开始拔新的一沟。赶到中午，活都干完了。回家路上，迟禾说："田里活太难干了，我长大了要一直种田可就麻烦了！"梅清说："你长大不种田想干啥？""那我得好好想想，就是不能种田。"迟谷捡个薄薄的石头片，往渠里打水漂，石片连续漂了六七次，快到对岸时沉了底。那天，几个孩子都在心里认真地考虑长大要干什么的问题，只是谁都没再多说。

七八月的土地，在自然绚丽的色彩与花果的清香中舒张。田里的水稻开始抽穗，各家淌田的时段相对集中了些。田在渠水下游的，淌着淌着忽然水量变小了，就知道水被上游的截了去，于是拿起铁锹到上游开始理论，总有个先来后到，对方让步还好，熬时间都等着水灌满；对方不让步，往往就起了冲突，轻则吵，重则打，但总有认识或不认识同样来淌田的人过来将争斗的双方劝和。迟元易家为了避开淌田高峰时段，就等天快黑时再去，几个孩子也要跟着，到田里，遇到邻居家的阿霞、露露、彬彬。大人淌田，孩子们就能凑到一块儿玩。迟庄二队的稻田都在草湖湾，晚上，那里的几处坟头给夜色增添了几分阴森。几个孩子忽然想要比比看谁的胆子大，比的办法是敢不敢坐在坟堆上，他们相互看着，都不行动。迟禾心里怕着，却想知道坐在坟堆到底会如何，就往前走着坐了上去，那一坐，反倒不怕了。其他孩子见状，都坐了上去，迟禾忽然"啊"的一声大喊，几个孩子也跟着"啊"一声喊着跑开了……

对乡村的孩子而言，暑假的欢乐是连缀的，很快，到了七夕节。迟谷三兄妹听奶奶说，当天人间的喜鹊都飞到天上帮牛郎织女搭鹊桥去了，晚上坐在葡萄架下能看到天上的鹊桥，还能看到牛郎织女在月光中相会。兄妹三人提前几天就去了二姑家，想和表弟表妹还有他们邻居家的孩子玩，也想七夕晚上坐在二姑家的葡萄架下看鹊桥、看牛郎织女。

终于盼到了七夕夜，几个孩子在满院的葡萄树中，挑了葡萄结的最好的一架树，树下摆了小桌椅，他们却站在葡萄架外凝神聚气看着浩瀚无垠的天空，风轻轻吹，吹着花草、吹着树叶，吹开了天上人间的故事。

"哥哥姐姐，看到鹊桥了吗？"表妹温婷问。

迟禾一本正经地说："看到了。难怪白天都没见到喜鹊，没听到它们叫，原来真的飞天上去了。"

迟柳说："我怎么没看到。是我没看仔细吗？"

除了奶白色的月光和相互遥望的几点星光，天上哪里真的有鹊桥，迟禾看大家一脸迷惑的样子自己却笑起来。小孩子的世界，看到看不到都只是内心的映照，有些真伪，本就无需求解。那些古老的相传，以其独有的魅力保持着持续相传的神秘力量。

七夕之后，紧接着中元节，宰牲祭祖是节日的重头，迟安源是周边出了名的屠户，宰杀不同的牲畜用不同的刀，宰牲的肉各家都会分些，去迟的往往就空手而回。队里主事的长者会请戏班子唱戏，戏台搭在场上放打场机的库房旁。唱戏既是中元节节俗内涵的延伸，也包含着农民对丰收的庆祝及对土地的恩谢。

当天，梅清准备好肉和菜，把一大家老小都叫过来，吃一顿家里的"大锅饭"。妯娌几人一起动手，不但做饭速度快，做好的菜也花样多，味道丰富。小白菜炒面筋是整个桌上最受欢迎的一道菜，面筋是梅清头天洗好炸好的，小白菜是李嫦月在自家院里种的。

孩子们不愿和大人挤在一块受束缚，索性把菜夹碗里，端碗到宽展的院里吃饭。迟禾刚出来，就被一只大公鸡"相中"，公鸡猛地冲上来，啄了她的眉梢。迟谷一看妹妹眉梢处流血，随手拿起扫帚，往鸡身上狠敲，迟禾看哥哥那么厉害，竟出神到忘了哭，鸡落荒而逃，其他孩子拍手雀跃，他们何曾见过这种场面。

吃饭间，迟环旺跟李嫦月说："队里请戏班子唱戏，明天就开始搭戏台，迟禄让提前安顿好戏班子成员的吃住，给我们家分过来两个人，到时候元灿过来和我们一起住几天，他那屋给腾个位置让住下，最多也就住三天。"

迟元灿不乐意地说："我的屋不想让别人住。"

迟环旺叹口气说："几年请一次戏班子，安排到咱家也是信任咱，将就几天就过去了。"

李嫦月说："队里那么多家有闲房子的不给安排，一天就知道往家里揽事，让住下你给做饭吗？"

梅清说："妈，只要元灿让住，吃饭就来我们这边。"

李嫦月说："我不是不让住，不给做饭，我在意的是他的态度，提前啥也不跟我们商量，自己做了决定，当老好人，到头来还不得让我们费事。"

李嫦月只是说说话发发牢骚，这么多年，她早就习惯了迟环旺的自作主张。

老二家王琴笑着说："妈当初是咋看上大大的。"

难得儿媳妇跟婆婆说个玩笑话。

李嫦月说："哪容得我看上看不上，全凭家里做主，亏得还是个周正人，没啥残疾毛病。"

话一出口，几个儿媳都笑了。

李嫦月生在动荡的1934年，她身材娇小，容貌秀丽，是家里的长女，裹小脚的母亲在她之后，又生了一个女孩、三个男孩，一家人过着还算和睦美满的生活。后来，因为父亲抽食大烟，家里便一年年衰败下来。身为长女的李嫦月，瘦小的身体担着更多的生活责任。出嫁前，父亲成功戒了大烟，只是身体大不如以前。她说婚姻全无自己考虑的余地，结婚前，既不知对方长什么样，也不知对方家里都有些什么人。她对迟环旺的了解，是从婚后开始。

迟环旺祖上原在山西洪洞大槐树，大移民的过程中迁至迟庄村，到他这一代时，家人已在此定居了很多年。迟环旺出生在国共两党关系紧张的1929年，他形貌俊朗，是迟家长子，也是长孙。

迟环旺十岁刚过，母亲去世，留下一个同父同母的姐姐。父亲再娶妻室，接连又生了四个孩子，成为迟环旺同父异母的兄妹。家里供他上学，但他心思却不往学习上放，小学没读完就辍学回家。解放战争期间，他被国民党抓了壮丁，打仗时右腿中枪，后来和队伍走散后费了很大周折才回到家中。做壮丁的那段时光，他同共产党领导的军队也有过交往，他在回忆时给孙辈们说，那时能很明显地感受到两党领导军队方式的不同和对待百姓态度的不同，他多希望自己可以跟着共产党的军队走，后来也遇到了好机会，只因文化水平太低而失去机会。

二十岁出头，迟环旺娶了李嫦月。婚后，日子一年年起色不大，人丁不断增加，元芬、元易、元菲、元达、元展、元溪、元灿相继出生。一个普通的农民家庭，在时代发展中，过着普通农村人的普通生活，这生活像熬着一锅粥，风箱呼哧呼哧吹着岁月的火苗，粥的滋味细腻、滑溜，却并不都能辨识清晰。

回忆是带着棱角的，回忆的河总是靠不到生命的岸。

李嫦月和迟元灿终归应下了迟环旺安顿的事。

夏天的夜，温润、清浅，也带着几分华丽。天亮后，迟环旺早早到打谷场和其他几人一起张罗搭戏台。

看戏是乡村的盛宴，忙碌半年的村里人借看戏缓解春播秋收间的各种劳累，孩子们更迷恋戏场内的热闹气氛。

戏开场，一般在下午六点。三四点时，已经有很多孩子在场上集合，他们先在戏台子里学着唱戏人的模样玩闹一番，再到紧挨戏台子的库房去看戏班子演员化妆。一张张脸根据戏里的角色赋予妆容，妆好后，整张脸灵活明艳起来，仿佛戏角儿在他们脸上复活了一般。孩子们瞪圆眼睛，也张大嘴巴，毫不遮掩心里的诧异和赞叹。待花花绿绿的服装和配饰上身，又是另一番气派，孩子们好奇地摸摸衣袖触触假须，围转在即将登场的演员们左右不舍离开。

戏正式开场前会在庙门口放鞭炮，进庙里撒五谷敬香火。之后，就听板胡唢呐铙钹梆子声混杂而起，在场的观众刚离了现实的镜像，又见糖果、核桃、红枣等从台上撒下来，孩子们纵起身子争抢，没有空手的雀跃起来，没抢到的多少有些扫兴。唱戏的过程会合着戏境加入高跷、顶灯、变脸、吹火等杂艺，逢此，台下都会喝彩连连，掌声不断。《白蛇传》《铡美案》是大人小孩都爱看的戏，不时听到孩子让身边的大人给讲戏的内容。

待到唱戏的后几日，孩子们便只对戏前的化妆感兴趣，戏开场时他们已将活动阵地转向周围的田地。套种着毛豆与大白菜的玉米地成为他们蝶恋花般的流连处。他们通常都玩捉迷藏。懒得找人，只在原地守着的迟禾忽然看到青蛙对战大青虫的一幕，她大声叫大家出来，待几个孩子主动跑出来，迟禾便说他们都藏失败了，接着才和他们一起"观战"。青蛙获胜的结果似乎是毫无悬念的，孩子们的眼睛紧盯着"战斗"双方，直到大青虫动弹不得。这边看得正过瘾，危险却正在另一块田里发生。

迟元易家有一块地在戏台西边，收过小麦后，迟元达因为要垫院子，就从那块离自家最近的大哥家的地里取了很多土，地被挖了又大又深的坑，坑里蓄满了水。迟元达四岁多的二儿子迟乾玩耍时掉入水坑，一个孩子怀着最大程度的惊慌与求生的本能在水里挣扎，张盛大爷刚好在迟乾落水的瞬间路过，他顾不得多想，跳进水坑把孩子托举上来，随后自己也爬上来。迟元达夫妇赶来后，哭着跪下来拜谢张大爹。迟乾受了严重惊吓，呆木了许多，在家休息调整了几天，才又恢复到往日的活泛样儿。

村庄的人们以为生命的运转如同庄稼的春播秋收有着既定的季候与规律，然而，必经的苍翠与荒芜显出和土地一样的沉默无声，由着生命自己呐喊。

还是那个暑假，夏风吹散了二蛋疯傻的人生。二蛋是姚婶的儿子。姚婶生了两个孩子，女儿为长，出生在桃花盛开的季节，取名桃花。桃花容若桃花，生性安静，小学没毕业就辍学回家，此后，一直在家做着一个女孩子能为家里做的所有家务。暑假未尽，总见她坐在自家大门前的合欢树下，用水浸过的稻草搓草蒌子。迟庄二队，独有那一棵合欢树，树枝粗壮，花开了，一树纷飞的粉，独特的香气随风飘散，惹来蝴蝶与蜜蜂的流连。迟柳姐妹路过桃花家门前，和她招呼一声，就会折几朵合欢花，拿回家夹进书里做书签。

二蛋是桃花的弟弟，生下就是个痴呆儿，只是慢慢长大才发现。他活在一个天地间共生共长又显然不一样的世界。队里的孩子会看到他不分冬夏，光着屁股乱跑乱叫，也会走到人前大吼大笑。家里是看不住的，索性随他疯傻。有时，他会扒着学校的大门往里边看，听到读书声，竟痴痴笑起来，看校门的大爷并不赶他走，心生怜惜地看着他。二蛋眼睛很亮，那么亮的眼睛却没法正常看世界；二蛋笑起来有对酒窝，那酒窝装着他无处安放的疯傻。

入夜，雷云翻滚，闪电划过天空。入夜，合欢花散落一地，唱戏声荡在人们的梦中。入夜，二蛋爬电线杆触了高压线，他疯傻的人生瞬间戛然而止，人间戏再与他无关……

隔天，姚婶家门前的合欢花还是耀眼的粉，耀开天上洁白的云团，却耀不散姚婶内心的哀伤和桃花脸上的忧郁，寒薄之家再填裂缝，此后，家中只剩母女相依。

树根下草丛里的蘑菇依旧在长，路边的打碗花马兰花在开，果子在结，鸟雀在叫鸡在鸣狗在吠……那些日日夜夜垒砌于各种过往与未来的生命，理所当然地轮回向前，像个勇士般不厌倦、不疲惫。只是，等到秋天，沙枣成熟后，桃花再也不能带着迟柳她们一帮小女孩一起串沙枣链。桃花嫁人了，桃花十六岁……

整个暑假，如同各种原料调配而酿的一缸芳香醇美的醋，那醋又融入食材烹出更多样的滋味。孩子们在长长的假期咀嚼消化着成长的味道。迟谷悄悄在心里琢磨着上中学的事，迟柳不再去水渠里光屁股狗刨，迟禾也不再惦记掏麻雀窝打弹弓。成长总有很多附属物前呼后拥，一边向前一边褪去，一边褪去一边补充。穿梭其间的，总有不变的爱与欢喜。

孩子们在季候时令里，在参差多态的岁月呈象中，冥冥感觉到所有发生之事的不可阻挡、不可逆转，就像阿霞过早承受没有母亲的悲伤，就像二蛋的疯傻与死去，就像桃花的早嫁……他们不懂缘由，无法解释，只能随着身体与心灵的成长默默抽发。

冯爷爷在孩子们放假前就搬走了，他要随儿子回老家咸阳，临走前送了迟谷很多书，说爷孙一场，也算有缘。迟谷送给冯爷爷一包花籽，还写了一封信，他希望冯爷爷的房前屋后总能开出大片的花，祝愿冯爷爷健康长寿。

家里有了书，迟禾的贪玩也颇有收敛，她喜欢拿本书到自己的"树窝"

去看。迟元易家麦地西头的沟渠旁有棵粗壮的柳树，多年前，那棵树在一个雷雨夜被劈断，伴着一季季的雨雪风霜，断裂处逐渐抽出新的枝条，里边却形成天然的树坑。一次，迟禾爬到树上玩，不仅发现了树的秘密，还发现了一窝幼鸟，她兴奋起来，等幼鸟出窝后，她便往树坑中填了很多干玉米叶和麦柴，打造了可以让自己悠然自在地窝在上面读书背课文的"树窝"。她把"树窝"当私有物，隔了一段时间才舍得和姐姐分享，姐妹俩上学放学的途中，只要有空就会爬到树上窝一会儿。有时候，飞来一只鲁莽的喜鹊，发现树有主人后，又惊慌地飞走，或许还会拉下一点鸟屎作为受到惊吓的表示。

迟禾最喜欢读《格林童话》，她喜欢故事里表达的对善良、爱与希望坚守的主题，喜欢主人公们化解困境的勇气与智慧。她甚至将周围的事物都安置成童话里的角色，简单的食物变成美味佳肴；朴素的衣服变成华丽盛装；寻常景致，也披上了魔幻的外衣；连书中的文字都能化作会舞动的小精灵。她满心相信着存在的一切都美好，每一天，都生动快乐地生活。

那天早晨起来后，两姐妹照旧打扫屋里的卫生，梅清请邻居梁凡的媳妇童花帮忙宰鸡。有一次，梅清宰鸡下刀不利，中途脖子流着血的鸡忽然使劲儿从她手里挣扎出来，梅清惊吓得大喊，还是迟元易出来接过刀剁了鸡头，打那以后，梅清再不宰鸡。童花比梅清小几岁，论辈分，梅清却称她"花婶"。屋里收拾妥当后，孩子们到院里看躺在盆里正在被拔毛的两只公鸡。

迟禾问："妈，死了的鸡还是鸡吗？"

梅清说："死了的鸡不是鸡是什么？"

迟谷说："自然是死鸡了！"

花婶和梅清都笑起来，迟禾的小眉心却皱了起来，大家定是以为她只是随口一问，而她的疑惑却是认真的。她想啊想，终于告诉自己：鸡死了以后就不是鸡了，是鸡肉！

"柳柳，禾禾！"只听阿霞在门外大声叫着。

"来了。"迟禾赶忙应道。阿霞进了院子，手一直背着，满脸神秘地笑，笑出浅浅的梨涡。"你没事吧，傻笑着咋了？"迟柳问，迟禾也疑惑着。阿霞的脸忽地变红，她伸出手给姐妹俩看。

"哇，你包了手指甲！"迟禾叫道。

"颜色染得真好！"迟柳也赞道，"是你自己包的吗？"

"姐姐给我包的。"

"哪来的指甲草啊？"

"艳艳家田里有，她给了我几株！"

迟禾问："姐姐，你想包指甲不？"

"我们没有指甲草！"

"静静家院子里种着，我跟她要几株。"

三个女孩你一言我一语，边说边来到迟安源家门前喊静静出来。院里的大黑狗不停地叫，静静正吃着馍馍就迫不及待地出来了。

开学后，静静升三年级，队里年龄相仿的女孩子们经常一块儿玩，静静平时最喜欢跟着迟禾玩，知道迟禾想要指甲草，毫不犹豫地从地里拔了几株给她。

当天，迟元芬带着三个孩子回娘家，院里更热闹了起来。迟谷早早带着表哥阿宝玩去了，姐妹俩和表姐红红、蓉蓉到菜地里揪菜。下午，三家的桌凳都被搬到院里，孩子们揪回来的菜和早晨拾掇好的两只鸡，已是盘中餐。梅清端着盛好的鸡肉，踩着木梯端给院墙另一头的花婶，邻里间的亲近来往已是长久积累的潜在乡俗。

风微微吹，一大家人如同天空中舒卷自在的彩云般惬意地吃了一顿下午饭。饭后，大人们闲下来聊天，孩子们满巷道追逐玩闹。太阳的脸很快在西边的天空隐没，几个女孩子的心思又转移到了指甲草上。两个表姐都上了中学，对包指甲的兴趣并不浓，她们在一旁看着外婆把清洗后捣碎并加了明矾的指甲草匀称地糊在两个表妹的指甲上，再用大大的葵花叶把糊了指甲草的手层层缠裹起来。晚上，四个女孩都睡在奶奶屋里的大土炕上，迟元芬带着儿子住在大弟迟元易屋里，整个晚上，不同屋子的大人孩子都睡得迟了些。

迟柳迟禾早起后，迫不及待地拆开葵花叶，她们欣喜地看到满手的指甲露出朝霞般好看的颜色。一整天，姐妹俩不停地看自己的手，看着看着就笑了，她们叫了静静和阿霞一块看，就像真的能从手上看出一片绚烂霞光……

暑假就快结束了，土巷在不同的时间传来不同的叫卖声，或是货郎摇着拨浪鼓拖着长长的调儿喊着"换碟子换碗嘞……"或是开拖拉机的车主拉着满车的土豆、萝卜苹果或是别的什么蔬菜水果，用高音喇叭扩音叫卖；也或是孩子们喜欢的"冰棍……雪糕……糖酥棍……"的诱耳吆喝。迟元易家的几个孩子很少买冰棍，但看着别的孩子吃冰棍，他们也从内心眼馋，那样的时候，额头往往都沁出了汗液。

孩子们在大大小小的渴望及渴望的无法满足状况下逐渐形成一套只有自己能懂的消解方法，那样的方法化作成长的秘密！当卖冰棍的又一次出现在迟元易家大门外时，梅清让几个孩子每人买了一根奶油冰棍，孩子们终究没再假装着给妈妈说自己不想吃。土巷没一会儿就有很多孩子围过来买冰棍，剥开一层包裹的纸，舌头轻轻舔一下，会有瞬间的粘连，很快，丝丝缕缕的冰凉透过舌尖传入身体的每一份感官，孩子们吃着、笑着、玩闹着。

开牛羊肉铺的迟衡家的孩子端端笑着对迟禾说："我长大了也要卖冰棍。""长大干什么"大概是每个孩子成长中不可回避的命题。以前在家喂猪时，迟禾逗猪玩，她想着要是自己也变成猪如何，又想着猪终究只是一头猪，人还得有人的活法。那次在田里干农活，迟禾第一次认真地想过长大要干什么的问题，她想起放暑假前的一个周末早晨，天下着雨，班里同学都按照张老师的要求早早到学校等待补课，八点多老师还没到，迟禾是班长，跟大家说雨天路难走，老师大概不来了，让同学们准备回家，话刚落，就见老师出现在教室外，雨水一滴滴从雨衣的衣角、面颊、发丝上滴下来，自行车轮塞满了泥。老师的家在城里，来学校的那一路得有多难走！迟禾看着眼前的一切，脑海里冒出一个想法：长大后也当个老师吧！

端端的一句长大卖冰棍，让她的意识又回到了相同的主题，只是她忽然觉得"长大"不是从嘴里说出的用词，"长大"是有生命的活物，"长大"似乎每天都和她在一起，却触不到、摸不及，她不知大人们是如何成为大人的，也不知自己要如何长大，更不知要如何才能在长大后成为想要成为的人！想不明白的时候，她也不再想，继续呷着开始化水的冰棍。

时间是条河流，流在风景各异的两岸，孩子们一步步沿着此岸向前，却也挥手告别留在彼岸的过去与自己，生命的年轮在成长的宿命中变得逐渐明晰、丰润起来……

三、年光

办公室门前大槐树上的铜钟继续担起提示师生上下课的使命，飞去的鸟又飞回来，用叽叽喳喳的叫声回应孩子们的朗朗书声。大地一片斑斓的秋天，上学的孩子开学了。

迟谷进入市里的一中继续初中阶段的学业，迟柳迟禾成为四年级的学生，他们都在知识的世界奔跑，每跑一段，就和一个更新鲜的自己相遇，那相遇自然而陌生，以至于必须停下让不同的自己相互招呼一声。

两个妹妹放学的路上，依旧会和同路的孩子捉蚂蚱、捉蜻蜓，会随手从地里折几杆毛豆烤熟吃，会在水沟里摸鱼摸泥鳅，会扔一块石子将落在一处的雀群轰得四散而飞，而哥哥的情况就大不一样了。迟谷入学成绩在班里名列前茅，初中阶段的学习要兼顾更多的科目。迟谷每天认真听课，生怕一不留心就遗漏了知识，尤其是英语，这种汉语之外的语言让他觉得新奇又困扰，他总想在二者之间建立一种关系，使英语学习增添些许熟悉感，可他却生起自己的气，只因他没法寻出其中的规律，还必须借助汉字的标注才能读会英语。

班里同学穿着各种款式和颜色的衣服，迟谷穿着妈妈做的衣服和鞋，只有体育课才穿买的运动鞋，他能感受到这简单的不同带给他心里的微动。同学们下课后会吃从学校超市买的或从家里带的各种零食，迟谷下课的多数时间都在写作业和看书中度过，和班里那些城市的孩子相比，他在物质方面显得过于拮据。他们是同龄人，却像平行的两条边，他沿着自己所在的边浸润着满满的自然气息告诫自己从容向前。

周末，迟谷迎着秋的夕阳走在秦渠岸，他很久没有认真而缓慢地走路了，还是那个会溅起尘土的渠岸，却依然有着柏油马路没有的亲切。他看着天空映照在水中的影像，不禁和自己的影子玩耍起来，不知不觉就走到了家。

家里又要农忙了，村里的小学给孩子们放了两天额外的秋收假，两姐妹已经跟着父母掰了两天玉米。玉米秆很快被邻近村子养奶牛的农户收割完毕，只是来年春播，犁地后的根茬需要一个个捡拾干净。

迟谷雀跃着跨进大门，院里堆起的几个小山谷闪入他的视线，伙房烟囱的烟不规则地飘向空中，飘不动的时候，就将丝丝缕缕的烟涩隐入带着清甜的空气中。迟禾迟柳在做饭，奶奶、妈妈和四妈在剥玉米皮，迟谷放下书包，过去帮忙。"你去玩吧，我们剥这点玉米皮不费事"，奶奶疼惜地说。"妈，谷谷也是大孩子了，就让他搭把手不碍事。"

迟谷冲妈妈笑笑，边干活边讲着学校的事，像个布谷鸟一样，"周三早晨，我们正上早自习，我同桌徐敬他爸，就是校门口附近修自行车的叔叔，给他送早点。他接过早点，气汹汹地说'谁让你来的'，他爸爸让他好好上课，之后就转过身走了，我在窗边看到叔叔失落的眼神，心里也难受。"

四妈说："你同学可能觉得爸爸让他丢脸了。"

"有可能，我们班有些同学挺爱攀比，比谁的父母工作好，比谁家里有钱，还喜欢比吃穿。"

"你会受他们影响吗？"妈妈问。

"当然不会，因为我是迟谷啊，哈哈。"几个大人都被迟谷的话逗乐了。

两个女孩做好了饭，爸爸和四爸也回来了，一大家人脸上溢满丰收的喜悦，碗里的饭像母乳滋养婴孩般滋养着每个人的味觉与身体。

很快周一，孩子们正常上学。院里的玉米露出金灿灿的笑脸，列队似的整齐地集合在屋檐下。再过一段时间，玉米粒会被一粒粒搓下来装进袋子里，卖掉一部分，再留小部分做家禽、家畜的饲料。待水稻也收割了，一年的农事就算收尾，农民们也将恋恋不舍地告别给大地最多回馈的秋天。逐渐地，各家各户开始往地窖储备一些过冬的蔬菜水果。

孩子们的学习像田野沐着四季的歌一样自然进行，迟柳迟禾会驻足在每一份可以让她们驻足的景色中。蚂蚱施展隐身术跳来跳去，还是被孩子们发现了，她们比赛捉蚂蚱，决出胜负后，又将在瓶罐中惊恐挣扎的小家伙都给放了。头顶偶尔飞过几只蜻蜓，像嗅到了危险的信息，任孩子们如何追逐，就是不停落，惦记回家的孩子便放弃了对蜻蜓的继续追逐。

开学没多久，班里转来一位新同学，听说是个城里孩子。张老师说这位同学名叫郝云，他成为迟禾的同桌。迟禾心里暗想：只见着会有村里的孩子转到城里上学，还没见哪个城里的孩子来农村上学的，眼前的这个城里孩子和班里其他同学也并无区别，也不知他学习怎样。

放学后，迟禾问迟柳："姐，你说新来的郝云会不会比我们成绩好？"

"这就不好说了，也许真的学习很好呢！"

"我才不信，城里的孩子不见得什么都好，就算他以前学得好，我也不想输给他。"

"我信你，但爸爸说我们身边总有很多厉害的人。"

"爸爸说得也不错，不管那么多，我们只要自己努力就行。"

姐妹俩边聊天边往前走，不觉追上了走在前面的静静和迟稷，后面又来了阿霞和彬彬，几个孩子的目光同时被三头小猪吸引。迟禾看着路边的池塘，忽然问道："姐，你说猪会凫水不？"

彬彬和迟稷两个男孩先来了兴致，迟稷光是听着堂姐的话就把自己笑弯了腰，大家你看着我，我看着你，只见迟禾捡来一根树枝，往空中甩了几下，说："咱们试了不就有答案了！"

她让大家配合她把猪往池塘赶，几头原本悠闲的小猪被孩子们追赶着乱跑乱叫，但不管怎么惊慌，它们保持着团队的素养始终跑在一起，最终还是被孩子们赶进池塘里。下了水的小猪竟能不笨拙地在水里游，姿势还特别好看，那一幕被迟禾记忆了很多很多年。

隔天，几个孩子到学校后，在各自的班里让同学猜猪会不会游泳，孩子们回答着"会"或者"不会"，心里却并不确定。后来，不同年级的几个班的孩子都确定地知道：猪会游泳，姿势还很好看。

村里的孩子都喜欢早早到校，不论早晨还是中午，他们并不矛盾地同样盼着快点放学。

那天中午，张老师看孩子们学习状态不好，就让大家在桌子上趴着休息会儿。几分钟后，坐在迟柳后面的李波发出了鼾声，待老师让大家都准备上课时，李波还在呼呼大睡，彬彬用一根指头往他头上一点，李波竟然头一斜，就势倒在地上，这一倒，惊醒了李波，也惊笑了全班同学，彬彬说："大头波，你桌子上有口水，快擦了吧。"头长得大大的李波，憨憨一笑，用袖子擦了口水。

下课后，彬彬跟班里同学吹牛："我练了'一阳指'，轻轻一点，大头波就倒了。"

从那天起，班里同学开始在玩耍中练起各种"独门武功"。

期中考试结束了，郝云的成绩居于迟柳和迟禾之后，奇怪的是，城市在姐妹俩的心中不再像之前那般强大与生硬。

学校东南边的鱼池开始抽水，一帮男孩放学后都到那里抓鱼，迟禾看着，心里也痒痒。第二天下午，迟禾从家里找了轻便的塑料桶带去学校，一放学，她也加入男孩子的队伍，到鱼池捉鱼。

她光着脚，把裤腿高高挽起，便走下浅水处。泥水中的鱼拼命翻跳，大概在环境的改变中它们早已感受到危险的临近。迟禾的目标是一条大鱼，好几次，她好不容易把鱼抓住却又给滑溜溜地逃走了，迟禾抓得满头大汗，迟柳在池边，手拿塑料桶等着。她看着迟禾满身满脸的泥水，喊着："我们不抓了，回家吧！"

"不行，就快抓到了，桶不能白拿，抓一条也行。"

时间一点点过去，鱼似乎也累了，迟禾终于抓到两条大鱼，放进带盖的桶里提回家。妈妈收拾鱼时，姐妹俩都没敢看，待鱼汤的鲜味飘出来时，两人却再也忍不住那股馋劲了。

给四爸家端过去一碗，再把爷爷奶奶叫过来和他们一起吃。鱼头被爷爷和爸爸吃了，迟禾嘴里吃着鱼，心里却想着人为什么要吃肉呢，肉在成为肉之前，不都是活生生的动物吗，动物被人宰杀之前肯定会痛苦。她想起家里每次的杀鸡，去外婆家外公和舅舅每次的宰羊，包括今天妈妈做鱼。想着想着，她的筷子不再往鱼盘里夹，从那天起，迟禾再无捉鱼的兴致。

又是周末，中午，巷子里传来清亮的"爆米花"的声音，梅清从家里分别拿了黄豆、玉米和大米往大门外走，几个孩子在妈妈之前跑出了大门，他们喜欢看爆米花的场景，喜欢闻刚爆出的各种米花的香味。

四周的邻居，慢慢都聚集到迟元易家这边的巷子，身边自然少不了同来的孩子们，孩子们看着算着什么时候轮到自己家，谁家的先爆好会给各家孩子先尝尝，压压他们肚子里的馋虫。

几个孩子就地玩起"瞎子摸象"，迟禾趁着热闹跑回家里拿了皮筋、沙包，孩子们的游戏立刻丰富起来，他们的欢乐也从爆米花的吸引中退场。

时间在"嘭嘭嘭"的米花爆响的声音和孩子们的欢笑声中过去，爆米花大叔的风箱和大号手雷般的爆米花机也在协调的动作中从正午摇到下午，有好奇又胆大的孩子会尝试帮着摇几下，上手后才发现看着简单又连贯的动作做起来没那么容易。因为庄里一年难得来几次爆米花的，各家便多爆了些，天色也慢慢暗下来，留在巷道的人逐渐减少，爆米花大叔终于给后续赶来的最后一家爆出了喷香的米花，缓缓收拾自己的摊子。

梅清做了米饭，上面扣着菜，让迟谷给大叔端一碗，正收拾东西的大叔不好意思又感激地看着迟谷，"大叔，您吃饭吧！"大叔黑黑的脸泛出隐隐的红晕，"不了，回家再吃。"

"您在这坐了一下午给大家爆米花，肯定饿了，就先吃点吧！"大叔笑了，露出又齐又白的牙，摸摸迟谷的头，连说几声"谢谢"，饭终究没吃。大叔哼着戏腔，推着自行车上了秦渠岸，又回头挥手跟迟谷说"再见"，他向西边骑去，身影融入浅浅的夜色中……

天空用一年中最后一场雨正式迎接大地的冬天。散在各处的落叶贴着湿漉漉的大地，几分凄寒，几分无畏。阳光在下一个天明穿透了一切障碍，洒向不曾遮蔽的每一处空间，人们的视线所及都是光的敞亮。

渐渐地，乡间的炊烟又起，卖烧纸的小贩早已蹬着三轮车串巷，没有提前买烧纸的人也省下了上街的工夫。按照习俗，寒衣节当天，要给故去的亲人烧纸，迟环旺从来不落下每一个烧纸的日子，他用盘子端着李嫦月准备好的纸钱和泼洒的祭品。看着孩子们在院里玩，就问了句："谁和爷爷一起烧纸去？"几个孩子都愿意去，也都不是第一次跟着爷爷烧纸。

村里人大多会选择在自家的田里烧纸，迟环旺领着孩子们走向西南边那块渠坡上长着沙枣树的田里。路过迟元达和迟元展家，迟稷、迟乾和迟朗几个小娃也都跟了去。到了田里，迟环旺找个位置用木棍画个圈留一处缺口，纸钱只能烧在圈里，爷孙几人都跪下。迟乾和迟朗年龄小，跟来只是凑热闹，迟谷看着爷爷，忽然觉得爷爷不是爷爷，是想念父母的孩子。回家的路上，迟谷让爷爷讲他小时候的故事，爷爷的嘴角慢慢咧开一抹笑，讲着讲着，目光里闪出了童真……

迟谷的生日在寒衣节后。家里孩子过生日，总要吃碗长面，那一碗面，含着愿望与祝福。迟谷十三岁，迟谷在心里觉得自己长大了……

冬天的第一场雪化作调皮的梦娃娃，潜入夜的酣睡中，大人孩子的笑容与一片柔软的洁白相融。迟谷起得早，洗漱完毕开始记英语单词，迟柳帮迟禾扎着辫子，她说迟禾自己扎的辫子太乱。大门外，迟稷大声叫两个姐姐一起上学。兄妹三人走出屋子的瞬间，惊叹起那一片从天而降的白茫茫。孩子们的脚印里留下一粒粒芝麻点，那些芝麻点是妈妈闲暇时一针一线纳鞋底纳出来的。

脚下的雪被踩得嘎吱响，狗狗也从窝里走出来，摇着尾巴跟着几个小主人走出大门。狗狗在这个院里生活了六年，是一只黑白点相间的大土狗，当时领回来那天，孩子们喜欢得不得了，迟谷叫了一声"狗狗"，以后，"狗狗"就成为它的名字。迟谷还上小学时，很多次，它都跟着小主人，送他们上学，快到学校时，迟谷说："狗狗，回去！"狗狗便转头往家里跑，它总会巧妙地避开行人，循着田埂沿小路回到家里。每到天黑，迟柳迟禾不敢出门时，狗狗就是她们最忠诚的伙伴。

中学生小学生分别走向自己的学校，路上又遇到更多的同伴。一场雪，给大地换了妆容，也抖落了人们心情的尘埃。狗狗和几个孩子往迟庄小学走，经过张盛大爷家门口时，那只大黄狗和狗狗友好地打了招呼，狗狗并不贪恋在同类面前的逗留，继续往前走，一串串狗脚印在晶莹的雪光中分外好看。

校园里，孩子们在玩闹中扫雪。五年级（1）班的学生在教室门前堆起一个小雪人，路过的孩子会很有兴致地看一会儿，不时在雪人身上加入自己的创意。最初单调的雪人后来戴上帽子，系上领结，手里还拿着铅笔，像是要写作业的样子。要上自习了，有的孩子会悄悄捏个小雪团，趁同学不注意，塞进他们的袖筒里、脖子里，被塞的孩子定是要找时机"报复"的。一整天的时间，孩子们上课时都会暗自在心里默念着下课。

老师们基于经验的判断并从孩子们的眼神里确认了他们的心思，讲课时一遍又一遍地强调知识点，提醒孩子们认真记笔记。一到下课时间，整个校园随时随处都可能会不知从哪儿冒出拳头大小的雪团子，看着从孩子们脸上撒欢儿跑出的欢乐，老师们也被感染了，他们也回忆起自己的童年时光，目光伸向很远的地方……

　　下午，一年级放学早，迟稷和静静边玩边等迟柳迟禾。姐妹俩利用下课时间完成了一部分家庭作业，放学的心情就更加轻松些。走在路上，迟稷悄悄捏起几个小雪团，趁迟禾不注意，进行了"偷袭"。行动得逞后，迟稷咧开原本就大的嘴大声笑，正笑着，嘴巴被忽然飞来的雪团塞得严严实实。一时间，迟稷又想哭又想笑，只是，那两个动作他都无法完成，迟柳见迟稷已经憋出了眼泪，赶忙从堂弟嘴里掏出了雪团。嘴巴被释，迟稷"哇"一声哭了起来，雪团是迟禾打进去的，自然由她去安抚弟弟。迟禾从小喜欢拿着小石子随意找个目标瞄打，击中率在练习的过程中逐步提高，后来，和同伴们玩弹珠，没人能赢得了她，下次再玩时，迟禾会把赢来的弹珠还给大家。

　　秋天，水稻快成熟时，麻雀成群结队地飞到田里吃稻粒，各家会在田里插个稻草人吓唬麻雀，刚开始还起点作用，时间长了，麻雀也具备了识别真假的能力，迟禾拿来弹弓用麻雀当射击对象。虽说没真的打着几只，却也起了点吓唬麻雀的作用。迟稷只知道姐姐打弹弓厉害，哪知她还能把雪团打进自己嘴里，泪珠子还挂在脸上的迟稷又傻乎乎笑着对迟禾说："姐，你下次能不打这么狠吗？"

　　迟禾抱歉地说："玩忘了，也没想着要往你嘴里打，只是你笑的时候嘴也张得太大了些，那雪团子就情不自禁飞你嘴里了。"旁边几个孩子都笑起来，笑声漫向洁白无垠的四周……

　　上学的孩子总在一个学期、一个学年快结束时，才猛地发现时间所过之快。元旦后，中小学都进入复习阶段，几个孩子的作业比平时多了些，各家的院子、巷道都安静了不少。那天，迟庄二队停电了，天黑后，各家点着的烛火从窗户里透出微弱的光，迟谷迟柳写完作业先休息了，蜡烛已快燃尽。

迟禾又写了会儿，却不知不觉趴在桌上睡着了，梅清闻到焦糊的味道从孩子的屋里传过来，过去一看，迟禾的作业本已经焦了一半，她边叫迟禾边心里思量，亏得没燃起明火。迟禾醒来后，看着自己的本子，急得要哭，迟柳从炕上下来安慰道："明天去学校我可以给你证明，老师肯定不会批评的！"

夜，又恢复了宁静。

到校后，老师按照惯例检查每位同学的作业，迟禾拿出本子时，都能感觉到自己加速的心跳。老师马上就查过来了，迟禾看着自己焦糊的作业本，觉得它像个又丑又有趣的小怪兽。老师看到迟禾的作业本，询问起情况，迟禾将昨晚的事情经过叙述了一番，话音刚落，全班同学哄堂大笑。同桌郝云是个性格内向的男生，起初他看着迟禾的作业本还心有迷惑，听迟禾给张老师解释后，也忍不住大笑起来，迟禾认为大家的笑有些小题大做。邻桌的彬彬悄悄对迟禾说："禾禾，你真牛，大概只有你才能干出这种事。"听彬彬这么一说，李波也来劲了，自顾自地憨憨笑着。

张老师让同学们读课文，对迟禾说："作业确实是认真做了，以后要注意安全。"看来，根本不需要迟柳证明什么，话说完，张老师也不经意地笑了。迟禾心想：看来这是一个会让人发笑的焦糊的作业本……

"铛……铛……铛……"挂在树上的铜钟敲响了，与钟声共同敲响的是寒假来临的讯号，交了卷的孩子们瞬间感受到了轻松与兴奋，各班学生等老师安顿好相关事项后，陆续走出校门。路上，迟禾说："姐，你回家后想干啥？"

"早点睡觉。"

"那多没意思，你想滑冰不？"

迟柳想了想说："行，滑冰去！"

姐妹俩一进大门，就见二爸三爸家的几个孩子都在院里玩，听说姐姐要去滑冰，都喊着要去，迟稷说："迟朴太小，就在家里吧。"

迟朴一听哥哥不让他去，哭着说："我也想去，带我一起玩吧。"

迟柳说："渠太深，你下不去。"

迟朴继续哭，迟禾说："冰缝里有会咬人的大黑老鼠，它不敢咬大孩子，就咬像你这样的小孩子。你在家里安全，姐姐去把坏老鼠给你抓回来。"

这话果然奏效，迟朴说："我跟奶奶在家，姐姐抓老鼠。"

姐妹俩带着几个弟弟往秦渠走，没到渠岸，已听见起伏的玩闹声。阿霞捡了一块方砖坐在上面溜冰坡；露露坐在轮胎上，彬彬从后边推着；艳艳用废旧的瓷盆当冰车，坐在里边用两根粗木棍撑着劲往前滑。姐弟几个下渠后，迟乾和迟朗的脚像被冰吸住了一样，难以挪动步子，迟柳耐心地教弟弟滑冰。迟禾滑了几圈，找到一块砖让迟朗坐在上面，她从后边快速地推，稍一会儿，迟朗也壮着胆开始自己滑。秦渠封冻的冰集结着孩子们的欢笑，只是欢笑没有路过马妮溺水的地方。那年春夏之交，见过打捞上来的马妮的尸体的孩子和听说过那件事的孩子都不再去那边玩，迟谷上学经过那里时也会莫名加快步伐，逃离被触发的场景回想。

听到大人高声唤自家孩子的声音，迟柳也提醒迟禾该回家了。几个弟弟还想玩。"回吧。"迟禾说。迟朴还在炕上睡觉，迟稷打趣道："等小朴睡醒，就说捉来的老鼠又逃跑了。"几个孩子哈哈笑起来。

迟谷的考试还没开始，回家后就投入到作业和复习中。饭后，梅清给孩子们赶做过年的新鞋，迟柳拿来土豆、红薯放进炉子里烤，迟元易进库房整理干活的物件。一会儿，烤熟的土豆和红薯香飘满了整个屋子，迟谷终于忍不住从里屋出来，津津有味地吃完一个红薯后继续埋头复习功课。两个妹妹自觉地不去打扰哥哥，找了一副扑克牌玩。梅清手里缝着鞋帮，心里却盘算着要重新盖房，迟谷不能继续和两个妹妹住同一间屋子了。

夜晚，孩子们睡熟了，梅清和迟元易商量起盖房子的事，摆在他们面前最棘手的是地皮和资金的问题。迟元易和梅清婚后曾向村里申请了宅基地，申请获批后，父母刚好给迟元达张罗婚事，全家商量后将地基先给老二盖了房。又过两年，迟元展也分家立院。往后，宅基地越来越难批，老院子里留下了老两口和迟元易、迟元灿两兄弟。随着迟元易家几个孩子的长大和迟元灿婚后孩子的出生，两兄弟分家别院势在必行。寻常家庭，越是明摆的问题，处理起来却没那么容易。迟元易久久未眠，他是三个孩子的父亲，却不知该如何向自己的父母提出分院盖房的要求，如果只是他和老四的问题倒好说，老院子就那么大，他们兄弟分了，父母又该如何安顿？迟元易跟梅清说，先把钱准备好，其他事等天暖和了再说。

几天后，家里热闹极了，迟环旺的继母和李嫦月的母亲过来转，迟谷两个姑姑家的孩子也都来外婆家玩。李嫦月的屋里，架着火炉，炕上放着炕桌，两位老太太盘腿坐在炕上，喝着热腾腾的茶水聊天。一屋子的孩子，围在炕沿看两位老太太的裹脚，孩子们都很好奇老太太的脚为什么和大家的不一样。

迟禾说："老太太的脚生下就长这样吗？"

阿宝已经上初三，学了些知识，就给弟弟妹妹们讲了过去"缠足"的陋习。

迟谷问老太太："裹脚疼吗？"

李家老太太说："很小的时候就缠了，就算疼也忘记了。"

迟柳说："太爷爷裹脚了没？"

阿宝说："只给女人裹脚。"

迟禾想象着给哥哥裹脚会如何，想着想着还是觉得谁也不裹才好。迟禾又说："我知道老太太走路为什么要用拐杖了，是脚太小，怕摔倒吗？"

两位老人都被逗笑了，脸上的皱纹也笑开了花。迟家老太太说："还是生在新时代好，不受那份罪，也不背那份心理负担。"

迟谷第一次从长辈口中听到"新时代"这个词，他开始默默思考新时代是个什么样的时代，就是他现在生活的这个时代吗？老太太既然说新时代好，那以前的旧时代一定是不好的。既然如此，他和新时代又有着怎样的关联？他还不懂，求知的欲望能转化成求世间智慧的愿望与志向，他告诉自己，生活在新时代，就要为守护新时代而努力学习，学更多的知识，先提升自己，再提高自己应对和解决问题的能力。

李嫦月在里间的灶屋炒油茶，炒熟的油茶熬好后，香味直往鼻子里钻，孩子们就暂时撇开了老太太的小脚，自觉地排起队等着奶奶给大家一人一碗盛油茶喝。喝到嘴里的油茶，滑溜溜，柔腻腻，迟谷说，只有奶奶能炒出这么好喝的油茶……

大西北的风咆哮着，硬生生抽着冬的脊背，地上的尘土被风耀武扬威地卷起，秦渠的冰也蒙上层层沙尘。风，来得猛，走得也快。当天空执起太阳的光杖，就算是大西北的冬天也会收敛起毫无耐心的冷冽，变得柔和几分。就是那样一个柔和的冬日午后，巷道里传来一阵叫卖声，那声音似乎劈开了村庄的安静，"豆板糖嗷……卖豆板糖嘞……"听到声音的孩子们在家待不住了，他们走出家门，跟着卖糖瓜的叔叔满巷子跑，一圈下来就知道哪些伙伴吃到了心念的豆板糖。迟谷和妹妹正在看书，大门外的叫卖声隔过书在他们心里漾出甜丝丝的渴望。

李嫦月看看墙上挂着的日历，腊月二十三，要做灶饼了，她出去买了糖瓜。快到晚上时，几个孩子过来，都吃上了奶奶烙好的甜甜的灶饼。小迟茉刚会走路，用极大的耐心满地转步，迟环旺跟着，生怕小孙女碰着火炉。

小年一过，离大年也更近。大人们开始置办年货，年似乎在用自己无所不及的存在检验着主妇们的各种手艺技能，孩子们却不管那么多，巷子里不时炸出"叭叭叭"的几声炮响，炮声又惊出各家的狗叫声。

小年逐渐在巷口隐没。除夕前两天，一直尽忠职守的狗狗跑出了家门，到下午也没回去，迟谷寻了狗狗可能去的地方，边寻边大声唤着狗狗的名字，狗狗始终没回家。那个夜晚，兄妹三人都没好好睡觉。早晨，他们正准备出门。见爷爷从外面回来，他看着三个孩子，缓缓说："狗狗死在了庙门口。"

见孩子们无措地站着，又说："狗狗一世的期限到了，是个忠诚的狗。"迟谷跟爷爷找了地方，把狗狗埋了。迟柳迟禾哭起来，狗狗陪伴她们的画面止不住地浮现……

除夕当天，大人们早早忙活着。临近下午，各家开始贴对联，贴门神的越来越少。孩子们串着门儿地帮大人粘浆糊、递东西，做不了什么，但心里特别高兴，就像能把节日的喜悦都粘在脸上与心里。

暮色起，巷子里的声音渐渐隐匿，各家人卸下一年的风霜雨雪，也卸下一年的收获与失落，在家的温暖中开启新的憧憬。迟尚令一家却陷入生死离别的痛楚。哀哭声从屋里传出来，惊起房顶、院里休憩觅食的麻雀。迟元易一家听到隔壁院里的动静，也是心头一紧，当下已猜出几分，应是隔壁迟尚令的老伴过世了，还是没熬过这年关。没一阵，童花上门请迟元易两口子去帮忙。

迟凡几兄弟平日不睦，农村里，兄弟邻里的矛盾，多集中在田地、宅院、老人养老这些问题上。分家时，这个多分了点，那个少得了点，对老人的照顾上，这个儿子付出多了些，那个儿子管得少了些，都是几代人组成的大家庭中惯常的事。前几年，打田埂时童花二嫂多占了尺线，童花说，次次如此这田还咋种，为此，两姒娌大吵一架，之后落下仇气，关系比陌生人更不如。迟尚令老两口没少为这些事操心，一家兄弟，闹得横鼻子竖眼，不光彩。找这家说不行，找那家说也不听，他们慢慢在心里承认：人老了，说话做事的效力也会跟着老了钝了。

迟元易两口子帮忙到晚上十一点多回来，世间的喜怒悲忧，最后还是因着际遇的变化而回归给当事者，他人的帮助终将退场。即便如此，热心的帮衬也传递着浓浓的乡情。几个孩子自己煮了饺子吃，那香味也像会过年一样，从上一年传到下一年，孩子们说只有过年的饺子才能吃出心里念想的味道。

孩子们很小的时候，常听老人说除夕要守岁，守岁对于处在情绪兴奋中的他们来说，根本就不是难事。时间一点点过去，"年"是没有看到的，但迟禾说，"年"一点也不凶猛，倒像是一个亲密的朋友。黑白电视机里响起十二点的钟声，炮竹们得到了统一的指令一般，噼噼啪啪炸响，炸走了寒冷、炸响了又一岁的希望与期盼。

新衣服是等到大年初一才穿的，多半是梅清手工缝制。一个冬天没怎用过的伙房，也收拾得干干净净，灶台上一大一小两个灶口都架着锅，柴火在灶膛里燃得很旺，没一会儿，热腾腾、香喷喷的饺子出锅了，孩子们给爷爷奶奶、四爸四妈家端些过去，放下饺子，赶紧回家，生怕包着钱和糖的饺子被谁先吃了。

饭后，就去给爷爷奶奶拜年。这时，堂弟堂妹们都来了，一屋子的孩子横排跪地，给爷爷奶奶磕头问好。老两口一折一折地展开手中的帕子，一张一张拈出准备好的压岁钱分给孙子孙女们。

孩子们欢喜的年，圈数着大人们生命的年轮和承载年轮的耕耘与收获。人过年，牲畜也过年。初五，迟环旺把系了红绳的羊赶上场，再去庙里点几炷香。村庄里的人都这样做着，却无人追问为什么如此，因为他们在心里信着天与地，信着自然与时令。

初七一过，年味儿基本褪去，紧随其后的元宵节又是另一番风味。大人孩子都喜欢白天看社火，晚上看灯展。吃汤圆也是节日必走的程序，梅清喜欢往银耳汤里煮些小汤圆。一整天，孩子们都沉浸在欢乐中。这天晚上，迟元易一家都没上街，兄弟妯娌们带着孩子，都聚到迟环旺老两口屋里。大人聊天时，孩子们踩着梯子，上房顶看离迟谷学校不远的街心广场燃放烟花。烟花爆开的瞬间，让城市沸腾的喧哗从夜空坠落，月华如洗，洒向人间万象。苍穹之下，宿命的追问从未止息。孩子们正看着烟花欢呼时，迟禾大喊一声"快看！"手指向东边的院墙，五只按大小顺序排列的老鼠不慌不忙沿墙而过。迟柳"啊"的一声惊叫，身体也情不自禁一颤，仿佛收稻子时那只钻进自己裤腿的老鼠仔还藏在她的裤子里。看着迟柳害怕的样子，迟禾止不住笑起来，笑弯了眉眼，笑扰了夜空稀疏又闪耀的星星！

整个正月的节俗节愿，在二十三燃烧的燎疳火焰中收尾。乡邻们下午就准备好了柴草、青盐和铁锹，天刚擦黑，几家合在一块儿放火燎疳。迟安源手拿铁锹"扬花"，焰火渣高高撒开在空中，扬花的人扬起五谷的花，看"花"的人你言我语地说："这花扬得好，今年的庄稼准成！"把希望和情感世代根植于土地的农民，存着对土地的满心敬畏，守着寸土之中浑然天成的美好。土地，是他们的身份，也是他们的自由！

岁岁如约，迎来送往着光阴里的过客，每个人都身在其中，每个人又仿佛远离其外。在中国年的滤镜下，迟庄村的农民们带着自己的心愿行走在时空的维度中。

四、青春

农历二月，春雷惊起蛰虫。朗朗清风中，桃树使劲儿舒展枝丫，用重来世间的力量撑起一簇簇花苞回馈土地。走在田间的耕牛甩甩尾巴，嗅着泥土的气息。不远处的线杆上，落着几只燕子，凑成歌唱的线谱。

备耕的忙碌更衬出季节的生机，迟元易推着车往地里运粪肥。脚下的土路这些年来来回回地走，累过、倦过，对生活却从未懈怠，此刻，他那颗经历命运碰撞却变得更柔韧的心与眼下正行进的生活凝结一处。年少青春的时光，似有似无地随着记忆的沙河悬起念想的尘埃。昔日处境的种种，曾引起他的痛苦、迷茫与怀疑，他费力地思考，却从没有得到答案，慢慢地，他也像田间的耕牛一样，不言苦累，只是勤恳地耕耘着自己的生活。

迟元易出生时，国家建设正如春天树芽的抽发般朝气蓬勃，发展的种种迹象，一个幼儿是感觉不到的，待记忆的感知产生，国家却陷入新中国成立后最严重的经济困难时期，记忆盛满黑白底色下的贫穷、饥饿和劳苦。迟元易安静地成长，似乎与身边人事不产生干扰。饿得想哭，就一个人悄悄哭会儿，有时，稍大点的迟元芬会跟弟弟说"元易，不哭"，只是说着说着会和弟弟一起哭起来。那些年头，土地成为人们战胜饥荒的最后希望，地里的绿色探出头，树上的花朵开放，只是，花草生长在了一个注定没有颜色的时期，大地的诗意被现实扫得精光。熬着、盼着，用内心所有的虔诚祈祷着要送别那样的日子。好在，开始与结束都有时间的点。

饥荒过后，迟元易入学了，一个小孩子，张开双臂，迎接生活赋予自己的一切生命体验。冬天，他穿着破旧的棉鞋，随父亲到很远的地方拉煤，手脚常常生了冻疮，忍忍就好，天总会暖和起来。母亲到集体砖窑干活，他也跟了去，瘦弱的脊背背起一背篓又一背篓的土。迟元易用不知苦难的精神回应着时代之下像地里的麦茬一样生生灭灭的苦难。

校园的魔力在于它可以过滤生活的呈像，课堂中的孩子被无尽的知识包裹起来，甚至会暂时忘记自己在家庭生活、在自我世界的现实身份。品学兼优的迟元易深得老师的喜欢与同学的欣赏，他用努力学习诠释学生的本分，精神的向上解放出受贫穷挤压的尊严。

读高中时，文静灵秀、家境优越的班长吴雨对同桌迟元易产生了青春的情愫，她发现这个衣服打着补丁、从不在班里吃早点的英俊男生浑身透着坚毅。吴雨开始比迟元易更早进班，把一份早餐放进他的抽屉。青年人青春的心灵大概带着天然的敏感，吴雨对待自己的不一样，迟元易能觉到，只是，在他的内心，有条难以逾越的界限隔在他们之间。她什么都好，而他，在贫穷的难以言说的生活中挣扎，他有自卑，却更倔强，他爱生命的一切，包括痛苦与磨难。他们沿着两条平行线看不同的风景，直至风景在岁月的流沙中隐没。

迟元易边上学边给家里挣工分，1974 年，是他人生中一个重要的时间分界，学业上的努力等待检验的时候，却是他一生彻底和校园告别的时候。高考还未恢复的那段时间，城里的工厂面向高中毕业生招考技术工人，迟元易也没资格参加。眼看着身边的同龄人进城的进城、参军的参军，迟元易心里忽然产生对未来前所未有的惶恐，他的未来又在哪里？

迟元易回家了，带着青春晦涩的忧伤。1977 年，高考恢复，考试在冬天进行。给迟庄村的考试名额没等分下来就已被占满。备考学子的热血沸腾融化不了迟庄村的寂静与寒冷。一夜醒来，一场大雪覆盖了整个村庄。牛羊在圈里吃草料，孩子们在雪地里玩耍，女人操持家务，男人在外打工，屋里的炉火烧开一壶壶茶水，屋外的时光穿不透雪，就像穿不透长长的冬天。隔了季节的雪落，已不是当年雪。脱离学习轨迹三年的迟元易，被生活彻底抛进春播秋收的农业生产中。信念、希望与生命之光在长生的天地间，似乎无从找到他们的存在，又似乎以其独有的方式连接着生命内外。对生命意义的询问总是很费解，如果生命的结果可以预知，他依然会像一路走来的那样努力耕耘，走过的路，痕迹早已融进灵与肉的每一寸边角。

有一段时间，李嫦月发现迟元易脸色蜡黄，眼珠的颜色也泛黄，以为是长身体缺营养又干重活劳累所致，请来村里自学医术的赤脚医生王三，说是黄疸肝炎已经拖严重了。家里没钱送迟元易去医院，求着王三帮家里渡此难关。王三平时只医普通感冒，犹豫之后还是答应了一家人的请求。治病期间，迟元易变得更加消瘦，风能装满他的整个衣袖，好在病总算慢慢治好了。从那以后，找王三看病的人也变多了。

村庄的鸡鸣狗吠、腾腾而上的炊烟看上去不再如之前那般倦怠。年轻的迟元易，生命底层已经有了悲观的架构，那架构又与努力生活的思想并行延伸，矛盾着，也统一着。已入婚龄，迟元易却不想用自己的婚姻连累别人家的姑娘。一天，一位远亲长辈带了外甥女到迟家牵起两个年轻人姻缘的红线，女孩就是梅清。那年，迟元易二十六岁，梅清二十岁，一个面带暖阳内心却几近苍凉，一个刚走出牧区，生性自由却举止含羞。迟元易清晰地意识到见梅清的瞬间，他内心忽然变得明亮，没有顾虑，没有卑微。梅清也被眼前这文质彬彬的年轻人吸引，相见，各生欢喜，缘分的触角自然伸开。

大半年后，元宵节刚过的正月十六，冬的太阳暖暖照着大地，迟元易娶了梅清，同一天，迟元菲嫁给另一村里的温家。吃惯了肉食奶品、喝惯酥油茶的梅清，婚后开始适应婆家的生活，心灵手巧的她，摸索着持家之道。梅清只有小学二年级文化水平，迟元易干活之余的闲暇时间教她认更多字，一天天过去，梅清也能看迟元易的日记了，她为自己识字量的增加高兴了很久。

家里田间，梅清都是把好手。为了增加收入，她养家禽、打短工，她不懂哲人的悲思，也不管天地的广博，家就是她的世界。迟元易一直跟着邻庄金大哥的建筑队当焊工，电焊的手艺是高中毕业后跟着师傅学的。孩子们的出生给家庭注入新的主题，世界的繁华与荒芜都是别人眼中的风景，迟元易两口子有他们要循的道路。

隔几块地，迟元易大爷爷的孙子迟凯也在地里忙着，两人同年出生，初中也在同班读书，不擅合群的迟元易在这个比自己小几个月的本家兄弟面前倒是自在些，也能多些话语。干完自家地里的活，迟凯扛着铁锹往迟元易这边走来，边帮手干活，边问："大哥，开砖窑的巩六你不是认识吗，能联系着帮忙买批质量好的砖不？"

"你买砖干啥？"

"春耕后，该盖房了，我和邓瑶带着四个孩子实在没法继续挤在那两间小破屋了。"

"好，明天就去给你打问价格。"迟元易给迟凯应着，想到年前梅清跟他提及盖房的事，内心又是一阵冲击。

一天下午，喜鹊落在院里的椿树枝上，一阵风似画卷般的舒展将渠岸上缕缕槐花香吹进院里。梅清正捡着野菜，见迟元易的三个舅舅推车进了大门，起身招呼后，梅清便忙着搭火做饭，李家三位舅舅进了迟环旺老两口的屋里。吃过下午饭，老两口叫齐了四个儿子，几家的孩子们也都聚到院里耍闹，只有迟谷感受到了和平日不同的气氛，他不知道爷爷奶奶要做什么，却知道必是有事才会这样。

那晚的月光，清透如水如缎，由天空泄滑于大地，投出重重斑驳的影。孩子们玩了很久，玩到不愿再玩，主动回了屋。大人们用几个小时的时间商议的事情有两项，一是迟元易和迟元灿分开院子各立门户，二是老两口的养老问题。院子由兄弟俩量尺拉线平均分，养老问题上，迟元易和梅清商量后提出父母都随他家过，迟环旺没意见，李嫦月却很坚决地要随小儿子。两位老人的意思，在场的人都无法理解，但谁也不能改变什么。在三个舅舅的主持下，几个儿子接受了父母的决定。迟谷不明白爷爷奶奶为何要分开过，再长大些，他便慢慢懂了。

日子辗转，又到初夏，两家都开始着手盖房，盖房的都是四川人，能吃苦，活干得也细。东西头连着盖了几间套房，南北头盖了几间单房，大门向北面渠而开。收工当天，孩子们见父母拿着一沓一沓的钱付给了工头。那些钱里，藏着爸爸的早出晚归，藏着冬天的寒冷与夏天的炎热，也藏着电焊刺在脸上的褶皱与刺在眼睛里的疼痛。

新学期再次到来，迟元易一家住进了新房，迟谷有了自己独立的房间，迟禾迟柳同住一屋。迟谷跟妹妹说，住新房的感觉比出生时的感觉强烈多了，妹妹说："哥哥的出生还有感觉吗？"

"就是因为当时没感觉，才显得现在的感觉强烈得多，这在语文修辞中叫作'对比'，记住了吗？"

"瞧给你说的还能得不行。"

孩子们用鼻子嗅着屋里的气息，迟柳说："这是'新'的味道。"很多人生来就拥有的东西，在他们却是极大的艰难，伴着生存的喜悦与快乐。

两个妹妹很快入睡，梦里都是欢笑。暗夜里，迟谷内心涌出一股酸涩，他不知道生活是什么，但他每天都在用身心的感官触摸生活，他盼望着那些感官能快快长大，长得如屋里的横梁一般，足以撑住整个屋顶！

秋雨连绵时，屋檐上成排的雨槽织泻出细而急的雨帘，铺满青砖的院子难得再溅起大大小小的雨泡，不漏雨的屋顶终于遮蔽了一家人雨天的烦扰。孩子们依然要到大门外看爸爸快回家没，出门后，看到渠水和着雨水像久别的情人般相拥起舞，一时之间，场景竟变得生动华丽起来。渠岸在雨的滂沱里泥泞，也许渠岸并不觉泥泞……

　　孩子们静悄悄地成长，静到有一天大人们看着自己的孩子会有些恍惚，于是他们的脑海中又会现出婴孩的啼哭、儿童的奔跑，那样的恍惚、那些念想也只在瞬间来、瞬间去。大人们忙于生计，孩子们忙于生长，时光忙于完成更替的使命。一家人像田野里长在一块，共同沐春风、享夏雨、染秋色、度冬寒的花花草草，敛着深情，相牵相伴，相依为命。

　　秧苗吐绿的时节，一块块泛着水光的田地很快容纳了更多的生命精华。霞光晕红天色的下午，迟元易正干活时，脚被田里的玻璃碴割破，伤口很深，血迫不及待地从血管往出流。一时间一阵慌乱，梅清要借童花骑到地头的三轮车带迟元易去医院，执拗的丈夫却一个劲地往伤口处抹上一层层厚厚的泥，等血慢慢凝住就自己骑车回家处理伤口。长期与土地打交道的人，摸索出了一套以土地为中心的生存方式，躯体很自然地同生存的境遇、节奏相依相附。对迟元易而言，同用磨难包裹起来的生命经历相比，脚上的伤口根本算不得什么。但在孩子们心里，却是另一番想法。

　　迟谷已经是读高一的大小伙了，迟柳迟禾也成为初二的学生。那天下午干完活，迟谷没有一起回家，他就那样坐在田边的小路上，坐在爸爸脚割破后坐着的地方，坐到四周无人，只剩下风吹与蛙唱。他不知那些蛤蟆啊青蛙啊到底是抑不住的欢畅还是想要倾诉点别的什么，管它呢，听就是了。大片的水田里，稻苗会一天天长高长结实，抽穗出谷丰收，几千年来，不是一直如此吗？而几千年来栽种稻谷的人在不同的时代又会过着怎样的生活？他们姓甚名谁，谁能知道他们，时间的河岸到底是抛弃了他们还是留下了他们。他什么都不知道，也不知道自己是谁，怎能在这样的黄昏坐在既满又空的田边瞎想，想着想着，眼前又是爸爸的脚流血的情景，这样的生活必然会继续，他也必然要这样继续吗？成长注定是年华的无解吗？迟谷忽然想大哭一场。身体里涌出疲惫，他把自己的泥腿泥脚浸入水渠里冲洗，水流过，皮肤微微触到柔和的清凉。

家里，姐妹俩心疼爸爸，心疼地直掉眼泪。迟柳和妈妈搭手做饭，迟禾在院里边洗鞋边问爸爸："爸，活着是不是很苦啊！"她问着的时候，脑子里是多年来爸爸起早贪黑干苦活脏活累活的情景，爸爸的生活，仿佛从来没有舒服可言。和爸爸坐在院里一起吃黄瓜西红柿、吃用井水泡凉的西瓜、吃二姑家树上摘的甜滋滋的葡萄都是难得悠闲的成长画面。

　　"苦，怎么不苦。"

　　"要是你知道活着这么苦，你还想来这世上不？"

　　"人活在世上，都有各自的社会分工，要是都想活得轻松，这个社会就没法运作了。生活就算苦，也有苦的意义。"

　　"爸，要是我提前知道活着那么苦，我就不想活了。"

　　"一个小娃娃说啥胡话，就因为苦，所以要更用心地活！"爸爸平日对他们从来没什么要求，也从不过问他们的学习，妈妈没多少文化，生活于她便是土地与烟火，父母的生活状态让她感受更多的是按部就班而非积极进取。他们的生活像极了田里的庄稼。可是，她却从父母那里获取了许多她说不清的力量，这力量让她觉得自己和父母既相似着，又分明有很多不一样，她要改变自己以后的活法。

　　哥哥回来了，饭已做好，一家人吃着饭，劳累消解了不少，孩子们不用惦记明天上学，吃完饭都开始各自写作业。

　　晚上，迟柳肚子疼得厉害，那种疼是平时没有感受过的，第二天早晨起来，她发现裤子上有血，尽管模糊地知道点女孩子身体发育的知识，但恐慌又羞臊的情绪还是袭来了，她不知该如何打破这尴尬的处境。梅清发现后给迟柳找了卫生纸，教她怎么折叠使用，随后又出去买了几包卫生巾。迟柳接了一大盆水，放在阳光足的地方晒着，待水晒热些便拆洗了裤子。说起来，迟柳的初潮要比迟禾幸运许多，迟禾染在校服裤子的红色，是放学后被班里几个关系要好的男同学发现的，几个男孩大概也不懂得如何提醒自己的女同学，同桌肖帅把她叫到一边说："你……你的裤子红了。"

迟禾瞬间感觉身体的血液都开始往上涌，脸烫得能把拂面的风给热散了，她结结巴巴地说："谢……谢谢你。"迟禾把书包带放到最长，稍能遮挡些，可是从学校走到家里，需要二十几分钟，路上那么多人，光是想象自己身体的秘密被别人发现，她就急地生起气来。想来想去，迟禾决定脱下外套衣服，她将两只袖子绕腰合系，在前面打个简单的结，这样心里也自在了很多，只是她走路从没有像那天那样谨慎过。

迟元易暂时没去工地干活，他跟金大哥招呼了声，在家待几天。家里前院是他的私人小工地，那些弯曲的钢筋被锤直了，不规整的铁皮被切割了，用的时候又都发挥出神奇的作用。在那一片小天地，迟元易焊了很多个铁槽、鸡兔笼、手推车之类的物件，拿到集市去卖，很快就被抢购一空。素日里，迟元易从不午休，在外面找各种碎杂活干，三个孩子也都不休息，做着各自的事情。

二姑元菲的儿子温航比姐妹俩晚出生十几天，几个孩子在同一个中学上学，每天结伴上下学，一路聊天耍闹，下了桥头，他们就更活跃了，这里的孩子与季节和落在季节里的风景共同构成了村庄画卷的一部分。村庄生活是他们世界的主体，他们在简衣素食中满足着，村庄的风花雪月、水草虫鸟带给他们的感受要深于城市的车流喧嚣、霓虹照耀。他们永远看不厌村庄的四季和四季的村庄。

只是，这些孩子成长的背后却也缺了一些推力，身边罕有人会和他们探讨目标、理想之类的话题，一日日地过着，无人过问他们的考试成绩，也无人告诉他们"长大"会很快，而长大后的生活和现在有明显的界线区分。在孩子们的意识里，从不担心有一天如果不上学，该如何生活。迟柳便是如此。迟禾虽然在心里不愿过父母现在过的生活，有时甚至多少有点瞧不上父母曾经对待生活的不争取和如今的甘于现状，然而，除了不种地，她也并不知道将来要过怎样的生活，可能会过怎样的生活。她又何尝不是和父母一样，在校园的学习生活中按部就班。

迟禾被体育老师选入学校体训队，她不知每天为何要比其他同学多跑多训练，她听老师的安排，老师让怎么练她就怎么练。每次学校开运动会，她都能在长跑和短跑比赛中取得好名次。那时候，班里同学都声嘶力竭地对她不停喊着"加油"，就算同学们不给她喊"加油"，她也可以跑得很好，可她心里喜欢这样。语文老师让她参加演讲比赛，她也按着老师的安排去参加；物理老师说有物理竞赛，需要每周抽出时间对参赛同学进行特训，她就积极地特训。初一下学期，从新疆调来的英语老师教英语她听不懂，期末一百分的英语试卷只考了六十多分，初二新换了一位英语老师做班主任，一百分的卷子她考了九十九分，只是，六十多分带给她的压力也并不比九十九分带给她的喜悦多。

大姑的儿子阿宝住在嫁到迟庄三队的小姑迟元溪家。他每周会从师范学校给迟谷他们借书，一次借五本，阿宝自己不爱读书，却很乐意给弟弟妹妹们借书。迟柳读书的投入性不及哥哥和妹妹，她做得一手好饭，能编各种小辫，会织围巾帽子。与姐姐的手巧相比，迟禾就显得笨拙了许多。

那时候，班里很多女生都看琼瑶写的小说，迟柳也乐意看，她跟家在迟庄一队的同班同学刘婕借了一本《烟雨濛濛》。迟柳很容易受到书中内容的感染，看得一会儿笑一会儿哭的。迟禾翻了几页觉得内容索然，也就失去了兴趣。巴金、老舍、三毛的作品她能读得很专注，《战争与和平》《基督山伯爵》之类的外国文学作品她也是喜欢的。迟谷喜欢中国历史和西方哲学类的书，他在书中感受到时空的恢宏和人类思想的复杂多元，他逐渐开始触探起与生存、死亡等相关的问题。

放学回家的路上，迟谷踩到几片像鸭毛一样黄闪闪的树叶，有槐树的、柳树的，也有杨树的。那些叶片，有的还隐隐透着生命的光泽，有的只剩残面，有的已经干枯。渠边的苇草、苍蓬还在倔强地试图保持旺盛的姿态。季节的再次变化中，迟谷也随之告别了高一生活。从迟庄二队经过迟庄三队走向黎明路的那段路，多年来已经成为与他心灵相通的路，他的苦闷、忧伤、彷徨……那些在成长中刚开始相遇就非常深刻且牢牢跟随他的各种情绪，他总会对着一条路、一渠水倾诉。几年的中学时光，在迟谷身上留下潜在的印记，知识拓宽他视野的同时也打开了他思考的触角，高高的个头、挺拔的身型配上儒雅帅气的容貌更衬出几分男性的刚正、沉稳和敏锐。他成绩优异、爱好广泛，经常参加学校组织的各类活动，高二年级八个班的很多学生都认识他，他像田间的向日葵，质朴也热烈。

上午英语课后，趁老师还没离开教室，他找老师帮他分析几个有疑惑的问题。放学的铃声响起后，得到老师"下课"的指令，班里同学都迫不及待走出教室，迟谷见宋萱并不急着走，便过去跟她借英语笔记。她爽快地把自己的笔记本递给迟谷，说："我的笔记记得很详细，知识点都有注解，看对你有帮助没！"迟谷说了声"谢谢"就拿上了。回家路上，他走得恍恍惚惚，一个笔记本让他的内心掀起微澜，他模模糊糊想了许多，又好像什么也没想。脚下的落叶也被他忽视了……

宋萱是班里的学习委员，英语成绩也总居年级第一。私下里，她是很多男生聊天的焦点。这个长相好看、品行端正又讨人喜欢的女生从普通的农村中学考进这所全市最好的高中学校。宋萱很少在班里说话，她是班里沉默又耀眼的风景。

晚自习前，迟谷把笔记本还给宋萱，发自内心地赞叹道："笔记做得真好，像艺术品。"

"哪有那么好，随便记的而已。"宋萱说着，白净的脸却泛出些许红晕，她并未直视迟谷的目光，两人的身高差让她可以安全地低头说话。回到座位，宋萱发现她的笔记本里多了一张印有山水风景的精美书签，上面有迟谷的字迹：山高水长，逐梦而行！简单的八个字，牢固地储存进宋萱的大脑中，加速的心跳震颤着她的胸口。

宋萱出生时，母亲用尽最后一分力气把她带到人间，她用啼哭迎接人世，也用啼哭永久地送别了母亲。母亲去世后，父亲宋玉强藏起内心的悲痛，带着她继续乐观地生活，有人给父亲说媒，他总说不再娶了。宋玉强勤劳正直，有挣钱的事做，他绝不会闲着，他要给闺女创造更好的条件。父亲给了宋萱最大的爱护。四岁生日那年，父亲带她去祭拜了母亲，回来后，父亲一个人喝了酒，酒后，她第一次见父亲像个孩子一样哭了，她也跟着哭起来。

那年冬天似乎总在下雪。一场雪后，宋玉强拿着大扫把踩着梯子上房扫房顶的积雪，正扫着，忽然一阵眩晕，呼吸也急促起来，很快，便在屋顶上抽搐着失去了气息。那满天满地的白茫茫，不知道人世间有个小姑娘从此只能在星空中寻找自己挚爱的双亲，就像她的父亲也曾在星空中寻找自己的父母与妻子一样。

兄弟几个合着处理了宋玉强的后事，又商量起宋萱的抚养问题。大爹宋玉松家开着碾坊，日子过得还算殷实，大妈徐英生了两个儿子，大儿子初中毕业后回家种地打理磨坊，二儿子正读初三。徐英一直遗憾没生个女儿，她把对女儿的想象都寄托在一出生就没娘的宋萱身上，当天，没等其他人说什么，徐英先要了宋萱的抚养权，其他人目光相视，没有表达不同意见，宋萱正式成为宋玉松家的一份子。家庭的变故使曾经天真无忧的小女孩变得不爱说话，脸上的小酒窝也不再绽开花朵。

以后的日子一切如常，村里依然有人推着麦子和稻子，到宋玉松家碾米磨面，宋萱也很快入了学。村里人说宋玉松夫妇心好，没亏着弟弟家的孩子；村里人也说，宋萱这苦命的孩子学习方面够争气；村里人还说，希望这孩子能过得幸福些……

宋萱像自己盼望的那样，一天天长大。她长成一个美丽善良有思想有见解的好姑娘。只是，她的心里始终有一处空洞，那空洞年年岁岁日日月月长着对父母的思念。一天夜里，她做梦又梦到了父母。梦里，她始终看不清妈妈的身影，拼尽全力想抓住妈妈，爸爸笑着，却没有任何话语，他转身跟着妈妈走了……宋萱所有的意识似乎都要哭散，"爸，妈，你们为啥要把我一个人留在世上……爸，我好想你，求你们不要丢下我……"宋萱哭着，她无法醒来，也无意挣扎。

每个阳光照射的白天，宋萱都把自己湮没在知识的汪洋大海中，她要做自己能做的所有，也要争取更宽广的存在空间。她是大自然生灵群体的渺小构成，却深深迷恋着自我之外的一切浩瀚。

晚自习的时间，伴着笔下写字的"唰唰"声一点一点过去，宋萱的思绪回到高一入学的那天。清晨，阳光绚丽，宋萱背着大书包，左手拿盆，右手提袋，想着心事往前走路，不留神被脚下的石子绊了，当即摔倒在路上，盆子掉了，袋里的东西也洒了一地。她忍着狼狈的疼痛慢慢起身，把掉在地上的东西一件件捡起。一个刚好路过的男生也蹲下来帮她捡，宋萱清黑的眸子闪着满满的谢意，在一个初来乍到的陌生环境，哪怕只是微小的善意，也足以让她感到温暖，她连说几声"谢谢"。男生干净好看的脸上带着淳朴的笑，把捡起的东西递给宋萱，说句"不谢"就走了。

正式开学第一天，迎来为期一周的军训，迟谷被教官选为标兵，全班同学都认识了这位来自迟庄村的同学，宋萱的目光落在迟谷的脸上，先是瞬间的惊诧，接着心里悄悄念叨着"原来他叫迟谷啊"。宋萱因正步走得不标准，被教官单独训练，迟谷同样留意了那张带着忧郁的初次见面就让他难忘的脸。现在，这张脸和他还有许多其他人的脸都在同一个集体中相逢。

军训结束后，这一对同学也熟悉起来。在随后的学习检测中，他俩的成绩始终不分伯仲，班里岳田洋总说要向他们挑战，在成绩上超过他们。岳田洋小心翼翼地在心里藏着一个辛苦又甜蜜的秘密，他喜欢宋萱，喜欢她别扭地走正步，喜欢她利落而准确地在黑板上解题，喜欢她的沉默与凝眉，喜欢她的善良与真诚，喜欢她举手投足间的自然气息……他喜欢她，有太多理由，仔细思量，每个理由又都不成立。岳田洋怀疑过自己的感觉，他对宋萱到底是喜欢还是欣赏？当他听同学们聊天间把宋萱和迟谷关联到一起时，心里会莫名酸涩与失落，他试着在思想中绕开宋萱，只是越想回避，她却往自己心里钻得更深。

说起岳田洋，他倒是挺沉稳，班里没人知道受师生爱戴、性情温和、有学识的校长岳光就是他父亲，他的母亲是当地一所医院非常有名的妇产科医生，那座城市不知多少孩子都经由他母亲的双手和这个人世建立了最初的关系。岳田洋是家里的独生子，从小在父母的关爱、呵护中长大，他乐观、上进，白皙的脸上总像沐着春的阳光，性格中也无丝毫骄纵。他的成长似乎都是水到渠成的顺意，对宋萱的喜欢，是他十六年的生命经历中遇到的第一件棘手的事，只是，没有谁能帮他理清那些让他倚恋也让他烦乱的熬人情丝。

　　岳田洋无论做什么，脑海中都可能不期然跃出宋萱恬静娇柔的面庞。"月上柳梢头，人约黄昏后"，诗句才出口，他就会想要不要大胆地约宋萱和他散步聊天；数学题难解了，他会想宋萱能不能轻松解出答案；嘴里吃着冰激凌，都会想要是能和宋萱一起吃该多好……岳田洋有时会忽然心生恐惧，一种进退两难的恐惧，不愿走出却又空有深情。也许，等他的成绩能超过迟谷和宋萱时，就能引起她的格外注意，这样想着，反倒将内心的所有力量都投入到学习中。

　　磨人的状态不觉间持续到了高二要结束的时候。期末考试，迟谷名列全班第一，岳田洋第二，宋萱两分之差紧跟其后。三个青年人的心里，都隐隐感受到了些许不寻常的气氛，该解答一份与"选择"相关的青春试卷了……

五、选择

升高三要文理分科，迟谷选了文科。想起疏忽而散的两年时光中和同学们在同一间教室朝夕相处、笑闹悲欢，转眼却要走向不同的学习航道，心里多少生出些"盛席华宴终散场"的不舍与无奈。

下了晚自习，头顶星空，夜风微凉，秦渠岸上只有迟谷一人骑着自行车。几分钟前还照着城市的街灯，此刻车轱辘下压着的这片乡村土地却只有月光洒泻。迟谷在一片沉寂中猜测宋萱会选文科还是理科，他知道自己心里存着很执着的对宋萱的恋，也看得出岳田洋同样喜欢宋萱。岳田洋选理科。

分科名单终于公布，宋萱也选了文科。当天的语文课，班主任通知大家下午要照分班前的集体照，听到消息的瞬间，班里变得格外安静，连呼吸的节奏仿佛都变得一致。几十颗十六七岁的年轻心脏，在沉默中共同过滤着时光承载的往昔记忆。

岳田洋终于不再压抑自己的情感，他备了好几种向宋萱表白心意的方案。照完集体照，岳田洋约宋萱到学校操场北边的沙枣树下见面。当这一刻真的到来时，他连续几天进行的表白预演忽然都土崩瓦解。两个人定定地站在那里，好像脚底踩着强力黏胶似的，周围的空气也变得局促。岳田洋脸颊微红，却不掩目光的炯炯有神，嘴里也终于能蹦出句话来，他说："时间过得真快，明年 7 月就要高考了。你想过要考哪个大学吗？"

"我现在也不知道要考哪个大学，但我喜欢北京，我想上那里的大学。"

"我也往那边考吧。"

"你也喜欢北京吗？"

岳田洋在心里说：我不是喜欢北京，我只是喜欢有你在的地方！他笑笑："能考北京的大学当然好啊。"

宋萱看着飞过去的几只鸽子，若有所思地说："高三一年要全力以赴了！"

岳田洋觉得宋萱也像那几只飞在空中的鸽子，每行一程都会有自己的同伴，却不知终将飞向何处！"宋萱，同学两年，你对我的印象如何？"

"这个……我觉得你像灿烂星河的一道光。"

"如果这道光想照进你的生命，你愿意接受吗？"话出口得那么快，岳田洋自己也没意料到。他一直藏着那份认真又热烈的情感。

宋萱看着眼前这个才华横溢的大男孩，却近在咫尺地感受到彼此距离的遥远，岳田洋的光芒不是她能承受的。宋萱从未想过会和这样的人生场景相遇，她稍作镇定地说："这道光很耀眼，也很美好，却无法属于我，我大概注定要先独自行走一段黑暗的路，而你，可能从出生开始，生命就被照亮了。"

岳田洋受了一种莫名的感动，宋萱那么坦诚地拒绝了他，他的内心产生前所未有的冲击，可他还是要把想说的都表达了，"宋萱，谢谢你和我同班，谢谢你的美好不知不觉闯进我的生命，谢谢你让我感受到认真喜欢一个人的滋味。"夕阳拉长了两个年轻人的身影，生命当下的幕只是刚刚开启。

晚自习，班里同学都上得格外用心。宋萱却想着下午的事，她既想避开那些干扰情绪的念头，又想真真实实地看清自己。将要迈入十七岁的门槛，她是真的还不懂男女之间的爱慕与喜欢之情吗？不是！因为过于珍视，才不敢奢求。如果默默喜欢可以被允许的话，那个阳光照耀的清晨，翩翩少年多少有些驱散她生命寒意的淳朴一笑早已嵌入她的心里，后来，她也只是远远地注视他，直到心潮被一枚小小书签猛然掀起……

高三来临时，迟禾也升入高一，和哥哥在同一所学校。迟柳落了榜，越临近开学，她心里越不是滋味，在还无法理解命运、思考未来的年龄，一切都看父母的安排。迟元易当年是喜欢学习的，可性格底层的顺从让他在任何需要有所作为的时候都选择随大流，这既是他行走于世波澜不惊的姿态，也是他保守怯懦的生命局限。梅清更不消说，她是三个孩子的母亲，在家庭的操持中她尽心尽意，在孩子的教育方面，却缺乏长远的见识和执行的能力。村里的很多家庭都如此，学考得上、书读得下去家里就支持，像迟柳这样中考落榜的孩子，大多意味着学业就此中断，只有极少数家庭会给孩子寻求复读的机会。

迟柳没能成为那样的"极少数"，她去亲戚家的服装店做了售货员，此后，又先后换了几家店主，销售的物品无非是些鞋包衣裤之类，只是拿到的工钱会随着销售业绩的提升而一点点增多。迟柳还做过刷涂料的活，每换一处工作，都会认识新的朋友，没过多久，她便完全退出旧有的生活圈，逐渐学着融入"社会"这个奇特的大熔炉。

迟禾比初中更努力地学习，她知道考进市区重点高中的学生都不弱于自己，她还想把姐姐的那份学也给一块儿上了。看着姐姐每月把自己挣的一点微弱的工资交给妈妈时，她是那么心疼。可是，和更不幸的一些女孩儿比起来，姐姐或许还是幸运的。十几年零零总总累积的认知，使迟禾大体可以为自己的人生做出初步打算，她不想像妈妈那样疲于应对生活，更不愿像那些选择辍学的同学一样将自己放置于深不可测的生命巨流，她想更稳妥地走自己的人生之路。至于怎么走，走着走着也便会有方向。

迟禾的初中同学付娴、孙媛，继续和她高中同班。学习上有不懂的问题，三人便经常凑在一块儿探讨，直到弄懂为止。迟禾喜欢读课外书，这个养成于小学时的习惯，一直随着她，没有淡化，反而更加强烈。有时，她眼睛肿得核桃似的、顶着两个大黑眼圈听课，一看就知是晚上看书太投入，被书中情节感动得不能自已地哭过一番。

在迟禾的观念中，学习是和吃饭睡觉等位的生活构成，不知苦乐，而苦乐早已落在向学的过程中。很难看出有什么事能让迟禾烦扰，风吹树叶的响动、小麻雀的欢唱、路边盛开的一朵小花、吃到妈妈做的简单饭菜……类似这样的任何一处小景、一件小事都能让她感受到极大的满足。她不在乎自己的身高外貌，不在乎自己穿得不好看的衣服，不在乎像男孩子一般的发型，一个爱美女生关注的焦点仿佛都和她无关，她总是在与同学的合群中保持我行我素。

上初中时，她羡慕过孙媛，因为孙媛有个极细致的妈妈，是那种对孙媛从物质到精神都很关心、重视的细致。班里同学都喜欢谈论篮球时，孙媛隔天就有了属于自己的篮球；学校元旦联欢会有人弹得一手好吉他，引得同学们赞叹不已，孙媛就算不会弹，也很快有了属于自己的吉他。中考那几天，迟禾的父母忙着干活，不知她们姐妹已经要中考了，孙媛家却大不一样，她妈妈不仅做了丰盛的饭菜，还熬了绿豆汤给她解暑。迟禾羞于对生活进行攀比，也理解父母的劳累和不易，可是，拨开内心深处隐藏的渴望，她也想得到父母更多的关心与赞许，哪怕是稍许的片言只语。而父母似乎将所有的经历与精力都投给了看不见底的生活，一天天，一年年，循环往复到程序化。

那看不见却又无处不在的"生活"时而无端地在迟禾的内心磨出不起眼的土疙瘩，她用自己的办法像爸爸开春平田一样把一个个小疙瘩捏碎，融进平整的土壤里。学校收取各类费用她几乎都交在后头，对着装在书包里的钱，她说："你总是迟到，迟到得我都不好意思了，什么时候咱能跑在前头多好！"端着一盆盆和好的饲料给家里养的鸡和猪喂食时，她说："吃吧，我喂你们可是很辛苦的，不过你们能好端端吃一天算一天！"和姐姐走在渠岸上，她问："姐，为啥非要像这样规规矩矩走路？"

"不这样走，该怎么走？"

"像这样，你看着啊！"说罢，便像醉酒的人一般跟跟跄跄往前走去，如此体验她似乎还不满意，又甩着胳膊踢着腿配合自己胡编乱唱的调调走了一气。

动作一出，引得迟柳一阵大笑："你这样不规矩地走就舒服了吗？"

"好像确实舒服了许多，不信你试试，哈哈。"

"我才不跟着你一起疯呢。"

迟禾对自己的成长只能预设一个大体的方向，要做什么、不做什么，追求什么、控制什么，都没有太清晰的边界。她想，或许所谓的明确不过是顺着环境的随波逐流，尚不成体统的自己，又哪来的底气瞧不上父母的默默无闻？她在求变与看不到变的结果下自我纠缠，未知也许是困惑的根源，也是希望产生的根源。她喜欢静静地、久久地凝望天空，白昼的天空和夜晚的天空，她相信只有博大才更能接纳像她这样的个体渺小。

高一的学生也要上晚自习，幸好还有哥哥，若不是哥哥陪着，回家经过秦渠岸的那段路，迟禾一个人说什么也不敢走。就算没有小时候亲眼见马妮尸体从水中捞出的那一幕，单是听老人们说吴爷爷家那片园子战争年代曾留下尸骨累累就足以让人瘆得慌。

同班安牧家住靠近黎明路桥头西侧的秦渠北岸，与秦渠南岸的迟禾家相距不到二百米，这点地理位置的差异，隔出了城乡之分。在一个旧的世纪就要结束的时代交替期，"城市""农村"的分界已不再过于明显。从出校门到桥头的那段路，有时他们会同行。

时间长些，迟谷和安牧也熟悉起来。向来不干涉迟禾交友的哥哥，一天晚自习回家时问："你和安牧咋回事？"

"啥咋回事？就是有时顺路一起回家的同学呗。"

"再没别的？"

"哥你真有意思，还能有什么别的。"和同龄人相比，迟禾思考问题的范围或许更广些，但她的生活与情感世界却很简单。

上初中时，班里有男女同学找对象，付娴就曾为此苦恼不已，本班和邻班都有不爱学习的男生纠缠她，她不知该如何处理，总是躲避着，好在因为成绩优异，老师们都很器重，那些男生也不敢举动太过嚣张。迟禾从小混在男孩堆里玩，性格也颇有几分男孩子气。迟禾迟柳刚入学时上学前班，上了两天课，姐妹俩就被老师抽选到一年级。进班时，迟禾被班里无人敢惹的男生故意使绊子摔了一跤。等到下课，那男生就尝到了苦头，迟禾打班里"小霸王"的事被老师知道后就让她当了班长。刚上初中时，又遇到一个难缠的同桌，总爱揪她头发故意挤她位置，忍了一段时间后，迟禾还是用武力解决了问题，自从同桌的鼻子被她一拳打出鼻血后，类似的事情再也没发生过，此后，她只一心学习，很少有什么事情能引起她的格外注意。

上了高中的迟禾对书籍更多了些迷恋，只要有书，课间没什么事情她就一直待在自己的座位上。有时，上课的铃声都会被她忽略，见老师进了教室，才紧忙地换书上课。她对事情的关注点，往往和很多人不太一样。有一次，上晚自习差点要迟到，匆忙跑进校园的她，听到音乐室传来女生合唱的声音，"轻轻地捧着你的脸，为你把眼泪擦干……"歌声以迟禾不曾感受过的柔美、悠扬融进初冬暮色苍穹下的校园里，迟禾不觉放慢了脚步，竟忘了自己是个将要迟到的学生。待缓过神来才再次奔跑着进班，气喘吁吁地坐到座位，刚好响了晚自习的铃声。

中间休息时，她走出教室，站在走廊向校门外亮着灯光的街道望去。这条熟悉的街上，依然有商贩守着小摊等待下一位客人；一辆辆鸣笛的车行至校门口时明显降了速度；校园四周居民家的灯从玻璃窗透出色彩不一的光。看着看着，眼前的一切都变得虚幻起来，人与物彻底脱离，就好像汽车自己在行驶，商品自己在跳动，灯光照耀着所有的物共同起舞。而那些人呢，他们都一丝不挂地飘在空中，没有职业，没有身份，没有思想，都成为物之构成的一种。她不知自己为何会有这样的想法，但她并不阻止自己继续想下去。恍惚间，她又嗤笑，人怎么可能没思想，如果没有思想，此时的她又在做什么，天地之间，当万物都被抽离，或被归类后，"人"却成为最孤独的存在。

万家灯火处，她却觉得自己像一支羽毛，无根无底地往下飘，正飘着，她又批评起自己，什么无根无底，她还有最爱的父母、哥哥和姐姐。丁零零……上课了……

进入高三的迟谷，比以往任何时候都更用心地学习，夯实基础知识的同时，他主攻相对薄弱的知识点，建立各单元间的知识联系，做题时力求举一反三。迟谷还不曾想过要考哪所大学，但他很清楚，只有成绩考好了，才有选择大学的余地。

阳历十一月中旬，下了入冬以来的第一场雪。因为下雪，又是周五，兄妹俩都没骑自行车，步行去学校。中午放学，两人一起回家，边走着，迟禾跟哥哥说："哥，生日快乐啊。"

"你这脑子能记得我生日，真不容易！"

"忘了啥也不能忘了哥的生日。光有语言祝福太单薄，闭上眼睛，我送你一样东西。"

"不闭行不，直接给我就得了，故弄玄虚干啥。"迟谷不放心地笑笑说，以他的了解，大妹做事挺靠谱，小妹就不敢保证了，以至于他觉得小妹说送他礼物，定有蹊跷。

"闭吧，就一小会儿。"

架不住迟禾软磨硬泡，迟谷只好依着她闭上眼睛。还没等他睁开眼，就感到原本暖暖的脖子袭来一阵冰凉，果然，一个小雪团已经在他脖子里安了家。

"就知道不能信你，礼尚往来，看我怎么回你一个更大的。"

"哥，我投降！刚和你闹着玩呢。我真有东西给你。"说着，从书包掏出一本包了书皮的书，是梭罗写的《瓦尔登湖》。

"这可是我省吃俭用攒点钱买的，当然，为数不多的钱也是姐姐给我的，那天去新华书店见这书封皮挺吸引人，就买了打算送给你。"

"这回你还靠谱了点。"

"啥意思啊，送你东西还要被你数落，好像我真不靠谱似的，你好好瞧瞧，我要不靠谱，还得劳烦哥给我指指靠谱的人在哪？"

"你眼前不就有一位吗？"说着，指了指自己。

"哈哈哈，哥，你啥时候变这样了，自恋地让我发笑啊。"

"去去去，不懂得欣赏的臭丫头。"兄妹俩调侃间很快就到了家。

进屋后，炖羊肉的香味似乎要把外面的雪花都给馋进来了。寒衣节前，梅清打了羊肉，节令当天，先炖了一小部分烧纸时敬祖，第二天刚好是迟谷生日，梅清就把余下的都炖了，肉汤里下了青萝卜和粉条，长长的粉条代替了长面的寓意。

"妈，这是特意给哥准备的吧。"迟禾把"特意"二字故意说得酸里酸气。

妈妈也故意说："是啊，'特意'给你哥准备的，这肉你就不吃了吧。"

"那不行，我要不吃，不是太对不起您辛苦炖肉一场了。"

"别耍嘴皮子劲了，去叫爷爷吃饭，谷谷过去叫奶奶。"

梅清给两位老人挑最软嫩的肉盛了一碟，瞅瞅窗外，雪下大了，想着迟元易和迟柳中午大概回不来，给父女俩也留了一份等下午回来吃。迟元易年初经人介绍进了一家生产农机器械的公司，公司给交五险一金，干够年龄办理退休。1998年，这个再普通不过的农村家庭的每个成员，都有不同以往的变化，迟元易走过半生，第一次尝到不用跟着建筑工队到处跑的"稳定"滋味。他的人生，还未风华出场就过早地退了场，他觉得自己像命盘里的一枚棋子，需要摆在哪就落在哪。每一步，他都落得踏踏实实，从无怨悔。如今，生活更向安稳，父母身体还健朗，妻子贤惠，几个孩子也都懂事，他若还向生活图些什么，就自感贪心了。迟柳接受着人生的第一次转角，她虽然还掀不开生活面纱的哪怕一角，但她知道，父母要负担三个孩子上学是很费力的，她没考上高中，只要哥哥妹妹能好好学，她也高兴。就算离开校园，她也会积极生活。迟谷心疼妹妹，他要考大学，要在大学毕业后获得一份工作，要在自己有能力时回馈他爱着的亲人们，如果说这其中还存着更隐秘的私心，那就是他想和宋萱上同一所大学。迟禾上高一后，也仿佛忽然长大了，之前那个毛躁的丫头变得稳重了很多，很多新的问题有待她寻找答案。

这一年，梅清苍老了不少，刚过完年，父亲病逝，想起从小得到的少有的温暖都来自父亲，她的内心就被揪扯得生疼，几天时间，白发爬上了双鬓。草原上的葬礼举行得很简单，但那简单的一程，梅清却像跋涉了万水千山。相隔不到个把月，娘家又传来噩耗，大弟跑车途中遭了车祸，当场身亡。几个孩子得知消息，也都伤心难掩。

梅清的大弟梅强从小性子野，初中毕业后就回家放牧。1994 年，二十六岁的他带着父母给的三万元积蓄到南方闯荡。一年后，他给父母还了三万，又给自己的小家庭添了两万元收入。往后，他隔三差五就会给家里放一笔钱。几年时间，他和形形色色的人建立过远的近的关系，草原牧民的淳朴中多少夹了些浮华之气。梅强再去大姐家，开着属于自己的货车，他说不想再去南方了，要回老家倒贩货物。谁知没隔多久，就发生了意外。

梅清的母亲刚送走丈夫没多久，又要面对白发人送黑发人的悲凉，梅强唯一的儿子还没上学，妻子在牧区生活。他的离去，给亲人留下永远无法填补的空洞。未来的人生，会是何等艰难？

梅清的眼睛肿了好几天，她有时整夜睡不着觉，有时刚睡着就又很快醒来，醒来后脑子里全是父亲和大弟的身影。她瘦了，头发也白了更多。队上的人见她后都说梅清变了个人似的，可她又哪有心思去揣摩别人眼里自己的变。

人与人之间会以很多种标准进行区分，像贫富、美丑、善恶、智愚等，若在迟元易和梅清之间找到区分点的话，也是显见的。梅清能把家里操持得暖融融，能和所有乡邻们和乐相处，迟元易却相对封闭与孤僻了些。他每天的核心任务都围绕干活挣钱展开，能多挣一分是一分，挣下的钱他都交给梅清，由她管理家里的一切开销用度。梅清积极做着和生活相关的一切事情，但她从不去想这些事情之间有什么联系，就像她从不会把人生和生老病死这些概念结合。迟元易却恰好相反，他从小就喜欢透过生活表象去思考问题，哪怕思考得不到答案也不影响他继续思考下去。两人的不同，并不影响他们达成生活的共识，只是在面对逆境时，两人理解程度的反差又会给他们的生活带来大不一样的心理与情绪感受。

梅清长时间沉浸在失去亲人的悲戚中，迟元易跟她说，人的生命和田里长的庄稼、家里养的鸡羊一样，都是从生到死的过程，谁都不知道种下的庄稼能不能正常收获，鸡羊也不知道哪一天会上了人家的餐桌，变成食物进了人的胃肠。人的死亡，就是活一生的最终归宿，谁都避不开，只是时间和方式的问题。他说着，她听着，可她总是化不开生死之间的那份深情。他便不再多说，下班后尽量寻着把家里的活多干些。

又是几个月，梅清终于不知是出于自觉还是出于控制，总归又回到了能带着笑颜洗衣做饭纳鞋底的状态，也随之就能在迟禾说着酸里酸气的话时调侃对答了。孩子们都在心里暗暗松了口气。

周六早晨，迟谷去学校补课，迟柳踩着一路的白雪晶莹步行去服装店，迟禾打扫干净屋子后，又扫了院里的雪。想到"北国风光，千里冰封，万里雪飘"的词句，她突发奇想地踩着梯子走向面东一排屋子的屋顶，视野开阔的雪后晴天，的确多了几分壮美。迟禾深深吸着清凉的空气，阳光洒在雪面上，像母亲用温暖的怀抱搂着自己的孩子一般。她放开嗓子"啊啊呕呕"地大喊几声，渠岸树上几只喜鹊被她的喊声惊飞起来，她倒只管着自己心里的痛快。渠岸对面，一个身影远远地走来，越来越近时，那人开始冲她招手，正暗叹兴致被扫时，却听对方在叫自己的名字，再近点仔细一看，竟是安牧。她大声问安牧："你这是在散步吗？手里还拿着书啊？"

"边散步边背课文呢。你怎么上屋顶了？"

"屋顶看雪更舒服。"

"哈哈，你看，我先回家了。"

"好啊，再见啊！"

梅清把饭做好就去了亲戚家出礼，迟禾操心爷爷吃过饭后便开始写作业。没多会儿工夫，迟谷也放学回来边吃饭边问迟禾："《瓦尔登湖》你看了没？"

"买来就送你了，当然还没看。"

"我昨晚看完了，你要不要也看看？"

"我洗完锅就看。"

冬天正午的阳光，只是照着，内心就舒展不少。兄妹俩做着各自的事情，时间在迟谷笔下的习题和迟禾手捧的书册中流向远方。大铁炉上的烧水壶，冒出蒸汽，推着壶盖发出"噗嗤噗嗤"的响声。迟禾艰难地把视线从密密麻麻的文字里移开，灌了开水。看看时间，也该做下午饭了。

正和面时，妈妈回来了，还买了兄妹几个爱吃的花生米和爷爷爱吃的羊肝。迟禾让妈妈先缓缓，她很快就做好了一锅揪面，又专门给爷爷拌了羊肝。叫爷爷吃饭时，迟禾迫不及待地说："爷爷，今天的饭是我做的，您等会尝尝好吃不。"

爷爷饭还没吃到口，光听孙女说着，就笑呵呵地连声应着："好吃，好吃。"几颗仅有的前门牙光荣地露出来，脸上的皱纹更皱出了岁月的苍老。

天快黑时，父女俩也进了院子。一顿饭吃完，全家人都对迟禾大加鼓励，说禾禾的手艺大有长进，可她还是觉得妈妈和姐姐做的饭最好吃。

晚上，迟禾拿出宝贝似的彩页笔记本，开始摘抄《瓦尔登湖》中她喜欢的句段。

芸芸众生过的生活是既安静又绝望。所谓的听天由命，是一种得到证实的绝望。你从绝望的城市，进入绝望的乡下，并且不得不用水貂和麝鼠的勇敢来安慰自己。

任何一种思维的方式或者行事的方式，不管多么古老，如果得不到证明就不能信赖。今天每一个人认为是事实而予以附和或者沉默地予以忽视的东西，可能明天就证明是虚假的东西，只不过是见解的烟雾而已，有些人相信那烟雾是一片云，将会在他们的田野上洒下肥沃土壤的雨水。

据说，在成汤王的浴盆上就镌刻着这样的铭文：'苟日新，日日新，又日新。'这我能够理解。清晨把英雄辈出的年代带回来了。

落在纸上的文字，像会游动的精灵，游进迟禾的思想，冲击出隐形的思辨力。让她以自己的方式认知生活，认知情感。

"姐，你手里这本《青春之歌》也看了好几天了，前天晚上一把眼泪一把鼻涕的，就为这本书吧？"

迟柳说："你要看到书里描写卢嘉川牺牲的场景，也会一样感动。"

入夜后的灯光下，三兄妹徜徉在各自静默而热烈的精神世界。迟谷把语文、数学、英语的试卷各做了一张，对照答案进行批阅，分数他也还满意，看看窗外，整个世界都在安睡，白天所有的杂乱、忧思、负重，都只能借助短暂的睡眠得以搁置，天一亮，万事万物必将各归其位。躺在床上，迟谷使劲地伸展筋骨，随之涌来身体极度放松的享受。

另一边，迟柳迟禾各捧一本书，越看越搁不下，已近凌晨四点，睡眠向她们发出强制入睡的信号。周天早晨，明媚的阳光洒向大地，洒向每个人正在经历的世界，行色匆匆中，很多人终究只是光的过客，他们的感受力磨损在迈向生计的奔波中。对另一些人而言，阳光洒进他们的心里，驱散内心边边角角的阴暗与寒冷，他们是光的同行者。迟家三兄妹都喜欢那样温暖的阳光，也喜欢捕捉光下的影子，有时，不远不近的影子里藏着他们对世界的观察，也藏着他们隐隐约约的梦想。

迟柳依旧去了服装店，走在路上，她想到了发生过的很多事情，随即意识到，人总有突破不了的局限，很多事或许只能在经历之后的回首中去寻找答案。

上初二时，班里同学一双一对地找对象，在刚懂得憧憬爱情的年龄，那样的氛围像石头扔进水里一样，"噗通"一声溅起她心底的浪花。她既想尝试，又在被男生追求时选择逃避，她不知道自己究竟想要什么，想干什么，少年的迷茫一度使她迷了方向，学习的注意力也大大分散。那时，她反倒羡慕起自己的妹妹，她依然像上小学一样，整日学得起劲、玩得痛快，她所拥有的还是那个无争无扰、无虑无忧的乡野天地！她们的青春同时到来，却走向不同的青春之路。直到现在，她才明白，好好学习是通往青春最直接、最轻松也最可贵的路。

年华无解，每一次看似顺理成章的选择，不过是主动或被动面对生命的繁华与苍凉，如同被大雪覆盖的世界，谁能看得到谁留下的痕迹？

六、未来

高考一结束，迟谷就到一家超市打工，他想靠自己的双手提前挣点学费。头天上班，他去得早了些，到门口时，竟遇到了和他一样等着开门的宋萱，他愣神了几秒问道："你怎么在这儿？"

"你不是也在这儿吗？"

"我来干活挣钱。"

"我和你一样。"

"那还真巧了。你考试咋样？"

"应该能上重点线。"

"但愿成绩出来后和我们预估的相差不大。"

宋萱在超市当收银员，几个小时站下来，比起坐在教室听课学习确实累多了。迟谷负责蔬菜粮油类商品的上架，不起眼的活干起来却也忙忙碌碌。下班后，两人一起离开超市，脱下工作服，瞬时感觉轻松了不少。

迟谷问："你住哪儿啊？"

"我舅舅家在城里，先住舅舅家。"

"这样还好。"他说着，心里却意识到想要关心宋萱的情不自禁，脸在阳光下微微一红。

装在时间里的事情总会按着顺序找到合适的位置登场，高考成绩公布的头天晚上，城市的空气似乎都没以往流动得通畅，乡村却依然故我。方便在家查成绩的，家长学生守着电脑一起在焦灼中等待查询时间的到来。迟谷和大多数农村考生一样，等着天亮后到学校拿成绩单。那一夜，他没有安睡，命运的分割线即将切开，明天之后的明天，该是什么样子？借着月光，他又看了看放在枕边的发卡，那是为宋萱准备的。买发卡的是自己的妹妹迟柳。

那天，他不经意地问了句："柳柳，你们女孩子一般都喜欢些啥？"

迟柳稍停顿了会，犹豫着说："哥是不有喜欢的女生了？"

迟谷也不隐瞒，笑着点点头。很快，一个装着精巧发卡的礼物袋就放在了迟谷书桌上。迟谷拿着发卡看了许久，一枚发卡搅起他内心的感动与疼惜，不觉间，双眼已慢慢湿润。大妹的懂事似乎是与生俱来的，她从小就知道体谅人，遇到为难的事也自己忍着，忍不了的，也只会自己哭一场。迟柳细腻、善良，却过早地承担了不该她那个年龄承担的负重，当哥哥的怎会无动于衷，他只盼自己能早些担起家里的担子，也盼妹妹未来的人生不要太艰难，家里任何人的苦难都将会是家人共同的苦难。

忐忑的夜，迟谷第一次潜入灵魂地思考了一番关于未来的问题，父辈的未来是他所知所见的今天，他尊重这样的未来，却想要一个更好的属于自己的未来，他们依然是他未来世界里最重要的构成，他也想把宋萱请进自己的未来。"未来"像和他捉迷藏似的，他使劲找，它拼命藏。沉浸在想象、分析中的迟谷，没有找到答案的踪迹，反倒陷入思绪更深的混乱，他想把所有由未知引发的忧虑都驱逐出自己的生命。他想到爸爸曾和他说过，生命就像秦渠的水，什么时候开闸引流，流向哪去，并不由秦渠自身决定，黄河是它的依仗，农事是它的责任，秦渠只是在一路东流中尽着它的责任。有一段时间，他对爸爸说的话很听不顺耳，有时也会边听边辩驳几句。他觉得爸爸的人生态度过于顺从和消极，那样的态度是他打心眼儿里不认同的，而他同时又欣赏爸爸的正直、勤奋，还有那随遇而安的性情。

阳光替换了暗夜，普照人间。学校通知早晨十点半到校，迟谷早早就从家里出发，他一路慢慢地走，边走边观察着进入视野的一切，无论下一刻要面对什么，此刻，他觉得生活是可爱的。

校门开得早，迟谷绕着学校的操场走走，学习了三年的地方，倾注了很多情感，他能默默地和砖瓦草木对话，他知道它们的故事，它们见证过他的成长。想到三年里开运动会时留在操场上的加油呐喊声，他不觉间跑了起来，跑出风的声音，跑出汗水。他从小在田野间奔跑着长大，却从没有真正体验到跑步中所含的出乎意料的静态美，此刻，他只是向前跑，没有思考、没有方向、没有未来，灵魂仿佛跑出了身体，拥抱着所爱的一切。他从自我中解放了，周围的世界变得安静，他被这样的感觉深深吸引。

不知何时，宋萱也来到了操场，她坐在向阳的石台上，红色的上衣披一层光晕。几只白蝴蝶从她身边飞过，或许把她当作大朵大朵盛放的花朵。

迟谷逐渐慢下脚步，他需要同时关照到自己的身体与灵魂。喜鹊在树枝上欢叫，宋萱的红衣和那张干净含笑的脸也于瞬间闪入他的视线，刚平稳的心跳又加速了。迟谷走向宋萱，坐在她旁边的小石台，几句寒暄后，假装不经意地拿出礼物，隐藏起内心的紧张把它送给宋萱。宋萱的反应倒自然了许多，她笑语："这算是提前为我祝贺吗？"

迟谷也笑了，"可以这么理解吧。"

"发卡真好看，我特别喜欢，谢谢你啊。"

"你喜欢就好。我们也该进班了。"

刚出操场，学校办公楼十点的钟声响了。班里已经来了几位同学，正讨论着即将要面对的成绩和后面的打算，迟谷建议大家把教室卫生简单打扫。十点半，老师准时进班，一一发放同学们的成绩单。那样的场景，没有谁可以做到内心淡然，害怕着，也渴盼着，三年时光，不管过程中收获了什么，最后的方向终究浓缩在一张记录分数的纸片中。走出此刻聚集的这间教室，大家将会去向何处？等待的空当儿，迟谷大脑里的念头逐个闪出，不容他细推敲，就听老师叫他的名字，看到成绩的瞬间，迟谷没有太多的激动与兴奋，只觉得心里踏实了，那是一种没有辜负青春的尘埃落定的踏实。六百多分的成绩，是他用三年时光精心为自己、为家人捧出的最好礼物！

"宋萱"，迟谷刚从自己的情绪回过神，却在听到老师叫宋萱名字的一瞬，心里又蓦地紧张起来，他很清楚，那份紧张是因为太在意。宋萱笑了，很轻微的笑，是生怕会伤及成绩考得不理想的同学而又必须尊重自己情感、给予回应的笑。迟谷紧跟的目光敏锐地捕捉到了那几乎不外漏的笑，他长舒了一口气，他也想为她笑，就那样，迟谷心里已经开出了朵朵七月的清莲。

教室很快又空了，就像刚才什么也没发生一样，只是，一进一出间，一班青年学生的命运交响曲已经在无形间奏响了。迟谷从宋萱的手里拿过了分数条，他激动到想要拥抱她，但他无法用那样的方式表达。岳田洋从后面追上了他们，表情里透出满满的春风得意，他的成绩稳居全校理科第一。岳田洋要请客，要消化掉那些在情绪里蹦来蹦去的满满喜悦，迟谷急迫地想要回家，宋萱也没有一起吃饭的兴致。

城市家庭前几年都装了固定电话，农村随后也相继享受到信息技术发展带来的通讯便捷，三位同学互留电话号，各自走向回家的方向。宋萱走得很慢，她在心里跟父母说：爸，妈，我考上大学了，你们一定也在为我高兴吧。可是，想到要继续增加大爹大妈的经济负担，她又变得忐忑不安。

迟谷也走得很慢，他不再为已经得知的事情着急，反倒苦闷于如何向宋萱表达自己的爱恋。他回头看宋萱有没有走远，刚好宋萱也正在回头看他，两人同时走向彼此。

迟谷先开口："分数考那么好，咋还愁眉苦脸的。"

"短暂的高兴后忽然想到还得面对清醒的现实。"

"现实有那么难以面对吗？"

"确实有点难。"

"我们这是咋了，成绩考好，本该高兴才对，却都愁云压顶似的"

宋萱说："你有啥好不高兴的。"

"我的难为和成绩无关，和人有关。要是你不着急回家，愿不愿意一起走走，聊聊天。"

"好啊。"

"我们去秦渠公园，那里安静些。"

秦渠公园离学校不太远，两人没几分钟就走到了。他们坐在临渠的长椅上，秦渠的水缓缓流着，浅浅的波纹下不知涌着怎样的浪花。偶尔吹来微微裹着热气的风，迟谷坐在那里，离喜欢的人很近，可意识却似乎随风飞向天空，他忽然感觉世界从不属于人类，而每个人都苦苦在不属于自己的"世界"寻找归属。想到这儿，他有些伤感，当抬头迎着光时，内心又顿时充满力量。

"你在想什么？"迟谷问还在发呆的宋萱。

"想命运，想未来，又觉得都是空想。"

"那倒也未必，路总要往前走，想与不想，或许就会有不同的走法。"

宋萱眼睛盯着渠水，悠远的思绪也像流水一样慢慢拉开，她把那些成长的经历像讲述别人的故事一样讲给迟谷听，迟谷屏气凝神，生怕一打扰就把宋萱讲述的经历给打碎。

树上几只喜鹊一直叫，宋萱说："能当一只喜鹊也好，叫声里都是欢乐，也不用考虑这么多问题。"

迟谷没想到宋萱会有这样的成长经历，安慰说："过去的一切已经过去，这么多年，你不是都在很勇敢的长大吗。眼下正是你人生中新的起点，你不能只按照自己的想法去推及你大爹大妈的想法，你也不能按照自己的想法去理解喜鹊的生命。任何困境，只要不丧失希望，就都能跨过去。"

宋萱哭了，泪水在她脸上无声滑落。"就是心里难受，感觉活得太难，有时候也会守不住心里苦苦守着的希望。"

迟谷心疼宋萱，他之前心疼过父母和大妹，那种心疼中含有温情，而此时的心疼让他感到冰冷。他从小生活在那么幸福的家庭里，可她却没有父母，没有兄弟姐妹，大妈家对她再好，也愈合不了在她心里始终存在的一个正常家庭所能提供的亲情缺口。

迟谷说："让我和你一起守护你的希望，可以吗？"

宋萱抬起头，"负重过多，你愿意吗？"

他什么也不说，把她拥进怀里，紧紧抱着，他想帮她拂去所有的伤痛。"以后，你的生命多了个我，有问题我们一起面对，别怕。"

宋萱在生活的暗夜独自支撑多年后得到如此厚重的心灵慰藉，更难掩积攒已久的泪。没有了妈妈时，她原本就是刚降临人世哭泣的婴儿；没有了爸爸时，她年龄还小，还没法完全明白失去的含义。当微风吹过，一片树叶从她眼前落下，她反而以悲天悯人的视角理解到最痛的也应是最平静的。

泪痕已干，宋萱问迟谷："我的心情好多了，刚才见你也没个高兴劲，你也有啥难处吗？"

迟谷笑着说："有你在我身边，我的难处就都没了。"

宋萱到不远处的电话亭给家里打电话，大妈接起电话知道宋萱考了那么好的成绩，无以言表的喜悦迅速随着笑容溢满在脸上深深浅浅的皱纹里，电话里，宋萱听到大爹反复说："好啊好啊。"她没听到也没看到的是，宋玉松悄悄流泪了，嘴里喃喃念着："玉强啊，你闺女给你争气了，也给我们老宋家争气了，我和你大嫂，能给你们两口子有个交代了。"徐英被宋玉松喃喃自语的话引得眼圈也红了，儿子结婚，她都没这么激动。她说："萱啊，你啥时候回来，大妈给你做好吃的。"宋萱说，中午就回家吃饭。

炎夏的阳光照在水面上，照在缓缓而行的两人的身上，照在那一刻定格的时空中。

下午，迟元易家也现出不同以往的欢乐气氛。梅清大展资深厨娘的本领，等家人都就位后，端上一桌可口饭菜。迟环旺和李嫦月两位老人并不真正理解孙儿考上大学意味着什么，他们只听大家都说好，就认为那必然好，他们笑呵呵地看着迟家的第一位大学生，看着眼前那么帅气有活力的自家孙儿，目光里的慈爱含着他们对孙儿的深深关切。迟元易对几个孩子上学考试情况向来缺少关注，他的心里没有多少起落，考上了就想办法供他上学，考不上也就断了学习的念头，融入世世代代的迟庄村农民都要融入的生活，只是，迟谷这一代农民今后要展开的生活画卷注定要大不一样。

迟谷是了解父母的，不管他们曾经经历过什么，在其后的时光中，他们都像规规矩矩种庄稼一样种植着生活，什么时候要灌水、什么时候要除草、什么时候要施肥从不耽误，却也没比旁人精耕细作到哪去。日复一日、年复一年，没有生出扰乱生活节奏的事情，就是难得的岁月安稳。三个孩子的长大也是这样一套完整秩序中的一部分，只要好生生长着就行，高了、矮了、胖了、瘦了、丑了、俊了都不是多重要的事，至于关乎孩子们命运发展的蓝图构建更不在他们的思考范围之内。他们不知道迟谷这个分数能走个什么程度的大学，也不知道他是怎么填报了高考志愿，所有的步骤都由迟谷独立操作完成。虽是如此，迟元易内心深处也难掩那份骄傲和喜悦，为儿子，也为儿子得以安心读书的伟大时代！

而梅清呢，自打嫁给迟元易，就尽显家庭主妇的本色，她的眼里、心里留有的都是每天过着的生活片段，几乎不曾想过要为生活做什么规划。她对生活总持有一种乐观的态度，就算有时会烦躁，有抱怨，也不影响她对结果的守望，她认为不管遇到什么事，总会过去，就算熬也会熬过去。有了孩子之后，她本能地成为母亲，带着几个孩子一天天长大，容颜和体能在不知不觉中损耗着。孩子们会叫妈妈了，会走路了，会自己吃饭了，后来又会读书写字了……每一个阶段的"会"都像是一种传递给她的信号，她不会从那些信号里汲取滋养"母亲"这一角色的养分，母亲就是母亲，孩子就是孩子，天然的关系在她那里不带修饰。如果生活允许她怀着一份小小的虚荣来看待问题，那迟谷的出息无疑充分满足了她那点并不过分的虚荣心，毕竟自己的儿子是迟庄村一二三队这些年来唯——一个能在高考中取得那么高分数的年轻人。

迟谷和宋萱依然在那家超市打工，两人同一天收到了录取通知书，宋萱如愿被中国人民大学录取，就读专业为法学。她问迟谷录到了哪所大学，迟谷反问道："你希望我录取到哪？"

"我希望你和我录到同一所学校。"

"这样啊，那你要失望了。"

"让我看看吧。"接过通知书的宋萱惊呆了，"呀，太好了！我们又是校友了！"

迟谷说："不只是校友，还是爱人。"

宋萱说："爱人这个词，听着还怪不好意思的。"

迟谷说："称呼而已，我爱你你爱我，多好。"

太阳逐渐西斜，一对坠入情网的小情人拉着手过马路，路人投来羡慕的目光，叹着青春的美好。

回家后，迟谷把录取结果告诉了父母和妹妹。迟禾难得给哥哥大献殷勤，倒了杯水给迟谷，嬉皮笑脸地说："请未来我市的人才新秀迟谷同志喝水。"大家都笑了。从那一刻开始，家人们似乎对迟谷有了一种新的期待，即便那期待还不甚清晰，也足以在当时带给生活打破常规的光明。

细心的迟柳已经开始帮哥哥准备生活用品。哥哥要出远门了，省份以外的地方，她只从书里读过，她向往过，也还在向往着，但她还不具备去看看外面世界的能力，她的爷爷奶奶、爸爸妈妈也都在只和生活有关的范围内活动，她又怎敢生出些尚企及不了的奢望？不，总有一天，她也可以的。

立秋后的一个下午，迟元易家的小院比往常更热闹，几户邻居和本家的几个兄弟妯娌都来串门。大家你言我语地聊着和他们生活息息相关的话题，迟元易二爷爷的孙子迟祝说："听说市里投资，要新修几条高速公路，我们的地可能要被占用。"

迟凡说："不确定真假的事，还没影呢。"

迟凡媳妇童花说："你当然觉得事情没影了，反正家里田你也不种着，好好当你的城里人吧！"

"瞧你这话说的，还会挤兑人了。"

"这是谁呀，会挤兑人了。"队长迟永康刚进院子就接上了大家的闲聊。

迟安源的媳妇李萍秃噜着两颗大龅牙，问："队……队长，你……来得正好，你……说，我们的地……是不要……要占呢。"李萍的结巴是没有规律的，她偶尔似乎也能说句顺溜话。屠户迟安源说话也带点结巴，他俩当年的婚姻结合，也算是艰难生活环境里门当户对的匹配，好在两个孩子静静和楠楠都口齿伶俐。

队长也学着李萍的口气说："这……个情况，村里开会……也……也提了。"听话的人都笑了，李萍也笑了。

队长接着说："村里开会说了城市扩建要修公路的事，具体什么时候开工，还没通知下来，路两边建绿化带，我们队集中在那一片的地看形势都要被占。"

这些祖祖辈辈都跟农田打交道的庄户人，听到这样的消息说不清心里是个什么滋味。种地，他们种够了，但真要撒开，却又难挡几分失落，土地，是他们灵魂的一部分。

就在大家各想所想时，迟永康又说："迟元易家的大娃子真是出息，听说考到了北京的名牌大学，这在我们整个村都是头一个，这事一定要往村里报。让娃子写份助学申请，村里支持娃们上大学，好后生就该好好上学，我们这代人这辈子也没啥指望了，但他们不一样。"

迟禾正在捡菜，大人们的聊天有一句没一句地飘进她耳朵，听队长那么一说，她倒替哥哥操心了，起身认真地问队长："叔，真的能写助学申请？"

"瞧这丫头问的，叔还能说瞎话不成。"

"那我帮我哥写行不？"

"你会写？"

"我先试试，写好了叔要觉得不行，再让我哥自己写。"迟禾作文倒写得还可以，几乎每次都被老师当范文，写申请却是头一回。

再从屋里出来，申请已经写好，字里行间都是肺腑之语。迟永康看后，连说："小小年纪，不简单啊，又是块学习的好料。申请我明天就交到村里。"

"让叔费心了。"对于这份申请能否起到作用，迟禾的心里是忐忑的。

梅清端出一盘切好的西瓜招呼大家吃，闲聊间，太阳落了西山，鸟雀们逐渐归巢，迟元易正推着自行车进了院门。他满身尘土、灰头灰脸，梅清问了才知是和老三一起帮老四维修管道去了。迟元易接了井水简单清洗后也坐院里听大家聊天，之前中断的话题又换了聊法重新开启。有关可能征地的事，迟元易的态度是：政府征地，作为国家公民没有不支持的道理；不征地，作为农民就继续把地种好。他心里明白，这么多年，守着几亩土地，生活就算拮据，还不至于为温饱担忧。土地对每户农家都是忠诚的，然而，他也能隐隐感觉到社会发展的更大变化会势不可挡地进行，农村也必会被包裹在变化之中，那艘看不见的时代巨轮确实要大步前行了。

院里聚着的邻里很快也就散了。梅清准备去端饭，迟元易说等迟谷迟柳回来一起吃，他先去冲个澡。澡房搭建在工具房和大门之间的拐角处，四五平米的大小，说是澡房，不过是在屋顶放个大水桶，接着水管用水泵把水从井里抽上去，阳光把水晒热后能在里边洗洗身体的简陋地方罢了。夏天还好，冬天太冷，那简陋的澡房就发挥不了作用了。洗澡的话，要么去街上的澡堂，要么在家里烧水，水掺好后坐在大桶里洗。迟元易干活离不开铜铁铝这些材料，他专门让铝匠给做了三个大桶。

迟元易想起小时候的光景，在他童年时期，年龄相仿的很多男孩就无师自通地能在秦渠游泳，没有任何章法，单是身体和水的亲近就能产生莫大快乐。那时，温饱都成问题，大人们的心思也不会放在给孩子们洗澡之类的事情上，一年到头能正儿八经洗一次澡就不错了。等再长大些，知道讲究卫生时，就开始自己想尽办法给身体来点"福利"，有时，洗一次完整的澡还需要上下身分次完成。洗澡如此，上厕所也不显得多容易，夏天，蚊蝇成群嗡嗡，冬天，不仅冻屁股，还会担心连遮羞都成问题的厕所围墙会不会被大风吹倒。秦渠岸边生活的人们，感念黄河水给予他们的滋养，同时却将一桶桶泔水、一簸箕一簸箕的垃圾倾倒其中，作为黄河分支的秦渠，用经历了两千年风霜雨雪的身躯无言承受着一切。

1990 年春天，挖土机驶进秦渠，轧路机来回行进在秦渠岸，秦渠被挖深了些，秦渠岸也被加固了。土还是秦渠里的土，路也还是土路，一切看上去却有些不一样了。

冲个澡，迟元易感到整个人精神了很多，四处散开的思维边角也慢慢收了回来，能与时代相伴，一路艰难地迎来改革开放，一步步过到现在这样的生活，他已深感幸运。社会很广阔，而像他这样的人又实在微小，微小到随时都可能湮没在时代的一粒沙中。就算微如尘埃，也总要在那尘埃深处感受一遭人世冷暖。

迟谷和迟柳陆续回来。饭后，梅清和迟元易商量起孩子上学的问题，一开学至少要准备六千块钱，对他们这样的家庭可不是小事。两口子算了下，在稻子收割前，留下两个月的口粮，前一年的余稻都碾成米卖了，把家里暂时不用的铁料，还有那几十只鸡都卖了，大概就能凑够路费、学费和住宿费，再看队长所说的助学申请能否被批准，能批准最好，不行的话再想其他办法给迟谷凑生活费。

另一边，几个孩子也议论着同样的事，迟谷知道家里的情况，他不忍心给父母添负担，而他又太渴望能进入那么好的大学上学。迟柳说："哥，我这有八百块钱，你拿着。"

"哥不能拿你的钱。"迟谷一阵心酸。

"反正我现在又不用钱，等你大学毕业挣钱了再翻倍给我。哥，今天队长来了，说乡里支持像你这种考上大学的学生，我帮你写了助学申请，如果能批准的话，会有两千块钱助学金。"迟禾也在给迟谷打气。

迟柳又问："哥，你最近打工能挣多少钱？"

"大概能有一千五。"

"那咱家使劲儿凑凑就能解决你这学期的问题了，你也别有啥负担。"

"听说大学每年都发奖学金，你入学后好好学习，争取每年都拿奖学金。"姐妹俩你一言我一语地说着……

夜色很快袭来，城市有街灯照亮，那亮无关村庄。秦渠沉浸在月光微弱的暗幕下，渠水不愿扰了夜的安静，流动起来也轻缓了不少。迟谷站在院里，抬头看，心里竟似落了无边星河。小黄狗和小白狗都来到他身边蹲坐，像是看出了他的心事似的以陪伴给予他宽慰。苍穹带着天然的不息之力直刺人心，苍穹下，迟谷想到祖辈生活环境的动荡、父辈走过的伤痕岁月，又想到时下南方人民正在经历的洪灾，心中霎时满怀羞愧，他不该只因上学缺钱就让精神也陷入困顿。满目星河璀璨，迟谷下定决心要给自己一个看得见的未来，那么多双饱含期待的眼睛看着他，他不会让自己失望，更不会让他们失望！

十多天以后，迟谷领到了两千元助学金，离开学的日子也越来越近。买火车票和打理入学的事，需要迟谷独立完成，好在一切只要用行动涉入，就都没有想象中那么难。哪怕是之前从未做过的事，况且这一程，还有宋萱为伴。

火车站大概是世间极易生出伤感的地方，不管是出于什么原因来到这里，总绕不开出发与抵达，也绕不开相见与离别。学会接受与承担，应是成长的必修课。略显老旧的火车有节奏地吼出"呜——呜——哐——哐"的声音，载着满车厢的人神圣地驶往目的地。车窗外，祖国山河的面目随路势绵延于两个初次离开家乡的年轻人眼中，他们将顺着走出的路，告别中学时代，一如当年在中学的初见。

时间总是如此，它只需向前，就能在被它抛开的身后破坏或者建立一种秩序，并且大有不可逆的气势。大学的秩序，令迟谷和宋萱着迷，那么多新鲜的东西涌入他们的生命，让他们有些应接不暇。大学的秩序也令他们惶恐，如何与一批朝气蓬勃的莘莘学子齐头并进，打开看不见的未来之门是他们接下来的几年时间要和自己打的一场硬仗。他们身边，读过大学的人掰开手指也数不出几个，他们两个都是家族的荣耀，也是村庄的荣耀，但以此为荣耀的人谁又能理解这只是一个微小的起点，他们要付出更多的努力让这荣耀成为新起点的长久符号……

七、寻常

秋收时间到了，田里的玉米、水稻都现出无比成熟的模样，饱胀得像随时都要脱落似的。田间的农运车多了起来，有邻里间互相帮忙运粮的，也有专门从外村来运送粮食赚钱的。这几年种地，从种到收都比前些年轻松了不少，有化肥就不用一车一车往田里运粪散粪，越来越多农药品种的使用让混在庄稼里的杂草没法疯长。自农业文明从刀耕火种走向铁犁牛耕后，在即将迈入又一个新千年的时间关口前，单就农业的精耕细作来看，确实无法以单一的视角量其一二。

周边的一些村子，有的在田里搭了温棚种蔬菜，有的种了果树，迟庄村还循着稻麦轮作的老路，收割后再利用地力种些大白菜为过冬所食。各家守着相似的岁月，过着相似的生活，没有什么可以让哪家比谁家多些优越感，也没有什么让哪家比谁家显得低矮几分。迟元易家出了个能去北京读书的大学生，倒是在较短的时日将不高不低的平衡稍加打破，只是各人话语间露出的态度却又不一样，羡慕者说："瞧瞧人家那娃咋就那么给家里长脸。"嫉妒者说："有什么大不了的，现在上个大学又不是啥稀罕事。"也有人说："等上出来能不能找个工作还不一定呢，馍馍没蒸熟前别早早漏了气。"迟元易一家从不在意别人咋说，哪怕被好心者告之于耳，也像是听别家的闲话一般。

10月，天空更加高远，阳光依然明艳，云彩在舒卷之间透出浓烈的闲淡气息。只是再明艳的光，迟秀那剥离了生命的枯瘦身体都将永远无法感受，他死了，死在单间土屋的土炕上。他活着时就渴望死亡的来临，只有死亡才能结束两年多来瘫躺在炕上的绝望，他不能说话不能随意愿支配身体，如果不是死亡的干预，他的绝望能蔓延出地老天荒。自从身体瘫痪后，他就不再是抗美援朝战场上冲锋向前的战士，不再是妻子的丈夫，不再是儿女们的父亲，也不再是他自己，可他也弄不明白这个瘫在炕上的人到底成了谁。

迟秀的妻子赵莉是上海人，1937年上海被日本占领后举家避难辗转来到这个村庄，等到适婚年龄，经人介绍嫁给迟秀。婚后，才知道赵莉患有精神疾病，不发病时基本正常，发病时，整个人都大变样。迟秀在生活上对赵莉照顾有加。待儿女都成家后，有一天赵莉趁自己精神状态还好，把子女们召集到一起，意志坚定地提出要和老伴分开住，她知道迟秀的身体也是一年不如一年，他总在为她操心，也该过过清闲日子了。儿女们也没有意见，商量后决定，迟秀带着自己的养老金和大儿子迟安源家一起生活，赵莉和小儿子迟安广家一起生活，老两口一起开的商店也一并交给小儿子。分开没多久，迟秀的身体便瘫了。

那天早晨，李萍像往常一样，给公公端进去一碗面，见公公躺着不说话，就叫了声："大……大大。"怕公公还没睡醒，就继续结巴着提高声音又喊几声，看对方还是没反应，她就有些担心了，向前走到炕沿边一看，公公脸上带着似乎凝结的撬不开的痛苦，胳膊毫无力量地耷拉在炕沿外。李萍害怕了，她着急地带着哭腔更结巴地喊自己男人迟安源的小名："自……自……自来，你……快……快来，大……大大好……好像……死……死了！"喊完话，也把自己给憋哭了。

迟安源听见喊声，从院里的菜地连跑带爬进了屋，他杀过很多牲畜，见到那些牲灵反抗不得地死去。眼前躺着的、没了气息的是他的父亲，他的情感完全承受不住，他跪在炕前，把头埋进父亲已经冰凉的瘦骨嶙峋的胸膛里。父亲活着，他们不能给他提供更好的生活，也不能给予他更精细的照顾，他们只能做到像之前所做的那样，给他端吃端喝拆洗被褥换衣服，他们没法总陪着他，也没法经常和他说话。现在，两代人阴阳永隔，迟安源的心狠狠抽搐。

丧事用两天时间办了，迟秀死了，赵莉的精神状态也更糟糕了，糟糕到她已经没有能力去理解死亡、理解悲伤。迟庄二队的老人们，每经历一个和他们一样的老人的离世，就会和还活着的老人形成更紧密的团体，他们太清楚这个团体里的人终将一个一个离去，而且时间相隔不会太远。放在岁月沧海，死亡只是一个时间上的短暂相接，放在人世长河，死亡是一生永恒的结束。他们说，老了，什么也跟不上了，老有所养、老有所依是这个时代带给他们的最大体面和最坚实的保障。他们说，如今活着只是在熬死亡，只盼也能死得体面。

老人们每天下午吃过饭，都会拿着各自的小木凳，不约而同地聚集在秦渠岸边，互相之间耐心地说耐心地听。他们活过的一世，没什么作为，简直可以说平庸不堪，但总归是认认真真活过。自打出生，经历了战争，经历了逃亡，经历了饥饿，经历了时代的大变革，能用蝼蚁一般的生命行进在这经历中就已是幸运。时代的波澜下，曾有多少人命撒中途，来不及拾起！夕阳也像喝酒微醉的老者，讲述着当年的故事，讲着讲着红了脸……

各家院里小金山一样的玉米堆一天天矮了下去，剥玉米皮、搓玉米粒、碾玉米粉，每个步骤都因需要而自然进行。梅清卖了一部分玉米，留下的玉米磨成粉和糠麸搅和起来就成为九月份卖了一批大鸡又买的几十只鸡娃们的食物。她在提前为迟谷下一年的学费做打算。

迟庄二队考不上学的孩子既已无法留在学校，就都开始寻个营生另谋出路。露露在一家灯饰店里卖各种样式的灯；阿霞学粉刷，做起了粉刷工；彬彬在他爸的支持下开了个电焊铺，活干得有声有色，钱也挣了不少。那几年，村里贷款政策好，名目也较多，奈何多数村民限于固有思维宁可守着现状生活也不敢轻易贷款，也有些胆大的贷了款自己想办法发展更多样的副业，眼见着生活一年年现出了变化。队里孙长顺是个河南人，当年来迟庄村娶下迟庄二队死了丈夫带着一个六岁儿子艰难生活的刘丹玉。孙长顺是迟庄二队第一个贷款的人，款项审批后，他承包了一处鱼塘。在河南老家时，他父亲就养鱼，孙长顺从小不只耳濡目染，也经历过实践操作，鱼塘让孙长顺在几年时间快速致富。条件改善后，孙长顺让不随他姓的大儿子迟翔远考了驾照，又买了辆出租车，那车像鱼一样穿梭在城市的水流线中。小儿子孙翔宇和迟谷一般大小，初中毕业没考上高中就学起了汽修，出徒后在一家汽修厂干活。像迟庄二队这样的近城乡村，随着改革开放的潮流，村民只要够勤劳肯寻出路，就能把日子过得好起来。

迟禾已是一名高二的学生，常规学习方面大不如哥哥那样勤奋刻苦。她知道自己也将走向高考之路，也要上一所大学，可这条路到底该怎么走，她的内心是缺乏方向的。于她而言，当下之于未来的指向从不清晰，她让时间推着自己无法停歇地向每个新的一天走去。像小时候一样，她很难对自己实施什么计划，也像成长中的每个青年人一样，她在观察感悟中触及生活艰辛的一面，可她也深深觉得那些艰辛就是生活的佐料。她会在思想捕捉到不可回避的艰辛时痛哭一场，却从未想过要绕开什么。

如果用好学生的标准衡量迟禾，她大抵是不入其列的。所有科目里，迟禾的数学学起来最吃力，好学生会想着怎样提升数学成绩，迟禾却在考虑怎样通过发挥其他科目的优势弥补数学的短板；好学生都想上重点大学，迟禾却想着只要能上大学就行；好学生几乎不迟到，迟禾有一周五个早晨迟到三次；好学生都会认真听课，迟禾上数学课，看着老师揉在头顶的稀疏乱发，竟情不自禁想到小时候掏过的麻雀窝，甚至会往麻雀蛋上继续想象。

在家里，迟禾与迟柳的表现也大不一样。迟柳从小乖巧，小小年龄就开始做家务干农活，从不想着偷懒；一起写完作业，迟柳装好自己的书包，见迟禾的书包乱着就会帮她收拾整齐；上学时，几乎每天都是迟柳叫迟禾起床，帮她梳头发；每到周末，迟禾总要睡懒觉，迟柳却依然早早起床；平时有什么好吃的，迟柳宁可自己不吃，也要给妹妹吃。对于这个和自己一般大小的双胞胎姐姐，迟禾是心疼的。在内心极清静的时候，她也会使劲扒拉着脑袋去想：哥哥姐姐为啥就会自然有种"哥哥姐姐"的样子？别人家的哥哥姐姐也一样会迁就、照顾弟弟妹妹吗？她的脑瓜壳里会闪出很多例子配合论证关于"别人家的哥哥姐姐"的命题，迟禾发现这是一个不管怎么论证都无解的命题，因为在她的心中迟谷和迟柳就是最好的哥哥姐姐。

很多个夜晚，迟禾都沉浸在阅读的自在与自由中，邻居们说迟元易家的丫头和他家的儿子一样学习很用功。有时候，李嫦月三四点起夜，看见孙女屋里的灯还亮着，次数多了，心里便嘀咕着这孩子总睡那么迟身体能受得住吗。周末，李嫦月炖好一只鸡，给老大家端过来一大碗，再叫老头子过去吃，肉味轻轻蹿进迟禾的鼻子，她笑嘻嘻地说："不愧是奶奶炖的鸡肉，闻着都这么香，吃起来就更香了。"

李嫦月看着孙女，顿了一会儿说："奶奶晚上起来总见你们姐俩屋里的灯亮着，学习再当紧，也不敢熬得太厉害。"

迟禾知道奶奶关心她，应道："奶奶，我知道了。"

此时，没人能捕捉到她心里的变化，她像一个抽离自我的人一般，站在身体之外重新看待眼下的这个包裹在皮囊里的"我"。她用夜晚长亮的灯光掩护自己钻进喜欢的世界，却在变相逃避眼下最紧要的学业。身边的人都以为她像哥哥当初一样全力奔赴高考，而她竟也心安理得地享受起这份"好学"

的假象。奶奶的话，叫醒了她，她不能再由着自己随性，高二离高三很近，时间却不会纵容她的漫不经心。

晚上，迟禾打开日记本，走进与自我对话的世界：哥哥考上大学，给自己争取了前途，给爸妈甚至给我们这个不起眼的家族争得了荣誉。姐姐也在用她一点儿也不强大的肩膀扛起了成长赋予她的硬性责任，谁都避不开自己要奔赴的生命方向。而我，却在给自己经营着一份安乐的精神世界，我太多地在乎自己的感受，却忽略了亲人们的付出及他们用自己的付出给这个家庭的发展所创造的条件，我这样难道不是太自私吗？

迟禾将尼采、叔本华、肖洛霍夫等曾经在各自领域如璀璨繁星一般的大师们借助作品表达的使她深陷其中的思想从自己单向又多维的世界暂时挪移。她开始架构政史地学科的知识体系，不再被动地只跟随老师上课讲解的步伐。考试成绩出来，并不拔尖，但她自己还算满意。父母对她的学习依然是不过问的。

哥哥来了信，信里问候了爷爷奶奶和父母，信里说他一切都好。他跟迟柳说：作为哥哥，我一直以你为傲，我的大妹是那么踏实、善良，你走着和我、和禾禾不一样的路，但不管是什么样的路，都应该用热爱、希望去铺就。无论你在做什么，内心在想什么，哥哥始终都理解你、支持你。他也跟迟禾说：大学是个更自由的地方，但如果不懂得把自由纳入规则，那自由便毫无意义。有些学生在大学里自我放松了，也许他们都有各自依仗的资本，但哥哥只会更努力地向未来奔跑。

日子寻常，下雨了，飘雪了，太阳出来了。所有的人都会将自己的感情多多少少塞进了不起的自然界创造的诗意缝隙，那些无法表达的内心，都安置在时间的川，来不及喟叹逝者如斯。

一个青年人应该怎样度过自己的青春时光，迟谷开始以精神的仪式带着审视的意味看待这个问题。他遵照内心的指引，用读书和学习滋养着自己，有时候，又会处在衣食之源都还需依靠父母的羞愧与自责中，而他必须学着平衡头脑中产生的各种干扰自己行动的想法。他跟自己说：等对这边的环境熟悉了，就要靠自己的双手与头脑挣学费、生活费。

入冬后，阳光充足照耀的日子，总见哪家的墙根下围着几个老人，打牌的、下棋的、聊天的，也有只想坐那晒晒太阳的。阳光把时间刻在老人们日渐衰老的身体里，衰老并未从他们那里拿走分毫对生活的依恋与热爱。

阳光同样铺满在图书馆的书桌上，正在看书的迟谷，想到喜欢晒太阳的爷爷奶奶，忽然有些想家了。他和宋萱都还不曾真正认识这个在他们心中承载着博大的文化精神的城市，这里的繁华是家乡远不可企及的。家乡的城市楼房低矮，路面也不宽广，至于迟庄村，连条柏油路都罕见，下雨的坑洼、泥泞是回忆，也将继续是现实。然而，就是那个落后的地方，却是他的梦、他的温情与思念。

家里的几十只鸡娃都不见眼地长大了，迟元易在院子的东北角专门搭了一处鸡棚。不时地，会有几声鸡叫从鸡棚传出，传到邻家院里，又引起一阵相附相随的鸡叫，隔不多久，就会有各家各户更多的鸡叫。这叫声，仿佛能抵挡冬天的寒冷。梅清给鸡喂食时，每只鸡都从铁栅栏均衡的间隙伸出头，有节奏地啄食，就像得了统一的指令般。迟禾喜欢听公鸡打鸣的清响、热闹，但自从小时候被大花公鸡啄破皮肉，总觉不出鸡的可爱，她多少有点关注的是什么时候能吃上从自家鸡棚收的鸡蛋。

家里变化最大的是迟柳，她开始有能力用每月不多的工资养活自己，穿着打扮也和上学时大有不同，时髦中不失清爽、质朴。她有了新的朋友，并在和他们交往的过程中收获正在进行的友谊。有一段时间，离开校园的惊慌、害怕像卡住了喉咙一样令她难以承受，她不知道离开学校该如何生活。大脑中想象了很多种根本谈不上成长而应纳入谋生范畴的可能境遇，结果都在不断被推翻的循环中宣告失败，路似乎被堵住了。秋天开学的那段时间，她看着别的孩子背书包上学，便一个人躲起来悄悄流泪。人往往会用不断往前耗损的生命去验证时光不复返的通俗道理。快两年了，该过去的总是过去了，迟柳无法形容现在的体验，不像先前想象得那样无路可走，更谈不上生活得有多热烈，一切一如秦渠的水，承担着灌溉的使命，流动，只是一种存在的使然。

沉寂的夜晚，看着星空，哪怕就在自家院里，还是会有种精神归属的缺失感，每触及于此，迟柳就会有意识地避开，她深知，那不是自己能一窥究竟的问题。透过窗户里的灯光，迟柳看了会还在学习的迟禾，她很专注，不时挠挠自己短短的头发。迟禾从小就喜欢留短发，而她自己却喜欢及腰长发。迟禾说她的头发像深夏岸边的垂柳枝，她说迟禾的短发像初夏水田里的稻秧苗，他们总会互相打趣。别人家的双胞胎从小似乎在很多方面都求同，她和迟禾却更趋于存异。

十七岁的迟柳，身边不乏男孩追求，有两个男孩表现得更为主动。迟柳已经不像中学时期那样不知所措，但她心里有着清晰的界限：找对象，为时尚早。眼下，她可以不再给家里增添负担，这是一件让她感到欣慰的事；父母和睦、哥哥妹妹努力上进，更让她打心眼里欢喜。农家生活虽然在城市化的推动下有所改变，但农家孩子自小习染的乡土气息，总在他们内心印射着些许平实与满足。

一个大家庭规整有序的生活节奏，随着又阴又冷的一天傍晚迟元溪的到来而产生了略微的改变。

梅清刚嫁进迟家时，元溪还是个十四五岁的小姑娘，这个小姑姑陪着迟谷兄妹一天天长大，很快自己也到了谈婚论嫁的年龄。追她较紧的是迟庄三队和她一起干活的刘刚，小伙子高高的个头配上端正的五官，整个人显得很精神，他也发自真心喜欢元溪。迟环旺老两口知道后，明确表示反对，但老人的意志没挡住迟元溪情窦初开的心，最终还是同意了他们的婚事。成婚当年，元溪二十二岁。

婚后的前几年，两人像以前一样打工挣钱，女儿姗姗出生后，一家三口的生活更是其乐融融。后来，刘强结识了一些游手好闲的人，那些人隔三差五聚在一起耍赌，时间长了，刘强也和他们一起赌。赌赢了，一番挥霍；赌输了，家里就会被他搅得乌烟瘴气。元溪一直劝他和那些人断绝关系，刘强嘴上答应，行为上却一如既往。

回娘家的当天，刘强已经被拘留，姗姗又生病，家里没钱给孩子看病，元溪不得已回去找哥哥嫂嫂们帮忙。

兄弟几人各给元溪凑了几百块钱，先当紧给孩子看病。晚上，一大家人都在大哥家，屋里的炉火把冬天留给了屋外的世界。看着姐姐胳膊上还没消退的伤，迟元灿说："三姐，他打你了？"

元溪目光躲闪，支吾着说："没有。"

二哥说："你得实话实说，我们才好帮你拿主意。"

元溪说："他被拘留了。拘留前的一天，他又出去赌，劝他不听，我就使劲拽住他，不让他出门。他一把甩开我就出门了。姗姗哭得那么厉害他也不管，我胳膊是碰到椅子上磕伤的。晚上，姗姗身体发烫，我给吃了退烧药，天刚亮，我就带孩子去了医院，医生诊断说是肺炎，要住院，家都被他整得不像个家了，哪有钱给孩子看病。我不得已，只能回来找哥哥嫂嫂了。"

三哥说："你这日子还能过不，不能过就离婚，离了先回来再说，好赖娘家还有哥哥们。"

此时，元溪心里感到一种无法言说的苦涩，心里的苦借着眼泪流出眼角。她说："离婚，我也想过很多次。可是，婚离了，家也就散了，可怜受影响的还是姗姗呀！"

她后悔当初没听父母的劝阻，可后悔有什么用，谁都不是掌握生命方向的预言家。

屋里一时之间沉默了下来，火炉上壶里的水烧开了，蒸汽掀得壶盖噗嗤噗嗤响动。梅清起来给大家熬奶茶。

元溪擦掉眼泪，继续说："哥哥嫂嫂放心，我想明白了。之前，我顾虑再三畏首畏尾，都因为我自己性格软弱。以后，我会带着姗姗好好生活。我有手有脚，身体健全，只要肯吃苦，日子就能过下去。等他回来，能戒赌，我们就还是夫妻。若有再犯，哥哥们给我做主，我会毫不犹豫地离婚。"

迟柳回来了，跟长辈们打过招呼，见妈妈正在给大家倒奶茶，她洗手后从妈妈手里接过茶壶。炉火使身体的外皮肤迅速暖和，而一碗茶使血液的流动仿佛也灵活了些。眼前的情景，使迟柳忽然就想起小学课本里学过的《卖火柴的小女孩》。

慢慢地，她已经听出来大家今天为什么聚在了一起。她为小姑叹息，小姑以前没少带他们兄妹一起玩耍，小姑和他们一起干农活，小姑给他们买好吃的……

小姑还是她的小姑，可小姑又不再是曾经的那个小姑，迟柳越想心里越难受。

迟禾下晚自习回来后，聚在家里的人都各自回了，等她都收拾停当铺被子要睡觉时，迟柳和妹妹谈起了家里大人们的聊天。姐妹俩一起借助回忆想要理顺小姑的人生是如何发展成今天这样的，任她们怎么理，都得不到一个清晰准确的答案，最后只能把线索停留在小姑嫁人这个点上，一切大概就是从那时发生改变的。

"姐，我以后不想嫁人，为啥非要出嫁呢，多麻烦。"

迟柳说："我们身边就没有谁到了婚龄不嫁人的。"

"嫁与不嫁，不过是个人选择，别人要嫁是别人的事，和我的决定没啥关系。婚姻无趣，就不值一嫁。"

"不经历，又怎知有趣无趣。"

"奶奶、妈妈和姑姑们的婚姻不就是样子吗？"

"你不是她们，哪知道她们怎么想，怎么看。"

"长个眼睛不都能看出来吗。"

"算了，说不清楚，睡觉吧。"姐妹俩关了灯。屋外，有风。夜空，星河灿烂。

姗姗身体恢复后，刘强的拘留期也到了。他跟元溪母女保证，今后再也不赌。姗姗哭着说："爸爸，你一定要说话算数！"

雪，每年冬天都下几场。大雪之后满眼的素洁，仿佛能使寻常的生活也换了妆颜。雪下在迟庄村，整个村子都开始憧憬下一个丰年。

恰好是周末，迟禾下菜窖拿了几个红薯围着炉圈烤，烤一会儿，再把没烤到的一面翻上来。她边烤红薯边记教材里的知识点。红薯烤好后，她给爷爷奶奶各拿一个送去，给妈妈一个，又继续烤第二轮。窗外，有些空寂，她小时候的雪天，似乎并不这样，各家孩子们互相叫，没一会儿就聚起十几个，满巷道追着打雪仗，耍闹喊叫的声音把落下的雪都要惊地再飘起来。吃饭的时间到了也不愿回家；脸冻红、手冻僵、鼻涕淌下来冻凝固了还不愿回家；各家大人隔着巷道高声喊着自家孩子，停顿一下，听到了，又继续追逐起来……

红薯烤熟了，热腾腾的，香气由内而外透过一层厚厚的糊皮散发出来。迟禾不愿意坐屋里了，她跟妈妈说了声，放下书穿上棉衣装上两个红薯背包里就出去了。渠岸上，有几只麻雀在飞，四下望去，见不到人的踪迹。路上的雪还没怎么被踩过，每一脚下去都咯吱作响。迟柳上早班，下午下班也早，她走了一路，就为了和迟柳一起吃着红薯回家。没一会儿就走到了街上，迟柳上班的地方在街心，逛街的人比往常少，透过玻璃，能看见人都往火锅店里来了。

迟柳正在交班，迟禾边看看店里的衣服边等。接班的店员叫何燕，大家叫她燕子，年龄比迟柳大几岁，还处在新婚期，喜欢笑。燕子跟迟禾说："要是提前不知道，还真看不出你俩是双胞胎，你们是我见过少有的长得不太像的双胞胎。"说罢，笑了。

迟禾也开玩笑说："长得不像更好，省去许多辨认的麻烦。"

从店里出来，姐妹俩就直接往家里走。迟柳说："这大雪天的，你不在家学习，怎么去店里了？"

迟禾从包里拿出烤红薯，说："我烤了红薯，就为大雪天和你边走路边吃了它。"

"你在家等着，我回去后一起吃不就行了，还专门跑了一趟路。"

"那感觉不一样。"说着，自己先剥了红薯皮，享受之至地吃起来。

迟柳看妹妹吃得香，也眼馋起来。

"满天满地的白雪给一个大红薯调味，真是别有滋味。"迟禾感叹着。

迟柳看着妹妹：她的脑子里总藏着奇奇怪怪的想法，最重要的是她会尝试把想法行动化，并且不去理会别人异样的目光。而她自己，就比较规矩，做事也容易产生顾虑。两人出生相隔不过几分钟，每天都生活在一起，却是如此不同，迟柳边吃着红薯，边若有所思地笑了。雪看见，也笑了。

从桥头到家的那段路，姐妹俩像小时候一样，捏个雪团子，使劲往上抛，或是瞄准远处光秃秃的树干打过去，再比比看谁能把雪团扔到渠对岸。渠岸的寂静被打破了，麻雀一小群一小群聚在一块儿落下，又四散飞起，清清冷冷的空气里留下翅膀拍打的扑棱声。

"我今天过去给奶奶送红薯，奶奶转身咳嗽的瞬间，我有些恍惚地意识到，咱们的奶奶怎么老了呢！"

"人不都要老吗？"

"可是我还没明白'老'是怎么发生的。"

"你又开始瞎想了，一年年过去，积累下来谁能不老。"

"这么说，是时间把人变老了吗？"

"要不然呢？还能怎么老？"

"也可能是生活把人压老了。你还记得最初记得的奶奶的样子吗？"

迟柳思路缓了一下，"这个，还真是没想过，你记得吗？"

"不记得。天天见着，记得的就是天天见的样子。就好像一个人走一段路，最后关注的都是到达的地方，而不是来时的路程。"

迟柳听着，有时觉得妹妹说得非常有道理。

"姐，你闭上眼睛，能想到自己长什么样吗？"

"这个，也没试过。说奶奶呢，怎么又说到我们自己这儿了。"

"都是一个道理，记不起奶奶以前的样子，成天带着自己的脸却也想不起自己的样子，然后，奶奶就忽然变老，我们也忽然长大，我们到底记住了啥，你不觉得这很奇怪也很可怕吗？你想想，我们小时候遇着大雪天会如何？"

迟柳继续若有所思，"小时候，遇着下雪天，我们肯定满巷道追着耍呢。可是，我们长大不也很正常吗？你是不因为快期末考试了，脑袋装的知识太多，把自己给挤傻了吧。"

迟禾被姐姐说的话逗笑了。"姐，难得你说话这么幽默了。"迟禾大笑起来，迟柳跟着大笑，还不忘补充一句："你今天的心里没受伤吧。"

"你说对了，还真伤了，因为奶奶老了，我们长大了。"迟禾给自己的话语捕捉了一个假装严肃的表情，看着有几分滑稽。

寻常之间，岁岁年年，每个人都在新的一天被磨去前一天的痕迹，慢慢地，忘却着，也被忘却着，只有时间知道，它曾将轰轰烈烈地碾压进行得近乎无声无息……

八、大学

高二结束后的暑假，迟禾跟着妈妈还有二姨一家回了趟鄂托克前旗，那里的一个小镇子是妈妈的家乡。这是她有数可数的几次踏上那块有大片牧场与沙漠的土地，小时候来过的记忆已经很模糊了。她只记得七岁那年来骑马，从马上摔了下去；小舅带着她和姐姐吃风干羊肉；院子里爬过大小不同、颜色不同的蛇；晚上，听到过狼的叫声。其他的情景，已经印象不深。

下了班车，从旗里通往镇上的路还像很多年前一样不好走。他们一路步行，若是口渴了，路过哪户牧民家，不管是汉人还是蒙人，只要进去，那家的主人都会很热情地给他们熬奶茶，请他们吃炒米。在书上看到过的牧民好客，成为正在经历的真实，迟禾从肺腑里感叹一方水土养育一方人的神奇，也从思想里重新看待妈妈成长过的这片土地。

日落前，妈妈和二姨回到了自己的娘家，她和二姨的儿子小山来到了外婆家，二姨父自结婚后也难得来趟外母家。

迟禾的外奶名叫水莲，娘家和迟元易家同区不同镇，当年家里遭饥荒，外奶被外爷用几袋粮食换回去当了老婆。多年来，水莲和娘家有联系，但限于交通和通讯条件，联系并不紧密。有一年春天，梅清遵照水莲的嘱托，给家在金鸡镇的姨妈和家在河西的舅舅家送些家里的特产。谁知，终生的缘分就在那时定了下来。

梅清出嫁后，三个妹妹也相继嫁到了迟庄村周边的村镇。两个小弟住在二妹家结束了初中的学业，没考上高中，又都回到老家。二弟到了婚龄娶了初中同学为妻，三弟的姻缘还没着落。

晚上，屋里热，一大家人都到宽敞的院子里喝茶聊天。

迟禾在聚精会神地看天上的星星，说那星空似河一点也不夸张。开阔的天宇中那么繁多、那么透亮的星星，她的心已被完全勾摄。她打算晚上就睡院里，只要睁开眼，就能切实拥有目之所及的整片星空。

入睡前的所有时间，迟禾都处在思想的活跃中。夏夜的风，吹来了长在牧场上的所有草气与花香，天地不分昼夜，永恒凝望，它们无私地将一个完整的大自然呈现给人类生存的空间。如果说迟禾从小对大自然怀有的是热爱之情，眼下就变成了更有力与强大的敬畏之情。她要把这样的时刻牢牢记住，要把所有美好的感受都储存起来。那些感受不仅可以让当下变得美丽、灵动，也将会成为她化解成长途中可能会遇到的困难的法宝。

年轮把岁月切割成碎片，她在碎片里的每一天做着很多重复的事情，比如抬头看天空，可是除了抬头看的事实重复，天空并不重复，云彩星星不重复，她对天空的爱也不重复。如此看来，活在世间的日子便不真的只是重复。

公鸡打鸣没多久，大家就陆续起来忙活了。迟禾把院里的被褥毡布收拾好，洗脸刷牙完毕，就和妈妈、外奶挤羊奶去了。产奶的山羊大概瞧不上她是个生手，对她的挤奶举动很不配合，好容易往桶里挤了点奶，还被羊给踢翻了。迟禾不甘心就这样放弃学习挤奶的机会，又观察妈妈和外婆的挤法，她们的奶桶都快挤满了。好在，经过努力，迟禾最终也挤了一小桶羊奶。这些羊奶，很快就会变成奶制品出现在餐桌上。

早晨的牧场，凉爽又清新。二姨父和小山在劈木柴，二姨熬奶茶，二舅妈把酥油、炒米、点心和奶酪棒端上桌，迟禾从黄瓜架上揪几根黄瓜，再从西红柿秧上揪几个西红柿，拿到灶房洗净拌菜。一顿早饭，吃得极舒适可口。

牧区的生活是苦了些，几百只羊、几头猪、上百只鸡，包括地里种的玉米、瓜果和蔬菜，都需要有人操心。它的优势在于只要勤劳，就有产出，生活是有保障的，牧场和土地可以提供自给自足的基本物资。

外奶带着大家到牧场的各个地方转转，迟禾最喜欢牧场西南边大沙头下的一处桃树林。她带着小山从大沙头上滚下来，满身的沙子反倒卷起了她更大的兴致。玩够了，到桃树林里看哪棵树上的桃子结得好，随手揪几个。桃子长得不大，乍一看定会以为不好入口。用井水洗干净，吃到口中的瞬间，桃香随着水汁散开在它所传递到的每一份细微的感官里，太好吃了，那是迟禾吃过最香甜、最够味的离核小毛桃。

在外奶家待了几天，生活又回到了原处。不管生活以什么样的形式承载，本质大体是相似的。

迟谷和宋萱暑假都没回家，一方面是为了节省路费，另一方面可以利用假期勤工俭学。在那座从灿烂的文明中、从博大的历史中走出的现代化大都市里，他们发广告单、到肯德基店里打工、当短期销售顾问，上门给中小学生辅导功课，挣钱的同时继续大量读书，让青春岁月走得平稳而充实。一个假期结束，两人基本攒够了新学期的学费。

开学前，迟谷和宋萱一起逛商场，给宋萱买了衣服、鞋和小背包。迟谷执意要结账，宋萱说，别忘了我们的约定。迟谷说，之前的约定今天被放假了不奏效。宋萱还要继续阻止，迟谷说，以后他的就是她的。

下午吃完饭，两人在校园散步。他们谈社会现象，谈哲学，谈青春，谈所有的一切都像极了在谈一场轰轰烈烈、刻骨铭心的恋爱。

宋萱说："我现在才真正明白知识就是力量的道理，它不仅是一个很好的成长途径，它还可以通过启迪智慧而引导思维与方法、构建精神系统。"

迟谷问："你是受到啥触动了吗？"

宋萱说："没有受到啥触动，如果非说有，那也是受到了源于幸福地感动。我们的学校多好，宽敞明亮的教室，勤学善思的同学，博学多识的老师，藏书众多的图书馆，包括校园里的花草树木，总之所有的一切都透着朝气蓬勃。在这里学习，知识依然是知识，知识也确实会和个人体验产生关联，它让我变得坚定无畏，让我觉得自己有能力去爱，去欢笑，去追求，去创造，这些算不算是力量。"

迟谷说："算，都算，太算了。从此刻开始，你就是我的力量女神。"

宋萱笑了，说："你是我此生光明的最重要的力量。"

迟谷说："这话真好听，耳朵都给听甜了。"

新学年，他们又能学到很多新知识。

迟禾高三了，她没觉得高三有什么不同，只是离高中阶段的结束更近了。刚入冬的一个周末，正听新闻的迟柳获知了一个让她激动的消息：凌晨两点左右，会有一场狮子座流星雨。迟柳跟迟禾说，迟禾压根没当回事，还扫兴地来了一句："哪次真的见到流星雨的影子了？好好睡觉吧。"

迟柳说："要睡你睡，我等着看。"

"怜你一人痴守天空孤寂，我决定还是陪你一起吧。"

"想看就直说，还绕啥圈子呀。"姐妹俩笑起来。

"我做题，你看书，两点，咱俩出去看。"

"一点半出吧，别错过了。"

"好，听你的。"

时间一到，两个人就都穿着厚棉衣出去了。在院里看，视线会受一定遮挡，姐妹俩打开院灯，直接踩着梯子到屋顶。

两点二十左右，星空下有两个女孩在屋顶激动地"哇哇"叫，她们真的看到了流星，不只是流星，而是真正的流星雨。

流星一颗接一颗地划过天际，落向天边。越往后，数量越多，速度越快。姐妹俩惊叹到不再出声，只有出神的份。

"别傻看了，快许愿！"迟柳提醒了一句。

"对呀，咋能忘了许愿。"两人各自合掌，没有闭眼，看着天空虔敬地许下自己的愿望。

"姐，你许了几个愿？"

"三个。你呢？"

"我也是。"

"你说许三个愿望算不算贪心？"

迟禾想想说："肯定不算贪心，见到一颗流星就能许愿，我们今晚见到的可是流星雨啊，那么多颗流星，带上我们各许下的三个愿望，应该不费什么事吧。"

"也对呀。"

天空逐渐恢复了平静，星星们的眼睛还在灵活地眨啊眨。如果没有亲眼看见，谁会相信，几分钟前的天空曾那么璀璨跃动过……

从屋顶下来的姐妹俩，当时并不知：追随流星划过夜空的愿望，总有实现的时候，并且还可能很快就实现！

三年高中生活结束后，迟禾拿到了西北师范大学的录取通知书。她对着流星许下的第一个愿望实现了。因为对历史的偏爱，她选择了历史学师范类专业。

从参加高考到填报志愿，迟禾像以往任何一个阶段的自己一样，做什么事依旧不紧不慢。她给自己填了所离家不太远的大学，只要能有个大学上、不要让她与社会化的链条连接得过于匆忙就行。他没有哥哥一样的决断力，也没有姐姐所具备的勇气，她需要在大学里让自己对未来做出更充分的准备。

新生们到学校往往会挑吃挑住，迟禾除了想家，其他的都不足以引起她更多的关注。她出生、成长在一个贫寒而有活力的家庭，能上学，她就足够珍惜，又怎会挑剔。

周末，舍友们叫她一起出去转，她婉拒了大家相邀的好意，一个人留在宿舍，给姐姐写了入学以来的第一封信。她边写边哭，像小孩子一样使劲哭，哭到自己心里舒服为止。倒不是有什么委屈，也没有什么难受，就因为她太想父母和姐姐了，和家相关的她都想念。那种想念是她第一次在自己的身体和心灵中遇见，她尊重自己的感受，并且要进行表达，所以，她哭，她写信。

一个学期的时间，她写了二十多封信，有几封是写给付娴和孙媛的。付娴高三选了理科，考入西安理工大学，孙媛考入宁夏大学。几个人的友谊从初中开始，奔赴新的环境后，那熟识的持续的友谊通过信件的传递，给了彼此很大的鼓励与慰藉。

在写信的过程中，迟禾发现，和不同的人进行情感表达的方式也不同，那是一种无需斟酌与判断的不同。给姐姐写信，会充满依恋，会最充分地表达想念；给付娴写信，会偏重精神与思想的交流；给孙媛写信，会更多谈及日常的学习、生活。从那一封封信的表达中，她进一步感受人的立体与多元。

迟禾很少出校园，空闲的时间，她喜欢去图书馆，喜欢让自己沉浸在学习、读书的气氛中。上了大学，她才发现，高中时的自己，还是过于任性与放松。知识的领域没有尽头，书越看越觉出大脑中的无知在不断扩大。

期末考试那些天，迟禾进入不分昼夜的学习状态。晚上，宿舍熄灯后，为了不打扰舍友休息，她就拿着小凳去卫生间借光记知识点。

考试结束，感觉所有科目都还考得不错，可以安心回家过年了。

火车每停经一站，离家就更近些。冬天的大西北，风沙吹出满眼荒芜，但在迟禾眼里，一切都那么可爱。车窗外，一点点迎接熟悉的土地，来来回回地回忆，想哭，眼泪就悄悄流下来……

推开大铁门，双脚跨进院子时，她深吸一口气，家里的空气永远和别处不一样。就像迟禾自己，永远和别人看到的不一样。她的情感，总是用理性的方式放在心里最感性的地方。

屋里，梅清正在烙馍馍，听着动静一看是丫头回来，高兴的脸上笑开了花。她放下手里的活，赶紧给迟禾掺了温水。迟禾接过脸盆说："妈，我自己来就行。"

迟禾洗脸洗手的工夫，梅清心里一阵寻思，迟谷第一年离开家去外地上学，她就是惦记，也没有像对迟禾这般当紧。看着迟禾，她真真切切地涌出一阵疼惜，那是她以前从未感受过的从自己心里萌生的疼惜，好像就在不久前，她还会因为丫头哪些方面让她不满意而呵责训斥她。此刻，这个她一手拉扯大的孩子站在她面前，她却感觉经历了很久很久，这孩子才从很远很远的地方回到她身边。她只想把更多的关心给她，令她慌乱的是：她是妈妈，却不知要如何给予孩子关心。

"妈，饼子够吃不，等会我要多吃几块。"

梅清很快收回思绪，"只要你爱吃，吃撑你的都够，还有炖羊肉。"

看着妈妈，迟禾其实想说："妈，我太想你了！"不知怎的，话说出来就变了。从小，她就理解父母的操劳，她从不对父母提什么要求，只要日子还在安稳持续，她就觉得幸福有希望。她知道：父母朴实，却浸润着她生命发展的全程。

"妈，我和你一起做饭吧，也练练手。"

"积极主动干活，那多好啊。"娘俩有说有笑，屋里的炉火也更旺了。

肉炖好后，迟禾先去叫奶奶，一进屋，就听李嫦月笑呵呵地说："孙丫头回来了，好啊。"

叫爷爷时，爷爷也说："哎呀，孙丫头啥时候回来了，爷爷啥消息都不知道。"

"爷爷，我刚回来没一阵，我妈把饭做好了，我们吃饭去。"

一家人都喜欢把馍馍掰成小块泡进肉汤里。羊肉又软又嫩，煮进汤里入了味的青萝卜正可解肉腻。迟禾让爷爷奶奶多吃点，爷爷奶奶让她多吃点，梅清说："都多吃点，炖了一锅肉，都够吃。"肉汤中飘着油花，就像每个人脸上的笑一样，一点一点自然微漾。

家里上班的两位成员陆续进了门，洗去一天的风尘，都开始享受可口的食物和相聚的喜悦。

吃完饭，迟禾把锅碗都洗干净收拾好。

迟柳说："以后你得要好好学着做饭，洗锅你已经做得很好了。"

"你和妈做饭那么好吃，有你们做就够了。况且有做饭的有洗锅的，这样分工不是很好吗？"

奶奶说："女娃娃长大总要嫁人，你姐姐说得对，做饭就是要学呢。"迟禾心里想：就没见爷爷做过饭，爸爸只会熬稀饭，难道奶奶和妈妈就是因为要嫁人才会做饭的吗？姐姐做饭好也是出于同样的原因吗？她得出了自己的结论，于是跟奶奶说："奶奶，做饭和嫁人是两回事。高凤奶奶就不会做饭，张盛爷爷却很会做饭。"

很少发表意见的爸爸也说："你看整个庄子有几家和你高奶奶家情况一样，看事情要看常规的和普遍的，不能从个别的和特殊的事情中轻易得出结论。"

"爸，我不是要得出什么结论，只是表达观点，每个人都得吃饭，吃饭这么常规和普遍的事，莫非还有男女之分，不该是每个人都得为自己的吃饭负责吗？所以关键的问题不是会不会做饭，而是为什么做饭，所以我说做饭和嫁人是两回事。"

迟禾一番话，听得老的小的都笑了，家里还没有谁对做饭和吃饭问题这么讨论的。

简单的对话，说过去也就没人注意了，迟元易的心里却是受到些触动：丫头以前从不和他辩解什么问题，如今开始坚持自己的观点了，丫头的力量正在慢慢增长……

天暗了下来，迟禾去给爷爷烧炕，烟灰缸里有几个烟头，迟禾也想像大家一样，给爷爷说别抽烟了，话没出口，自己又想着，抽烟是伴随了爷爷多半生的习惯，抽着，对他来说还有片刻陶醉，不抽，连那点可能实现的陶醉也被从生活中抽离了。在这个院里，除了吃饭，爷爷大部分的时间都是独自在屋里，他有太多闲置的时间面对自己，可时间太充分的时候，于活着而言，又何尝不是一种负担。好在爷爷是个不喜欢往屋里窝的人，他会骑着自己的自行车，找牌友们玩牌，也会有关系好的老人来找他聊天。平日里，只要有空闲，迟禾总和爷爷聊天。她知道上点年纪的人，往往更喜欢回忆而不是谈论现实，所以，她会有意地把话题往爷爷的经历上引，爷爷就会一次一次地说，每一次都像是第一次讲述一样。迟禾在心里笑着，也一次又一次地在认真听。

炕洞里的玉米芯和木柴烧得噼啪响，爷爷跟迟禾说："你好好上学，爷爷知道你懂事，肯定能学好。几年时间快得很，你看，爷爷还没活明白呢就老了。前几年，我和你爸空闲时间在新庄子的臭水沟边平出了一块地，那原来是荒地，平整好了以后种了几年粮食，下苦干活，多少有些收成。你去兰州上学没多久，那块地就被征用了，政府给了一万块钱补偿费。爷爷这辈子大钱没有，小钱不断，没干成啥像样的事，也没病没灾活了这把岁数，已经感念老天待我不薄了。那钱，爷爷一分不要，拿上也不消花，给你爸妈安顿过，这钱就供你上学用。爷爷年轻时，和别人合伙去兰州贩运过布匹和煤炭，打仗的时候也经过那儿，事情都还在眼前一样，如今孙丫头又去那上学了。那地方肯定是大变样了，不管咋变，现在的时代就是你们的好时代，爷爷的时代已经就那样悄无声息地过去了。"

迟禾还从没听爷爷用这么认真的语气和她说过话，爷爷在他心里就是个不操心、不管事，还总是乐呵呵的老人。一番话语后，迟禾满心感动，小时候的时光又回到了眼前：时不时给她吃花生豆的是爷爷；教她数数的是爷爷；和她玩拍手游戏的是爷爷；追她跑着玩，又在后面嘱咐她慢点的是爷爷……

她为自己记不起每一段岁月里的爷爷的样子而惭愧。是她不够用心吗？还是时间的积累过于细腻而锋利。细腻到让人只顾向前走而无所洞察，锋利到它对每件作品的雕刻，往往就在瞬间完成。

"爷爷，现在的老人都活九十多过百岁呢，七老八十根本不算老。爷爷要健健康康的，享受我们共有的时代，今后的生活肯定会越来越好。"

"好，爷爷再多吃几年饭，看你们一个个娶的娶，嫁的嫁，能等到那一天，就是我老头子的福气呀！"

迟禾忽然心里一颤，分明是高兴的爷孙聊天，她却涌出伤感，伤感到想哭，在情绪将要引发时，她立即换了话题。

"爷爷，炕热了没？"迟环旺把青筋凸起、指甲被烟熏得微黄的手伸进厚厚的棉被，咧开嘴笑着说："这个热度就可以了，不敢烧了。"迟禾又跟爷爷讲起小时候炕烧得太烫，把铺在铺盖下面的毛毡烧出洞的惊险经历。大半夜的，往炕上、褥子上浇水灭火，随后，往边上挪一挪，还能接着睡，直睡到天亮。

对一个农村小孩子来说，睡觉从炕上掉下来、尿炕也是惯有的事。要是谁家晨起后院里绑结实的铁丝绳上晾着被褥床单，多半是这家孩子晚上做了着急尿尿的梦，却不知是把尿尿到热乎乎的炕上了。

埋好炉火，迟禾就从屋里出来不影响爷爷休息。到底是冬天，风灌进脖子，像裹着冰针一样，缩起来才能缓解冷气的冲击。

日子回到姐妹俩睡在同一个暖暖的大炕上聊天聊到瞌睡的熟悉中，这熟悉让她们感到幸福踏实。窗外的星河，也渐渐入睡。

破晓的阳光叫醒了白天，寒冷似乎只喜欢对光温柔。村里人大多没有睡懒觉的习惯，他们起来后也未必有多重要的事做，但早起能多少带来过日子的安心。从起床开始，倒尿盆，倒泔水，生好晚上压过的炉火，收拾屋子打扫庭院，烧水提炭……零碎的事情都干完，天也就大亮了，圈里的鸡羊也等着盼着要吃饱肚子。上班的人按时按点出门上班。

秦渠岸边，各家倒出的泔水结了冰，露出无可奈何的丑陋样子，试图与铺满秦渠的冰汇集。炉灰被固在冰下还是浮在冰上取决于倒下去的顺序。要是渠岸的哪一段没有住户，就会干净很多，阳光在裸露的硬土上投下稀疏自娱的影。

太阳越升越高，陆续有孩子小心翼翼地从渠坡下到渠里滑冰。迟禾站在岸上看，冬天的秦渠不像他们小时候那样热闹，孩子的脸上也没有像冬天的阳光般纯粹的欢乐。也或许，这不过是她的自以为然。

迟禾期末考试成绩很好，她希望能拿到奖学金，减轻点家里供她上学的经济负担。她佩服哥哥可以边上学边赚钱养活自己，可她呢，除了好好学习，就不知道还能做些什么。

年前，迟谷回来了。到家的第二天就有同学联系他一起摆摊卖年货，摆摊的资质是同学家里给办妥当的。迟禾跟哥哥说也想现场体验摆摊，迟谷说他和同学先尝试。

腊月二十三那天，整个上午都在扫尘，家具从之前的位子挪开，被褥从一间屋抱到另一间屋，直到把每间屋子都彻底清扫干净。等到吃下午饭时，屋里再无丝毫尘土狼藉，一家人便安安稳稳清清爽爽吃顿饭。

迟谷摆摊的时间，迟禾把家里每个人的被褥都拆洗干净，擦过的玻璃能映进窗外的天空。难干的家务活，从迟禾有记忆开始就一直是妈妈在干。当她独立投入到家务的洗洗擦擦中时，一位母亲从小姑娘到妇人的轨迹在她大脑勾勒出轮廓。不管妈妈多能干，给他们兄妹的生活带来了多大的安全感，曾经，她和自己一样，都有过正值青春的风华与愿望。换一个视角分析妈妈的角色时，她理解到：青春与岁月，恰如冬季秦渠里的风与沙，同是过客，互相湮没。

小时候，跟着大人买年货，是孩子们极开心的事。走在年货售卖比较集中的街上，不管谁家的小孩，都会朝着两边的铺子这瞅瞅、那看看，每一样年货都像个小精灵一样，晃进他们眼中，跑进他们心里。糖果是每年都要买的，吃糖过年意味着生活的甜蜜，一颗糖塞进小孩的嘴里，会溢出属于整个身体的欢喜，连晚上做梦都是甜的。

年货一年比一年丰富，街道一年比一年繁华，楼层一年比一年拔高，购买年货的大多还是一方水土孕育的当地老百姓，也有逐年增加的从外省市迁入的定居者。

年轮催生和见证着时代发展的种种变化。迟禾和妈妈各推一辆自行车，转了没多久，要买的东西就都买上了。想到早些年屋里贴年画的情景，迟禾问道："妈，咋不见卖年画的？"

"你想买吗？"

"家里盖新房后就没再买过，也就想起来了随便问问。"街头的一个铺子门口，倒是摆着年画，但种类并不多，也罕有人问津。看来，年画也将慢慢成为记忆里的元素。

迟谷到底没让妹妹和他一起去。年三十那天，吃过午饭，迟禾剁饺子馅，妈妈煮肉，迟谷贴对联门神。迟元易和迟柳正常上班，从大年初一开始放假三天。透过玻璃，迟禾见迟茉不知啥时候在院里看哥哥给每间屋子贴对联。贴好爷爷那屋的对联后，俩人都进来了。

迟茉已是九岁的小姑娘，她总是一个人在院里玩，一个人上学放学，和哥哥姐姐们相比，她的童年安静了许多，正如她安静的性格。迟茉四岁时，妹妹迟碧出生，八岁时，弟弟迟辰出生。

进屋后，看着大家都在忙，迟茉说："大妈，为啥一过年，大人都那么忙。"被小家伙这么一问，梅清也不知道该怎么解答。从结婚后，每到过年，她也私底下犯愁，干活倒不说，关键总怕过不了一个像样的年。想起差点都要被遗忘的小时候，那种对过年的期盼，她又感到年就是给孩子过的。于是她对迟茉说："大人们忙，是为了让你们这些孩子高兴。"

迟茉仿佛明白了点，接着又说："小孩子过年为啥要高兴呢？"

正剁馅的迟禾被妹妹的话给逗笑了，跟妈妈说："茉茉这娃是反应滞后吧，我这年龄对过年都还有残存的兴奋，她还问为啥要高兴，我小时候就盼着过年吃饺子、贴对联、放鞭炮，多喜庆，多热闹。"

听姐姐这样说，迟茉倒有些不好意思了，"禾禾姐，我不敢放炮，还害怕听炮响的声音，但小碧就特别高兴，吵着要我爸带她放炮。我爸点燃一个双响炮，像打了一声雷一样，还把辰辰吓哭了。"

迟禾又开始逗妹妹："你是不因为放炮，躲到这边来了。"

被姐姐这么一说，迟茉忽然想起来："哎呀，我妈让我过来看大妈打的糨糊还有没，有的话她就不打了，拿过去让我爸也贴对联。"几个人都笑起来，迟茉端着碗里剩余的糨糊回去了。

夜晚来临前，所有的活都干完了，一家人边看春晚边包饺子。往年，孩子们最喜欢看优秀艺术家赵丽蓉和巩汉林演的小品，新千年的盛夏后，人间再无赵丽蓉。

迟环旺看了一阵电视就过去睡了，睡前把准备好的崭新的压岁钱放在枕头下。迟元易也早早睡了，每年都是梅清等到春节联欢晚会播放到新年钟声敲响时出去放鞭炮。城市、乡村像约好了似的鞭炮齐放，烟花齐燃，灯火万家，人们以俗成的方式辞旧迎新。迎新年，也迎接年龄增加一岁的新的生命征程与感受。

梅清和迟元易起得很早，他们洗漱后去了伙房，梅清往两个灶口分别坐进一口锅，再往锅里添够了水，迟元易开始搭灶火。鼓风机使劲力气吹，灶火很快就烧滚了两锅水，水蒸气像被束缚久了忽然得了自由一样满屋子撺掇，习惯了冬天寒冷的伙房享受着难得的温暖。包好的饺子都下了锅，迟禾问了爷爷新年好之后就迫不及待地跑到伙房等着端饺子。

屋外，又一轮鞭炮声起，受到惊吓的鸡凑着劲地叫个不停，狗似乎瞧不起鸡的大惊小怪，坐在地上尾巴随意地扫来扫去。迟谷和了鸡食去喂鸡，让家里年前没被卖掉的鸡们也过个好年。

稍时，热腾腾的饺子端上桌。没人考究是从哪个年代开始，中国人过年要吃饺子，但祖祖辈辈就将这样的习俗演绎成文化一代代传了下来。迟禾一心想要吃到包硬币、包糖的饺子，结果一样也没吃到。迟谷笑话她又不是小孩了，还没改小孩的想法。

初二上午，迟谷提着礼物去宋萱大爹大妈家拜年。和上次来相比，周围环境又有所变化，门前的路水泥硬化的同时也拓宽了些，路边桃树杏树的枝杈和大片的农田都裸露在阳光清朗的天空下，交错分布的沟渠正蓄势等待着灌溉使命的承担。大门上不仅贴着对联，还有党员示范户的标志牌。推开门，干净整洁的农家院子一览无余。东边院墙留了门，穿过去便是磨坊，磨坊的规模也比前些年扩大了不少。

进屋后，桌上果盘里放着各样水果，瓜子花生核桃开心果和糖合放在另一个盘里。徐英和宋玉松第一次见迟谷就喜欢，知道宋萱的态度后，他们也不再把迟谷当外人。

宋萱的两个堂哥大清早带孩子去了岳父母家，他们打电话安顿说让迟谷等他们回来一起聚聚。

徐英和迟谷说了几句话就要去厨房做饭，宋萱给大爹大妈说中午高中同学约好了一起吃饭。徐英说大过年的上了门哪有不吃饭的道理，迟谷好一番解释后和两位老人又聊了会儿便和宋萱出门了。

同学聚会的组织者是岳田洋，到场的七位同学都是上大学期间一直没断过联系的。举杯开场后，先是共同回忆了高中生活的难忘，接着扒拉各自之间的八卦，随着吃饭气氛的慢慢活跃，聊天的内容也越来越丰富。

岳田洋自揭伤疤地说："我一直都认为迟谷够优秀，可是我也不赖呀，宋萱怎么就没给我哪怕一点点机会。虽说想不明白，但还是要祝福你们。今后宋萱要是受什么委屈，告诉我，毕竟我们还是同学，我会帮你。"

其他几人开始起哄，迟谷说："你就趁早断了所有念头吧，你等不到机会的。"

宋萱笑着岔开话题："大学食堂的饭真好，我看你们一个个都面色红润，精神饱满。"

罗雪说："高中三年，没少听老师说大学相对自由，学习也会相对轻松，可是，我怎么觉得大学学得更苦更累，是我如此，还是你们都这样。"

钱小亮说："我以为是我理解错了老师们的意思，原来大体如此。"

一直没怎么开口，皮肤白皙、容貌俏丽的景颜说："我就觉得和你们在一起高兴，再举一杯吧！"

宁浩冲大家笑笑，"景颜你再没别的想法吗？仔细想想？"

罗雪说："宁浩你有话明说呗，搞得神秘兮兮。"

宁浩说："我当初可是听隔壁班我初中同学说，景颜喜欢老岳。"

钱小亮说："宁浩你果然是我们当中的八卦大哥。"

景颜一点也不回避地说："奈何落花有意流水无情。罢了，都是过去的事了。后来我就学会了用发展的眼光往前看。"

岳田洋说："若真有此事，我怎会一点也不知道。景姑娘，你要是不嫌弃，我们都是遭遇了落花有意流水无情的可怜人，从此转场你是风儿我是沙吧。"

"哈哈哈……"

几人笑得开怀不拘。宁浩说："变了，都变了。"

罗雪说："变是绝对，不变是相对。"

钱小亮说："我感觉大家都没怎么变嘛！"

岳田洋说："确实变了。是一种在成长中学会了接受的改变。接受矛盾，接受忧虑，接受过去，接受理想，接受现实，接受确信与不确定。"

宁浩说："不愧是老岳，说得好！"

钱小亮说："我可能是个成长滞后的人，不急，慢慢变。"

罗雪说："希望我们都越变越好。"

宋萱看着大眼小脸、高高瘦瘦的罗雪，想起她高中时说将用自己的一生践行伟大的五四精神，她爱那时代的觉醒，爱那集体思想的闪耀，爱那理性的勇敢无畏，爱那方向的明确和前进的不彷徨。她激动地说，她深受触动地听。当时，宋萱以为和罗雪相比，她的精神世界倒显得狭窄，她还在自怨自艾，而罗雪已经开始关注苍生，关注社会发展。想到此，宋萱再度感动，热切地感动，她说："当我们的青春与这伟大的时代紧密关联时，青春，只会更精彩！"

景颜说："为我们的青春，干杯！"

岳田洋说："景姑娘今天主要负责让大家干杯。"

钱小亮大笑："以后每年都得聚，我要每年都看看你们是怎么变化的。"

一直在听大家说话的迟谷，感慨道："被你们的情绪感染了，曾经夹着无知的豪情又回来了。我翻开历史一查，这历史年代清晰，端端正正的每页上都写着'大道民生'。岁月经年，我们都是那续力民生的一代青年。"

宁浩鼓掌叫好，说："氛围都跟着拔高了。"

同学几人似有说不完的话，时间从中午滑到下午，走出餐厅时，钱小亮说："下次相聚，我来组织，提前申请。"

初三一过，街上又恢复了平常的热闹。走在时间里，忙或闲都是意义。

一场雪赶着过年的喜庆悄悄下了整夜，若是平常，人们也不急于打扫，刚好是初五，早起洒扫是家家要做的事。站在院里，先听得一阵"噼噼啪啪"放鞭炮的声音，雪白里再铺一层炮纸的红，也倒别有意蕴。紧接着，又听到各家拿簸箕铲雪的声音和铲雪后扫帚扫在地上发出有节奏的"唰唰唰"的声音。

喜鹊和麻雀似乎也感受到大清早声音里释放的热闹，落在屋顶，落在院墙，落在树枝，叫个不停。

正在铲雪的迟禾，一口一口吸进新鲜清冷的空气，又看着呼出来的气现出小小的身形随即消失不见。当她专注于感受吸气呼气这种再寻常不过的举动时，也寻到了身体与自然永恒互动的大乐趣。她一直认为自己是个没有远见和抱负的狭隘之人，过往在她心里都是序曲，未来的华章尚不知所向，倒是正在行走的眼前人眼前事眼前物是她心里的在意。她佩服像哥哥一样有自我规划能力的人，也欣赏所有值得欣赏的高尚品质，但她，始终在按自己该有的样子生活。具体是什么样子，她也说不清。

她在算着，是什么时候，每到初五，他们兄妹会跟爷爷一起牵几只羊到庙前出行。又是从什么时候开始，家里不再养羊，爷爷也只是早早地去庙里点几炷香。想着年年岁岁的种种不同，童年的意趣驱使她在院子的一角留下一堆雪，堆出个胖乎乎的雪人。

初七一过，迟谷就买车票和宋萱一起回了学校。一个学期之后，他们都将是大四的毕业生。大学几年，迟谷一直很努力地学习，不仅本专业成绩优异，还攻读法学力争顺利取得第二学位。班里一部分同学要继续考研，他打算好好看书，先复习考证。

月亮不知不觉间圆满地挂在整个天空，又是元宵佳节。皎洁的月光洒向大地，看满月的人，被月光渡了一身圣洁。时间总能和人类的生存栖居完美契合，华夏先祖们智慧的生活丰富了这样的契合。迟谷心想，世间竟有如此深入人心暖人情感的元宵佳节……

九、改变

　　推开门，春风迎面。秦渠的冰经历了一冬的风沙侵蚀像被捅坏的巨大蜂窝，脚踩上去只听得冰缝里发出咔嚓咔嚓地脱离冰体的声音。渠岸上叫不出名目的各种草挣破土壤的覆盖，露出精巧可爱的面容，轻盈地和树芽、小鸟、蜘蛛、蚂蚁们打招呼。

　　村里上学的孩子又背上装满新书的书包，穿过田间、走过小路去上学。田里忙着的大人等孩子走过去，互相说着那是谁家的儿子丫头，或是谁家的孙子孙丫头，没怎么见就长那么大了。孩子们渐渐走远，大人们叹一番岁月年光又继续边干活边聊着家长里短的话题。

　　迟庄村周边的各家地里统一种了小麦，等麦苗长高些，再往田埂和麦沟里套种玉米。小麦和玉米收割了一茬又一茬，没见地老，但见种地人的容颜在风吹日晒雨淋里、在收获的期待里日渐衰老。

　　迟柳调了班和妈妈来地里种玉米。农活的程序化使其乏味，精耕细作却赋予其情感，每个和土地建立过深厚关系的农民多少都会依恋那样的情感。想到他们兄妹三人小时候一起干农活的情景，迟柳问旁边地里正在刨玉米沟的余香："四妈，今天周六，你咋没带茉茉来帮忙？"

　　余香擦擦额头的汗，说："来了也不会干，还不如让在家看书写作业。"

　　看着四下各家地里干活的大人，迟柳不禁琢磨着：从他们兄妹下地干农活开始，就很少见别人家的孩子也随着父母来干活，待她长大些，就更少在田里见到孩子的身影。有时候，她觉得和别人家的孩子就像不处在一个时代一般，然而，他们分明又与她在同样的时空下成长。想起上学时老师说过的话：没有任何人是可以脱离劳动生存于世的，劳动是生存的根基，要成长，首先要学会劳动。迟柳在阳光下笑笑，老师的话，她记住了，也一直在实践着。于她而言，乡村既是她成长的见证者，也是回首时贯穿始终的记忆。

祖祖辈辈的农民都要种地，也都会种地，到他们这一辈，已经有很多人不会种地了，等会种地的父母辈老了，谁来种地？她确知自己也同样无法独立完成一块地的春种秋收。思想至此，为自己惭愧起来，也心疼着两鬓已见不少白发的妈妈。

日子在过去，也在继续。迟柳目及四野，又满怀信心地觉得几千年来一直种着的地，总会被一直种下去。即便个体技术缺失了，整个农业经济的背后，还有强大的国家政策导向。她终于有些放心了，种完了自家的玉米，再帮着种完了四妈家的玉米，三个人赶在中午前回到家里。

秦渠岸上水草花香的气息瞅着空就往鼻子钻，熟悉的景年年在看，熟悉的事年年在做，而所有的熟悉在曾经跨过去又循着季节规律归来的时间面前呈现出全新的一面。那些景与事在每个人的脑海中，像浪打浪的节奏般，激起生活的阵阵激情再有序退下。

吃过午饭，迟柳休息了一阵就去店里上班。接班后，卖了好几件衣服，看着一件件衣服装扮着形貌、年龄不一的买主，她心里喜滋滋的，就像新衣服穿在自己身上一样。有件衣服，无论样子还是颜色，都很适合梅清，迟柳近水楼台就给妈妈买下了，她能想到妈妈会说她乱花钱，但她可不觉得给妈妈买衣服是乱花钱。

下午，迟庄二队的大喇叭响了，通知队员们到场上开会。自从队里统一安装电话后，大喇叭基本就闲置了，听到通知的队员们都猜着大喇叭又响起，大概有啥重要的事情要给大家传达了。半小时后，场上聚了不少人，每家不管老少，都有代表来参会。很久没有像这样聚集在一起的庄户人，见面就熟络地聊起来，庄稼、牲畜、嫁娶、生死……不同的视角可以聊出不同的内容，庄户人家能把所有的内容都聊成细碎的生活。迟禾觉得能把那些细琐持续不竭地聊下去，也是一种很大的本事。阿霞的姐姐红玲嫁到了李桥村的贾家、张盛的小儿子民安娶了个漂亮媳妇、吴秀蓉家的儿媳妇离婚后又嫁了个年过半百的男人、过了四十还没怀上孩子的王东媳妇领养了远亲家的闺女……家长里短的信息在场上聚着的人之间传播。也有人到场上只为了听队长要通知啥，自觉避开了大家的谈话。

队长迟永康顾不得照顾大家聊天的兴致，拿起大喇叭喊了声"安静"，周围的声音便随着喇叭声响起戛然而止，只剩几只麻雀飞着找食吃。

迟永康说："征地的事前几年就放出了风声，但后来没了动静。今天开会，就是要告诉大家，地真的要征了。先征老庄子和新庄子周围的地，这一片地今年刚好要种稻子，这形势也种不成了。从下周一开始，进行具体的征地事项。今天把大家叫过来，就是为了通知这件事，大家做好准备。"

说到征地，前些年虽然有消息传出，但毕竟没见行动，时间长了，大家也就把这茬事搁一边了，等事情又被真切、确定地重提，反倒不知要如何对待，没个对待的态度似乎心下也不安生，情绪里一时掀起些波澜，也没人提征地给多少钱的事了。不过，地本来就是国家的，政府征用，自然有要征用的道理，上面怎么安排，庄户人家就怎么服从怎么做。

觅食的麻雀飞走了，场上的人也各自回家，同回新庄子的任继和马武路上又聊起来。马武是队里最早在街上开拉面馆的人，他的心思都放在自家开的市区规模最大的拉面馆上，地让任继种着，也免得再多操一份心。几天前，队长给他打电话，特意嘱咐他回来开会。队长认为这次的会就得集中开，集中了，才好传达消息。任继白种着马武的地，心里总过意不去，每年收上粮食都要给马武几袋子，马武总推着不要，说任继能把地种着没放慌就是帮他大忙了，任继便给马武父母常年提供粮食。马武大任继几岁，任继说："马哥，这些年尽白种你家的地了，给你粮食你不要，我也没啥别的能给你，只能装着满心的感谢了。我还是那话，有啥事马哥你吱声，能做的我就做了。"

马武说："兄弟，咱哥们就不客气了。明人不说暗话，我的地给你种，我还省了心呢，咱就各图各的方便。啥也不说了，再客气，我咋好意思呢。"

"行，马哥你这么说，我也就不端着客气了。这次征地，也不知上面咋个征法。"

马武说："公家的事，自有公家的做法，不管咋弄，我们这些老百姓跟着执行就好么。"两人你一言我一语往家里走。

马武径直去了父母家。老两口生了三个闺女，只盼能有个儿子，马武是家里第四个孩子，也是唯一的男孩子，正好如了老两口的意。马武的媳妇金巧巧人长得标致，个头高挑，体态丰腴，嫁过来时没少引起邻居们的注意。队里的男人们酸溜溜地说："马武，你小子好福气啊，可要把媳妇看好了，别跟别人跑了。"

知道是开玩笑，马武也不生气，只说："你个疯货，我媳妇啥时候该到你操心了，管好自家媳妇吧，当心你那脑门子变绿了。"对方也是呵呵一笑走开了。

马武从技术学校毕业后，跟家里说要出去闯荡闯荡，父母说他还小，等大几岁再说。马武也是个听话的，在家里待了两年，干干农活，喂喂羊，时间也很快过去了。二十岁那年，他带了点钱和随身物件，坐火车去了兰州，刚开始在餐馆当服务员，后来又想学拉面技术，也是机缘，一位同样姓马的拉面师傅考验了他一段时间，见他是个吃苦务正又有眼色的年轻人，决定收他为徒，给他传授拉面技术。马师傅四十六岁，和拉面打了二十几年交道，在他眼里，拉面已经不单是拉面了，拉面里揉着、拉着的是他的生活和感情。拜了师傅的马武，有人指引，干活更有精神了，马师傅也越来越喜欢这个头脑灵活手脚勤快的徒弟。

三年后，留了师傅的联系方式，马武带着学成的技术回家了。那几年，挺时兴开拉面馆，马武很轻松地在城里的拉面馆找到了工作，每月挣着两千多元钱的工资。在迟庄二队邻居们的眼里，两千多已经不少，但对于跳出常规生活圈的人来讲，个人想法与行动会受到更多因素的驱动，既然跳出，胆子就可以大一些，想法也可以多一些。

马武想挣更多钱，开一个属于自己的拉面馆，在城里安家。这样的想法产生后，他也多次怀疑过、否定过，他的实力与想法之间还有太大的差距需要填补。金巧巧的出现，让他在迷茫之后更清楚了自己要面对的现实。

金巧巧是拉面馆老板最小的女儿，在她之上，还有三个哥哥。她在家人的处处呵护下长大，没吃过什么苦。初三那年，她跟家人说不想上学了，不管父母兄长怎么劝，她都听不进。关键时候，她爹下了死命令：就是熬也要把初中给熬完了！金巧巧见她爹真生气了，只好继续上学，直到初中毕业。离开学校，耍了几年，随后有个同学叫她一起去理发店当学徒，她觉得好玩有意思，想都没想，就答应了。家人的反对，完全挡不住她的行动。

理发店，是她同学的叔叔所开。干了几天跑腿打杂的活，她就有些受不了，碍于同学的关系，又坚持了一段时间。逐渐地，她开始给顾客洗头，大多数时候，状态都是正常的，有一次，来了个四五十岁的胖男人，那男人在她洗头时，翻着眯眯的眼睛直盯着她看，洗完头，趁她不注意，身体故意往她身上蹭，她虽未经世事，但在心里早已骂了那猥琐男人千百遍。后来，类似的事情又时有发生，她给老板反映，老板只说了句也没什么。金巧巧第一次对自己的决定产生质疑，在此之前，她以为，只要有父母兄长在，她就不必为自己的生命操心。理发店的事，她想告诉哥哥，但又知道，以哥哥们的脾气，知道后很可能会砸了理发店。还是她自己，再次果断决定立即离开理发店，离开那个让她恶心厌恶的地方。老板还想劝她留下，她发挥出自己极致的骂人水平，把老板一顿臭骂后踹开理发店的门，头也不回地走了。

不知怎的，从那以后，金巧巧的性子就有了很大改变，之前的她，用她爹的话讲，简直就是个活祖宗。她感受到了自己的变化，也尝试去想为什么会变，但以她的脑力，还是没想出个究竟。有一点是确定的，金巧巧会用脑子分析问题了，而不是用脾气、情绪去对抗问题。

金巧巧主动跟她爹说："爹，我到拉面馆帮忙吧。"她爹怕她吃不了苦，又考虑也该让这疯丫头锻炼锻炼了，随即答应了。

金巧巧到拉面馆的那天，店里的气氛和平时就有点不一样了。那么好看的一个姑娘，整天叽叽喳喳笑哈哈的，做饭的人和吃饭的人都挺喜欢。

马武忙的时候根本没顾上端详老板家的姑娘，闲下来，看了金巧巧一眼，还没说话，就已暗自觉得脸上的一阵火辣辣。他索性就不打招呼不吱声，躲开可能会出现的尴尬。

那天，马武的脑子里总挥不去金巧巧的身影，晚上睡下，更是难掩一个忽然闯入的姑娘给他身心带来的极大冲击。这从未有过的现象，让马武有些慌乱。

在其后的很长一段时间里，他都暗自喜欢着金巧巧。马武不敢表达，他怕表达后就没法继续留在拉面馆了。

金巧巧也悄悄观察着店里的拉面师傅，马师傅年纪轻轻，拉面的本事倒挺大，很多顾客都因为喜欢金家拉面馆拉面的味道而常来光顾，金巧巧本人也喜欢吃店里的拉面。

遇到金巧巧之前，马武还没仔细留意过自己的样貌。遇到金巧巧后，他开始照镜子，对着镜子端详自己，镜子里的人高大魁梧，脸型与眉眼都透着棱角。只是目光里看到的是迟疑。

和往常一样，马武继续到拉面馆开始一天的活计，过了中午，店里吃饭的人渐渐少了些。老板金栋得空在前台坐坐，刚坐下没几分钟，就听"哐当"一声响，椅子倒了，金栋也栽倒在地，额头磕在桌棱上，瞬间鼓起了包。厨房里正在为两三位顾客拉面的马武见状扔下手里的活就冲了出来，金栋的嘴也斜了，说不出话。马武的脑子一片混乱，他跟自己说：冷静，想办法！能想到的唯一办法就是赶快去医院，马武让店员小丁出去打车，在大家的帮助下，马武背着金栋出去坐上了出租车，不到十分钟，金栋就被送到了市医院。经过紧急医治，金栋已无生命危险，但需要做心脏支架手术。

金巧巧当天去了大嫂开的服装店。马武送金栋去医院后，面馆由另一位师傅和店员丁朋照管。金栋费力地取出手机，嘱托马武给他大儿子打电话。十几分钟后，大儿子金峰林到了病房，见爹正躺在床上输液，心里说不出的难受，如山般伟岸的爹从未这样虚弱过。金栋本不想让老伴来医院，老伴身体也不好，几年前做了大手术，知道情况后，她执意要来，谁也劝不住。儿女们只好带她过来，见到金栋，老伴既心疼，又庆幸，老头子还在就是幸运。在医院调理几天后，医生通知病人家属可以做手术了。

手术进行了快三个小时，做了四个支架，整个过程很顺利。金栋的突然生病，引起了金巧巧又一次认真的思考，她有自责，也有惭愧，她觉得他们兄妹几个的生命是爹妈用自己的生命一点一点填补起来的，她却用很多任性妄为的行为加速着爹妈的填补。她抽烟喝酒把头发烫染得乱七八糟，她和小混混一起玩，越是不被大人许可的事她越喜欢做，没少给家里惹麻烦。如今也该让父母省心了。

医院里有人照看，她就去了拉面馆负责收银。知道是马武及时把她爹送去医院，金巧巧当面对马武表达了感谢。

出院后，金栋需要在家休养一段时间，多少年没得闲，也难得能静下心来梳理这大半生的生活。三个儿子都已成家，各自的小日子都过得还算不错。老大在街中心开了两个服装店，老二做钢材生意，老三两口子都在银行上班，四个孩子，唯有老三学习好，上了大学，凭本事有了份正式工作。闺女是最不让他省心的，不过近来倒也好了很多。他在家的这段时间，拉面馆就让闺女打理着，平时看着挺没出息的金巧巧，真有几分生意头脑，临时接手拉面馆也没费多大事。

马武这边，经常有热心的亲戚邻居上门说媒，像是被提醒了一样，平时从未提及此事的爹妈也频繁在他耳边念叨。再过几天，他就二十三岁了，也到了谈婚的年龄，可他就是没心思应承。不仅是因为他已经有了暗暗喜欢的人，更因为他缺乏迎接一段新生活的积累与准备。假如是金巧巧，她会愿意嫁给他吗？嫁给他这个人、这个家庭和与他关联的一切？他不愿意想这些，根本不可能的事，想着有何用。结婚的任务，能不执行就先撤开吧。要是他也开家面馆，或者有份体面的工作，也许他跟金巧巧还有在一起的可能。世间事，本就假设不得，当初他读书若用功些，如今大概也不会陷入无能为力的苦闷之中。他冲着自己嘲讽地笑了。

当马武更深入地面对自己时，他发现，对过去，他并不真的后悔，对未来，他尚有信心，可原本还有能力去计划的问题只要和金巧巧搭上丁点儿关系，他就会像醉酒般丧失思考力。意识到这一症结后，索性先抓核心点：破除金巧巧对他思想的干扰。他分析后得出的结论是：他俩不可能，想也无用，那就不往可能的方向想；他要努力争取想要的生活，开个面馆，在城里安家，这个想法还可能实现。看似简单的分析结论，实践起来却不简单，他依旧尽可能避开和金巧巧的接触。

明确了方向的马武，干活的时候更用心了，他在拉面馆的工作中揣摩着怎样经营的问题。金栋身体无碍后又回来了，休息了一段时间，气色比没病之前还好些。金巧巧留在面馆给爹搭个手，她的性子也慢慢沉稳了不少。给金巧巧提亲的人也不间断地出现，还有干脆带人到拉面馆相亲的，金巧巧这边不让提亲的人难堪，也没表现出配合的态度，总拿委婉的话给回绝了。

一个雨天，店里没什么生意，金栋就跟大家说，都早些回家吧。意料之外的提前下班，让店里的气氛瞬间轻松起来。金巧巧要去大哥的服装店，就让爹开着车先回家了，她顺带看着把店里的尾巴工作都处理妥当再走。年龄大些的哈师傅想早点走，就把收拾后厨的任务托给了马武。最后离开面馆的就剩金巧巧和马武二人，互道了"再见"，就都出门。雨还没有要停的迹象，但不像先前串着珠子似的急赶着往下落。马武直接走在雨中，并打算就这样一路走回去，看在眼里的金巧巧从后面追过来，把撑在手里的伞递给马武，一个要给，一个推脱着不要，说正想淋点雨。索性金巧巧就举起伞，把站在雨中的两个人都护起来。

雨仿佛在伞下凝固了，只听到四周"滴滴答答"的声音。马武不知道该怎么办了，他的大脑已经不听使唤了，只能愣愣地站在原地，站在被金巧巧举着的伞下。他的脸在清凉的雨中憋得发热、通红。金巧巧扯扯他的袖子："你傻了呀，还站这干嘛，先到屋檐下啊！"马武乖乖地跟着金巧巧站在了一个关着门的店面的屋檐下。太近的距离，让他喘不过气，呼吸都开始困难，还不如淋在雨里痛快。依然没经思考，他从伞下跑开了，身后传来金巧巧的声音："你回来！"像是命令的召唤，马武终于又清醒地站住了，雨下在身上，太舒服了！

这次，金巧巧直接把伞塞给他，让他举着，还哪壶不开提哪壶地笑话他："一个大男人咋这么扭扭捏捏地。"被她这么一说，好容易平静点的马武，脸又红了，金巧巧笑了，笑得很莫名其妙，很张扬。她觉得眼前这个大男人特别有意思，也特别可爱。她伸手帮他擦去额角的雨珠，他用所有的慌乱与柔情看着她，他们离得更近了……

远远地，来了一辆出租车，金巧巧从伞下像个精灵一样跑开了。坐进出租车，关了车门，她才缓过神来，看着走在雨中的他的背影，她不知为什么就想帮他打伞，看着他额角的雨滴，她也想帮他拭去。为什么对他会有这样自然而然的举动？她的思绪像落在车玻璃窗上一滴一滴的雨，落开一片朦胧，两重天际。初三时，她不知不觉喜欢上了班里一位品学兼优的男生，可后来她知道男生喜欢邻班一位据说和他小学是同班同桌的女生。几乎在同一时段，班里一位除了捣乱再干不了什么正事的男生总缠着她，她实在太讨厌他，又不知要怎么摆脱，只好跟家人说不愿上学了。没想到爹反对的情绪那么强烈，她除了生气，也只能继续上学，只是态度发生了大转变，混着混着初三就过去了，对学习提不起丝毫兴趣的她，初中毕业后就中断了学业，也中断了和校园有关的一切。

出租车停下了，停在了小区门口，金巧巧下车后决定直接回家。她想回家窝在被子里美美睡一觉。

浅夜，雨说停就停了，可人的想法却不是想停在什么时候就停在什么时候，想停哪就停哪的。马武好不容易建起的心理堡垒，又开始处在动摇的边缘。他跟自己说，只是一场雨中的巧合，不必无故自作多情。一阵鸡鸣，天亮了。

被雨洗过的天空，蓝色里都是明澈，街市也恢复了生机勃勃。那明澈与生机像琴弦拨出的音符，以极舒适的方式刺激着人们的感官。真是个好天气！

忙碌的人都又忙碌起来，拉面馆里坐满了等着吃完面去上班的客人。也有三五好友约着一起的，来壶茶、上份牛肉、配几碟小菜，边聊天边慢慢吃，时间以悠闲的方式眷顾了一桌又一桌顾客。

马武给兰州的师父打了电话，在他心里，师傅如父，他的"师傅"也是他的"师父"。这几年，心里有什么迷惑，他都要和师父聊聊，师父就是他生命中的明灯。知道马武想开拉面馆，师父很支持，说有什么困难他能帮的一定尽力帮。师父能给他精神指引，他已经感激不尽了，剩余的问题，他会想办法解决。

因为不抱念想，马武反倒能克制住对金巧巧的感情。离开金家面馆，算是更深入地自我面对。爹妈对马武的决定也是支持的，好男儿就是要敢拼一把，拼不成自认损失，拼成了，一辈子的营生也就攥在了手里。爹妈拿出十二万元的存款，说这钱本是给他娶媳妇用的，横竖都是给他的，怎么用，就由他。要是不够，家里还有羊，有存下的粮食，几个姐姐那也能周转。在金家面馆工作的时间里，马武攒了五万元存款。屋外的风从窗户吹进来，把人的心给吹柔软了，干涩的眼睛也被吹湿润了。爹妈的通情达理和对他的万般包容，带给他的何止是感激，更是信任与力量，他要好好干。他把自己攒的五万元钱也取出来备用。

在大姐夫的介绍下，马武租了一处合适的门面房，租期是两年。堂哥帮他进行简单装修。一天下班后，马武向金栋提出辞职的要求，一方苦留，一方婉言谢拒。金巧巧把两个人的对话都听在耳里。马武要走了，不知爹还能不能找到像马武一样手艺好又踏实的拉面师傅，最主要的是，她越来越明确自己对他日渐增加的喜欢，他离开了，她的喜欢往哪放？一念及，她的心有点慌了。

转身走的时候，马武是有几分不舍的。金栋人很好，从不苛责他们，工资每月发得很及时，每逢重要节日，还给他们发福利。在金家拉面馆，他和大家相处愉快，也在实践中学习到了很多书本之外的知识，获得了生活经验的积累。人不就是在不断地告别与迎接中成长起来的吗？说了句"金老板，您注意身体"，又跟店里还没回家的人说了声"再见"，马武就推开门，出来了。

金巧巧跟爹说："爹，您给马武说，让他再待几天，好歹这边找到新的拉面师傅他再走。"

金栋说："这不好说吧。"

"店里就这样的情况，又不是不让他走，有什么不好说的。您不说，我说。"

拿出手机，拨通马武的手机号，金巧巧说："你还没走远吧，在原地等会我。"

"我在对面的路口，你出来就能看见了。"

"你就这样走了吗？"马武愣了，他不知道怎么回答，该说的他大概也都说周全了。

"你跟他们都道别了，和我就没什么要说的了吗？"

那是藏在心里的话，能说吗？要是能说倒也痛快。

金巧巧打电话让她爹先回，不必等她，接着对马武说："你送我回家吧。"

这话他能接，说："好。"

"你那嘴巴咋就那么金贵，非要人问一句才说一句。或者是你讨厌我，不愿和我说话。"

"我咋可能讨厌你，就是不知该说啥。"马武被刺激得有点急。

"心里想啥就说啥呗。"

"要真能随心所欲地说话做事倒好了。"

"怎么就不能了，心是你的，嘴是你的，还不由自己吗？"

"小孩子会这样认为，你还是个小孩子。"

"别把啥都编排给小孩子，不过是为虚伪找借口。"

"嗯，这个说法好像还很有道理。"

"还说我是小孩不。"

"不说了。"

"你这不就正常说话了吗？"

"那是被你带动的。"

"以后就让姐多带带你。"

"你才多大呀，好歹我还比你大三岁。"

金巧巧让马武送她回家。月光柔和地洒向大地，与城市的灯光相映，冷暖之间，合为烟火。快到家了，金巧巧试探着问："拉面馆你不来了，也不和我联系了吗？"

"不知道。"马武的回答刺激了金巧巧的自尊，她有些生气了，只顾迈开步自己往前走。马武再笨，也感受到气氛的不对，他追上前，小心翼翼地问："你生气了呀，是我说错话了吗？我这张嘴就不该说话。"

见他这副样子，金巧巧气着气着又笑了，"你哪会说错话，只怕是说了真心话。要不要和我联系，你不知道吗，你傻呀！"

"你就当我傻吧，不过我确实也傻。"

"要是我喜欢你，你还和我联系吗？"

马武愣了，"这种玩笑开不得，我会当真的。"

"是真的又如何？"金巧巧凑上前，细嫩的唇轻轻贴向了马武的脸颊。

一时间，马武的世界飞旋起来，他有些不知所措。可这吻，是真的，确实是真的。他幸福地想流泪，却干着嗓子眼问："我可以抱你吗？"

"果然傻得不轻。"金巧巧双臂环着马武的腰，"还用问吗？"

他把眼前的女孩紧紧拥入怀中。从第一次见到她，她就成为他的月光，而他只是遥遥相望的众星中平平无奇的那一颗。他怎么能忽然就这么幸福，当这种煎熬之后的感情超乎寻常地得到回应，当他无法表达这种回应给他带来的冲击时，他只能紧紧抱住她，抱得她喘不过气来。他怕这是瞬间即逝的假象，就趁着假象对金巧巧说："我要娶你当我老婆！"

他们没有告诉家人彼此之间的交往，马武的巧武面馆营业半年后，利润开始超出他的预期。一年后，他们公开了交往的关系，两家人对儿女婚事都没意见。他们结婚了，举行了隆重的婚礼。

拉面馆的生意越来越红火。马武有了属于自己的门面房，扩大了店面。为了安心做生意，他不让父母继续种地，而是把地交给邻居任继种，任继的为人他放心。此后，他城里农村两头跑、两头照应。

队长通知他回来开会，知道要征地，他倒感慨起来：他曾以脱离土地为目标，如今，却是土地要脱离他了。

迟庄村有多少人和他一样，以脱离土地、走出农村为目标，他们从未想过要依靠农村内部结构自发变动来推动个人命运的改变，祖祖辈辈，只知道农村的生产模式与生活模式就像农村四季的天和地一样，周而复始、无声无息重复着。

在老一辈农民的生命过往，征地是新中国成立以来几十年不曾遇到的新现象。如果不是政府行为，他们会恐慌，甚至会抗拒。这些土地，得来有多不容易，没有谁能比他们更清楚，新中国成立前的苦日子，他们怎会忘？那是时代在岁月中留下的苦，也是岁月在流逝中无法抹去的深刻印记。从更深的层面看，他们的观念与农村的模式是互为根深蒂固的，里边含着盘根错节的情感。

风从田野的这一边吹到那一边，就吹走了一周的时间。村里以文件形式出了征用土地的方案，有去年秋天个别几家土地被征用的先例，也因为是经济发展、政府规划的大势所趋，村民都很配合，征地工作进展得非常顺利。短时间来看，被征了耕地对大家的生活也没产生多大影响，大多数农民都把钱存进银行放了定期，也有人借助地缘经济发展特点，用手里的资金做点小本买卖，开商店、租个小铺房卖早点、在步行街练摊卖服装鞋帽日用品……只要能靠劳动挣钱又不用投入多少资金的营生，就会有人愿意尝试着去经营。住在老庄西头的迟大雷，用征地的钱和之前的积蓄再贷点款开了个装修公司，上了岁数的老年人晒太阳时就互相问"公司是个啥洋东西"，他们自问自答，都没说清公司到底是个"啥洋东西"，总之，迟庄二队的后生能开公司就很了不起。

那些像汤水中的油花一样从生活的内里浮出的变化，总要以一种独特的方式向众人昭示。

队里的年轻人越来越疏于联系，个别关系好的还能偶尔约着打一场麻将，至于平时，见一面都不容易。

年龄大点的，缺了地，就缺了归属，走不进城市，回不到曾经的乡村，进退两难的尴尬中，日子照旧是要过下去的。最难的，是老人，和土地打了一辈子交道，种不了地也无地可种的时候只能应了那句"养儿防老"的老话，可还得看各自的"儿"有多少能力给父母养老，这是一个没有标准的情感与现实交融的双重问题。老人们大多会自觉地把自己的生活要求降到可能的最低点，他们不愿意牵累子女。事实上，他们不但不牵累子女，还会用衰老的生命气力帮子女操持家务带大孙子再带重孙。问他们苦不苦，只咧开脱落了不少牙齿的嘴，答一句："不苦，一辈辈人不都这样吗？"话语是温暖的、有力的，更是让人心酸心疼的！

有一段时间，迟柳跟梅清说："妈，我以后想开个养老院，我想看到更多的老人晚年生活不那么孤独。"

迟柳并非随口一说，她看到周围有的老人孤零零面对不能完全自理的生活最后独自静悄悄离开人世，内心就会产生对衰老和死亡的悲悯。那些一生平凡与善良的人，晚年也应当幸福些。可她也清楚，生活和想法都可以有很多种可能，而现实往往就只有一种可能，甚至就连那一种可能都充满坎坷。

如果说华丽是一种符号，那这符号定是镀了一层坚实的时间之膜，这膜在轰鸣而行的时代巨轮下缓缓脱落，使符号随之蜕变了模样。老一辈的人，行为和意识都还稳稳地停留在他们从没想过会告别得如此之快的老的时代。新的时代、新的发展既是新的起点，也是永恒的归宿。

迟禾告别大一生活的那个暑假，家里的生活气氛明显比往年轻松了些。也许是因为征地补偿的几万元收入让父母不必再担心她和哥哥的学费，也许是每一位家庭成员都看到了更大的生活希望，也许还有别的什么可能性，总之，变化的存在已是显露的事实，更大的变化还在发生之中……

十、困 惑

人们已经习惯了不断向前的生活节奏。美好的春天，草发芽了，树绿了，花开了，万物复苏的气象驱走了整个冬天的寒冷。天空的蓝融入每个人明澈的眼眸，涤荡出大地的诗意。

迟谷被保送读本校同专业的研究生。宋萱回家参加了公务员考试，她以笔试面试均第一的成绩考入银川市市级政法部门，拉开了新生活的帷幕。

迟禾收到付娴的来信，信里说：学至中途，本该自信满满，却发现每走一步都带着能被刺到会有痛感的无力。家乡与他乡，眼前与以后，都像散落在地的花瓣，拾之不起，弃之不忍，深恋却不可挽留。一直以各种积极乐观的标签要求自己，最近忽然想要卸下背在背上的壳，露出原本的样子，可是，我已忘记原本的样子是什么样子。青春是炽热的，为什么品出了苦涩。

迟禾回信中写道：娴，定是发生了什么事情让你暂时陷入情绪的低谷，不论你处于怎样的情绪状态，那都是你自己，没必要排斥，接纳吧，接纳不唯一也不被简单定义的你自己。凛冬散尽，何愁星月长明。抛开心里的顾虑，出去看看，多好的季节，多温暖的阳光。跟你分享个事情，我写了入党申请书。当我写下"我志愿加入中国共产党"这几个字时，许多历史的镜头浮现在脑海，对比今昔，我的手微微颤抖，心澎湃不已，我更明确了自己想要追求进步的迫切愿望，等着我的消息吧。有一天，我们可能不仅是同学，还会成为同志！大胆地迈开脚步吧，我们共同走过青春，不论欢笑还是苦涩。

她们说，放假回家一定要聚会，痛快地聊聊这几个月以来的感受。

很快，学生们迎来又一季的期末考试，对于每年都拿奖学金的迟禾来说，和学习相关的事，都是简单的事。真正让她困惑的，是她涉猎的知识范围比以前广阔了许多，接触的人事关系也比以前复杂了许多，这广阔和复杂有时却拥堵在了思想的闸口，她想享受那些美妙的广阔，想梳理那些恼人的复杂，给自己难以言说的拥堵开辟出条条洒满芬芳的道路。

性格中通达的一面开始在缓解她的认知困境方面发挥作用。她把自己变换成自然界中的任何一物。跳出自己看自己，总会同执于自己看自己所见的内容不同。在分析自己的困惑时，迟禾发现困惑本身就是成长的答案。她竟敬畏起那些自己看不见摸不着却实实在在存在的感受，觉得那无形的精灵是值得尊敬的。她要将吸收的一切都与自己的生命建立起一种合适的关系，由冲突到接纳，再到相敬相融。

细心的同学慢慢发现，他们都在逐渐脱离曾经对班级、宿舍产生的依赖，寻求自己更愿意趋近的新的核心圈。恋爱是建立起新的核心圈的途径之一，也是很多人都愿意踏入的一种途径。

迟禾保持着自己的特立独行，也乐意欣赏别人的参差多态。对于恋爱，她的态度始终是谨慎的。这谨慎，不仅因为恋爱与婚姻的关联，也因为她以为自己是一个不具备恋爱能力的人。她写信问过哥哥，恋爱是如何发生的，哥哥说对一个人的喜欢能牵引和关联到自己生命的时候恋爱就自然发生了，如果对方也刚好喜欢，就更美好合拍了。哥哥说的，她体会不到，也缺乏想要体会的意愿。

　　一秋又一秋，瓜果飘香，气候怡人，万物走过春夏，褪去繁华，多了几分宁静与舒展。即将成为一名大四学生的迟禾，在暑假快结束时，赶上家里最后一次征地。迟乾四岁那年玩耍时掉进水坑的四分地后来被批为宅基地，剩余的全部被政府征用。想起那个光影斑斓的正午，在玉米地里拔草，草没拔完却躺在地里睡着的情景，想起那时和哥哥姐姐的对话，"田里活太难干了，长大了要一直种田就麻烦了！"情景还在眼前，话语还在耳边，却与那一块土地、那一段时光拉开了再也跨越不了的距离。时间从她生长的地方走过，一点一点带走记忆里的模样。

　　走学校的前一周，下了一场雨，雨在各家房檐的雨槽连成水线落下来。只要下雨，路还是会泥泞，只是那天的泥泞，泞洼了迟安源一家人的心。小时候一起上学、一起玩耍的静静，被疾病夺走了生命，她还未满二十岁！凄厉的哭声，刺向屋外的雨，李萍摸着已经没有生命气息的女儿的脸，颤抖着说不出话，任由眼泪像雨槽的雨一般流着。赵莉说，让这孩子安心地走，不要把眼泪滴在她的脸上和身上。李萍含着天地无法丈量的悲痛与不舍，驱动残存的意志，为女儿最后一次整理装容。

　　乌黑顺滑的头发、白净的脸、娟秀的五官，从小到大不吵不闹总爱笑的静静，安安静静地离开了人世！她的生命永远停留在了那个下雨的秋天。

　　邻居们能帮忙的都去给迟安源家帮忙，梅清也去了。现场的凄惶揪扯着每个人的心。

　　听到消息的迟柳迟禾也难免伤怀。静静比她俩小三岁，却大了辈分，任由大人们怎么说，她始终叫她俩姐姐。她和她们一起跳皮筋捉迷藏，一起趴在校园的石台上写作业，一起帮她们搓玉米，她还从自家院里的小花坛给她们拔指甲草。小学毕业后，她就不再上学，待大些，各有各的事要做，更是很少见面。她们对她的认知，几乎都停留在少不更事的时期。

　　当年，眼见马妮的尸身从秦渠打捞上来，带给她们的是无比的恐惧，如今，又一个童年伙伴的离开，却把她们的思想引向对命运的思考。人的生命，能装得下多少期待与愿望！即便再努力地活，也难抵那些意想不到的来不及！对每个生命体而言，看待的视角不同，映射出的景象也必然不同，以自我看、以众生看、以宇宙万物看，看到的既是同一个生命，又不是同一个生命。活着真不容易，本能里带着畏惧却要学着勇敢不畏惧。人会死，时间不死，会死的生命和不死的时间对立统一，既然如此，喜也好，悲也好，何不畅快淋漓去生活，去感受！

窗外，一轮将圆未圆的明月，尽览万家灯火，月光泼洒出无垠浩瀚，从前写作文总喜欢把月亮看作柔美的姑娘，其实，说那月亮是征战沙场的将军也未尝不可。阴晴圆缺，原是月亮也避不了的宿命！

迟柳继续在服装店上班，迟谷和迟禾在进行各自的学业。生活能有所依托，便也是一种珍贵的慰藉。

火车上，迟禾泡了桶提前买好的方便面，坐在窗边，看窗外渐渐暗下的天幕，城市隐没在旷野中，星星比平时看得更显、更亮。还未离开，就又想念，这或许就是家带给人的牵挂。迟禾的情绪一时复杂起来，她吃着方便面，也吃进自己的各种情绪。

从出发到抵达，行程，在村庄与城市中穿梭而过。她喜欢村庄的宁静、质朴，却也知晓它的单调；她渴慕城市的热闹、繁华，却也懂得它的喧嚣。是存在的矛盾，还是人的矛盾？人似乎总活在物与我的分裂中。随意乱想一番，也随意被人群推涌出了车站。背着装有简单行李的大背包，她坐上了往学校去的公交车。

大四了，该进入一个相对成熟的年龄阶段了，可她还是有很多不着调，心思不怎么往生活里放，喜欢瞎想，不循规蹈矩又随遇而安。校园里，人来人往，当然，免不了很多情侣的并肩而行。如果不是因为害怕而不敢轻易踏入，她身边大概也会有个并肩而行的人吧。探入内心深处，迟禾觉得自己的性格中总有极端的对立面，有多积极就有多悲观，有多热烈就有多落寞，有多少欲望就会有多少困住欲望的自我克制。

正青春的女孩，对爱情总有不同程度的渴慕，迟禾又何尝不是。只是，她曾坚定地以为，自己不会和爱情产生交集，她的性格太奇怪了。活一生的考验太多，她没有底气可以和谁共赴那份分享与理解，若生无共鸣，不如孤独。

校园依旧承载着一批批学生的梦想，梦想与秋叶共同走向冬天。周六，几个舍友各有安排，宿舍只有迟禾一人，她听着音乐洗洗衣服。夜幕即将笼罩时，宿舍的电话铃响起，接通后，对方已听出她的声音，说："迟禾，你这阵方便出来给我帮个忙吗？"

迟禾也听出了他的声音，回复道："你说吧，帮什么忙？"

"我正和几个朋友喝酒，忽然难受，想走，又脱不开身，你能过来把我叫出去不？"

"我这正洗衣服呢，你要不找别人帮你吧，实在不好意思啊。"

"这样啊，那就不麻烦你了。"

"好的，再见。"

没一阵，电话又打来了，"迟禾，你衣服洗完了吗？"

"还没有。"

"那你接着洗吧。"嘟一声，电话又挂断了。

迟禾心想：确实挺麻烦，这么大的人了，喝个酒还有什么出来出不来的问题，不能喝就不喝呗。迟禾自己嘀咕了两句继续安心洗衣服，她的生活，和外面的灯红酒绿仿佛隔着两个世界。刚把衣服晾到阳台衣架，电话再次响起，她心想：不会还是林舒那家伙吧。接起电话，果然还是他。

"迟禾，看在我等了这么久又打了几次电话的份儿，你能不能考虑出来帮帮我啊！"

"不是说让你找别人吗？"

"我这不是没找别人，也不想找别人嘛！"

"行行行，再打电话，就要惹人烦了，你在哪，我过去。"

天有点黑，外面也有些冷，可是灯光闪耀下，路上来往的人依然很多，周围的店铺也都开着。迟禾抱怨着：大冷的天，打扰别人不觉得不好意思吗？年纪不大，不好好学习，喝什么酒嘛！算了算了，去把他叫出来就完成任务了！

来到林舒告诉她的酒吧门口，陌生和排斥让她变得紧张起来，好在林舒已在门口等着。推开门，微弱的灯光照着窄而陡的楼梯，迟禾径直往前走，没走几步，就犯晕，她对类似的空间有种近乎本能的恐惧。

"还是你走前边吧。"她侧身让林舒往前走。

"我倒大意了，该是我走前面带你上去的。"迟禾心想：自己也知道啊！真没眼色！

就在林舒走到她前面，迈步跨过台阶的瞬间，一种从未体验过的安全感将她包围。她小心翼翼地自我包裹，她灵与肉的间歇蜷缩，她深深懂得又悄悄隐藏的自我对抗与拧巴，因为一个极具保护性的后背而卸防，像浓雾遇见阳光后的慢慢消散。那时的林舒，不再是他本人，而是迟禾心里的英雄，他莫名进入她的战场，让她感受到丢盔弃甲却毫不丢脸的轻松与痛快。随着迟禾一层层数着台阶的节奏，相识几年并不熟悉的林舒，忽然就变成她生命中的一个熟人。林舒对迟禾心里的变化一无所知。

上二楼后，两男两女四个年轻人在喝啤酒，见林舒和迟禾进来，都站起来让座。"林舒，给大家介绍一下你这位朋友吧。"其中一个大眼睛女生说。

"这是我高中同学，当然，也是现在的校友，历史系的迟禾。"林舒把迟禾介绍给大家后，又一一向迟禾介绍了在场的几位朋友。迟禾来这只为了完成任务，根本无心去记每个人的名字，却也出于友好，微笑问好以做回应。

"迟禾找我还有事要处理，就不陪大家喝酒了，你们玩儿好。"林舒急着要走。

"来都来了，喝点再走呗。"瘦高男生说。

"真是抱歉啊，我从不喝酒，今天凑巧了有事请林舒帮忙，本不该打扰你们玩儿的。"迟禾只想快点离开这里。

"既然这样，就不勉强了，不然林舒你代她喝一杯后你们走吧。"另一位戴眼镜的男生说。

林舒也不犹豫，端起一满杯酒一仰而尽。只听几个人叫道："好样的！"

迟禾总算完成了任务，回学校的路上，林舒笑着说："你还挺会撒谎的，说什么有要紧事找我帮忙，真有什么我能帮忙的事就好了，你尽管吩咐。"

"我只是不愿继续待在那里，找个借口赶紧离开。真别扭，这种事，再也别叫我了。"迟禾怨道。

"我知道你不喜欢，可我只想叫你。"林舒说着，咧开灌满酒气的嘴笑了。

"没看出来，你还是个厚脸皮的酒徒啊。"迟禾瞪了林舒一眼。

林舒大笑几声，"你都是这样用眼睛瞪别人的吗？"

迟禾被笑得有点窘迫，回了句，"不用眼睛用嘴巴吗，要你管！"

林舒没再接话，沉默了一会儿说："要是我想管呢？"没等迟禾开口，他接着说："我之所以要在喝酒后叫你出来，就是为了给自己壮胆，把对你的喜欢表达出来。高中时期，我们虽不是一个班，交集也不多，但我知道你。上大学后，我们又在同一个校园相遇，在异乡的校园遇到一个认识的人，并且还是你，你不知道我心里有多欢喜。我跟你要了电话号码，很多次在电话亭里拿起电话，犹豫着要不要拨通那串熟记于心的数字。一起上大课，我会坐在离你不远的位置看你专注听课的样子；校园里每次遇见你，我都能高兴好大一会儿。我一直关注你，却不敢多打扰你。起初，我以为这只是他乡遇故知的正常表现，经历了一次次理性与情感的交锋后，我才知道，必须要直面喜欢你这个事实。我以为，喜欢一个人的滋味一定是甜蜜的，可是，不能表达、不被知道的喜欢，不但不甜，还很苦，苦得无法自拔。我必须要告诉你……"林舒还想说点什么，只是，胃里的翻滚没再给他机会。一阵冷风，几声干呕，凝固了林舒的真情告白。

迟禾愣愣地站在原地，不知该说什么，该做什么。就像先前迫切地想要离开酒吧，她又迫切地想离开眼前的无措。

转身要走，却听林舒喊道："你别走，你怎么忍心让我一个人在这里。"

完了，这货还赖上了。迟禾心想：也不像喝太多的样子嘛，一个人又怎样，一个大男生还可怜兮兮博同情。不过，就这样走了确实不太好，好像也真是有点可怜。哎，今天这是怎么了，就不该出来。再回身，他浓眉微蹙，更映出眼神的忧郁，迟禾受不了他这副表情，清一下喉咙说："你打算一直蹲这不走吗？"

"还得劳烦你拉我一把，我腿麻，不好站起来。"

"没见过这样的，原来喝酒的人都是缺点罪受。"迟禾拉着林舒的胳膊，借点力让他起来。林舒顺势拉紧迟禾的手。迟禾抽离的速度还是不及林舒握紧的力度。"你快点站起来，不然我生气了，你这个骗子！"

林舒缓缓站起来，只是依然舍不得松开握在自己手里的迟禾的手，很凉很凉的手。此刻的林舒，整个心都被迟禾占据，她就在他眼前，却不懂他的深情。

"迟禾，做我女朋友好吗？"……迟禾的心忽然就怦怦直跳，震动胸腔的声音似乎也能听得见。要怎么办呢？除了答应和不答应，还能如何？溜之大吉？不行！林舒看出了迟禾的窘迫，歉意地说："千万不要一下就拒绝我。虽然借着酒气，但我很清醒，我知道自己在说什么，做什么。"

"你先松开我的手，我好好想想。"

林舒松开手，心却紧了起来。这样直白的情景，在迟禾的生命中也是第一次出现，她必然要慎重。境遇和人，大概同样奇怪，几个小时之前，她和他，还仅仅只是互相认识的没什么关联的人，现在，估计天空中的星星也会觉得他们很奇怪吧。罢了，总要有个回应的，真是比做数学题还难。一番犹豫、思量之后，迟禾说："我们先以普通朋友的关系相处一段时间吧，增进了解后如果你还喜欢我，我也喜欢你，再谈男女朋友可能会更好，也更合适。"

林舒收紧的心总算又舒展了。没被拒绝，他已经很高兴了。"好，听你的。"

林舒把迟禾送到宿舍楼下，看着她上去才慢慢往自己的宿舍走。

从那天以后，林舒给迟禾打电话终于不再顾虑重重。他们一起去图书馆学习，一起去餐厅吃饭，一起在校园的操场跑步，一起迎接冬天的第一场雪，春天的第一场雨……林舒问迟禾："我们这样算不算男女朋友？"

迟禾说："不算。"

林舒说："没关系，我等，我已经很满足了。"

时间在林舒的等待和迟禾的思量中过去，也在火车前行的速度和经过的路程中过去。火车载着她驶向家乡的第四个寒假期然而至。她喜欢睡下铺，这一次，她还是睡下铺，只是对铺睡着的人是林舒。她在心里嘀咕：这家伙办事不靠谱，偏就买了对铺的票，故意害她睡不踏实，上下铺也好啊。林舒似乎能看穿她的心思，悄声笑语："快睡吧，我保护你。"迟禾轻轻侧身，想着和林舒一起的简单过往，内心变得柔软又平和。也许，她是喜欢他的，从他带给她安全感的那一瞬间开始。如果这样的喜欢是草率和荒唐的，后来两个多月的相处，则是她用观察与感觉求证的过程。他告诉她有关成长的苦涩与快乐，总能引起她的共鸣，有时候，她竟也想像个英雄一样保护他。

火车进站时，天刚蒙蒙亮，两人一起走向公交车场，坐在只有两三个乘客的公交车上。迟禾觉得人生的很多场景都有极大的相似性，有时候，更像是以某种方式循环往复。

林舒说："我先送你回家。"

迟禾说："不用的。"他知道只要她说不用，就算用也会成为不用。

"假期我们还能见面吗？"

"如果都有时间，当然可以啊。"

"你家里的电话号码我得记下。"

迟禾说号时，林舒随即把号码存在手机通讯录。车窗外的环境熟悉而亲切，看一眼就能让身心都放松起来。四年了，她恋家的心理有增无减。

林舒先到站，下车前留给迟禾一个笔记本，让她到家后闲了打开看。看着他走下车的背影，她又感受到他的几分可爱，他冲着车上的她挥手，她看着他拉着行李箱走在冬天的晨光中，越来越远。

背着包走在秦渠岸的迟禾，几乎能透过身体的每一个细胞感受到内心的欢快与明朗。喜鹊的叫声，她从小听到大，始终都那么爱听，她跟见到的每一只喜鹊打招呼。没有谁知道，只有走在这条路上，她才能真切地和自己的生命相知相惜。秦渠的冰越结越薄，渠里盛满整个冬天的风，风中偶尔飞旋起碎纸片和塑料袋。从秦渠沿岸生态环境保护的角度考虑，迟禾心生忧虑，多少年了，渠岸上始终没个垃圾桶。过了吴爷爷家的园子，看到迟茂太爷家房子的后墙上写着大大的"拆"字，她更是疑惑：莫不是房子也要拆迁了？忽然间就要拆吗？

边走边想，不觉已到自家大门口，院墙上也写着大大的"拆"字。进门后，一白一黄两只狗狗使劲摇尾巴往几个月没回家的主人身上抓蹭。迟禾俯身摸摸这个，再摸摸那个，她起身，它们跟着。

以前读那些思乡念家的诗词文章，多少是有些不理解作者情感的。当她第一次因为想家而流泪，才懂得人的认知会受经历的影响。她知道，以后必将反复地离开和归来；她知道，无论离开或是归来都是心灵、梦想的漂泊与栖息。

家里，亲人的每一句寒暄，都透着关心；每一个笑容，都是开在她心尖的花朵。世间烟火袅袅，轻轻拂写着各家的故事。

吃过午饭，迟柳和爸爸上班，爷爷和几个老牌友打牌，奶奶回自己屋午休，大太爷家的二孙媳妇郭芸找妈妈一起去市场买东西，迟禾问了声"二妈好"。顺着老几辈的血缘，庄子里她要叫"妈"的人很多，只要这些个"妈"不同时出现，就好区分，总有个顺序排列。要是几个"二妈""三妈""四妈"之类的一起出现，就得加上姓，比如"郭二妈""白三妈""余四妈"，好在迟禾能分得很清楚。这些"妈"们为人大多热心，各家有事都会不请自来互相帮忙，她打小在那样的乡情邻里氛围中长大，也在那样一个熟人聚集的空间学着怎样用大家都能适应也欢喜接受的方式为人处世，尽管她还依旧不谙世事。

妈妈和郭二妈出门后，她打算窝在热炕上睡一觉，毕竟一晚没睡好，她也想念这热炕很久了。一想到没睡好的原因，林舒昨晚在对铺看着她的那张脸、早晨下车前给她的那个本子不约而同地闯入大脑，她要对本子一探究竟。取本脱鞋上炕盖被翻看，图文结合地长长表达，大概有点怀疑她脑子不好使，怕她看不懂才配图便于理解的吧。罢了，看能写些啥！

第一幅配图是靠窗而坐看书的女孩，书名《红楼梦》。画画水平不怎样，意思表达还能看个大概。"当我决定要用一段文字梳理和你的相识时，首先想到的就是阳光透过玻璃洒向靠窗而坐正读书的你，窗外路过的我在看你，那年，我们高二。我知道你是迟禾。后来，我用自己的方式也让你知道我叫林舒，高二（5）班的林舒。"

迟禾跟随文字过滤出许多记忆的画卷，青春的明媚如光如歌如诗如画。

第二幅配图是校园里男女生相遇，几个数字组成的电话号码。"大学的再次遇见，对我，是一场缘分的加倍馈赠。你还如初见时阳光、淳朴、自然，你的举手投足、一颦一笑，像有魔力一样，总能渗入我心，唤醒沉底的明澈。我以为，对你，只是距离之外的欣赏，可是想靠近你的真心却无法掩饰。不能只让你知道我，更想让你认识我、了解我。"

不愧是中文系的学生，文字表达让她这个还算理性的历史系学生看着都忍不住心生微澜。

第三幅配图是月夜，男孩蹲在一棵树旁，女孩转身。"我其实没喝几杯酒，头脑完全清醒，你转身要走，我原本的热血沸腾忽然凝固。你若不搭理，我一腔深情何诉？担心、害怕、焦急……顾不了那么多，我像个真正的醉汉大喊'你别走'，太感谢你的再次转身，也太想把你拥入怀中，你那一脸无辜的样子，实在可爱。"

其后的内容，都以日记的形式呈现，每一天都记得真诚细腻。借助文字，回想在一起的点滴时光，迟禾眼里心里的林舒逐渐变得更具感知力。这家伙，思维和行事是有些与众不同，她刚好喜欢这种自带温度的与众不同。

时间从文字里滑过，从炭火燃烧的灰烬里滑过，从迟禾对自我情感的品咂里滑过，还哪来的睡意，不如准备做下午饭。

妈妈推着自行车进院，车把上挂着两个装满东西的手提袋。迟禾出门把袋子提进屋。从小到大的生活中，没法细数、大小不等、颜色材质不一的袋子里装着的何止是各样物件，更是普通到无法言说却又始终都轰轰烈烈的生活。

"哎呀，甘蔗、豆瓣糖、柿饼，这么多好吃的。"话语中毫不掩饰贪吃的本性，却掩饰着心里的感动。这些东西，都是他们兄妹几人小时候最爱吃的。如今，他们已经长大，却依然是妈妈眼里口味没变的自己的孩子。从小，妈妈在生活方面管教他们兄妹很严厉，也很少带他们一起出去买东西，两代人之间感情的表达就形式而言是匮乏的，想吃什么、想要什么、心里有什么渴望是不敢直接表达的，可这丝毫不影响他们根植于心的对父母的爱和依恋。她曾觉得这是个矛盾的现象，随后想想，当一个家庭的所有成员都能顺应生活的自然，不懈努力地各司其职，哪里还需要形式化的衡量！

迟禾鼻头一酸，不知从什么时候开始，妈妈在他们兄妹面前不再使出一直使惯了的为母亲的权威，甚或有点揣度着他们兄妹的心思做事，生活打磨出一个锋利的妈妈，岁月，又缓缓褪去那一层层的锋利。

柿饼洗好，她给爷爷奶奶各送几个，他们牙齿可承受的食物只会越来越少，想到这，又是几分伤感。心理活动再次开启：哎，放假回家第一天，大脑为什么非要抹不开"时间""衰老"之类的主题，做个当下之人，不是很好吗。可每个瞬间里想法的出现，不也是当下的构成？

迟禾把爷爷屋、父母屋、她们姐俩屋里的炕都烧得热乎乎，白天的所有，都该在夜晚暖暖的睡梦里得到升华。

姐俩积攒了很多事要说给对方听，洗漱完毕，两人都迫不及待钻进被热炕焐得暖暖的被子里。迟柳相过几次亲，在一次次的失望中，她算真正明白了什么叫现实。相亲对象，没几个像样的。牵线的媒人有一次跟梅清的谈话迟柳恰好听到："你家姑娘没文凭、没正式工作，还想找个多好的人家，要我说，当爹妈的就该做主，差不多就让嫁了，哪能由着她的性子。"

媒人话一出口，梅清脸色也不对了，自己闺女啥时候轮到不相干的外人说三道四！"你给我姑娘管媒，这份操心得谢你，但我闺女如何，我这当妈的心里清楚，没文凭、没正式工作又能咋，就活该将就别人？闺女的婚姻，我们当爹妈的还得尊重闺女自己的心意。"

听迟柳讲完，迟禾忍不住大笑："妈在外人面前向来忍让，没想到还有这么厉害的时候，说得好，像个当妈的样！"

"我听到的当时，差点感动地掉泪，果然是咱亲妈。"

"就是说，相过亲的几个都不行？"

"连眼睛这一关都过不去，还怎么行！"

"没事，慢慢来，我姐多好呢，能顺着缘分的长河找到你的那个我的未来姐夫，定是前世行善积德的人。"

"你没有经历过，不知道有多麻烦，别人可挑剔着呢，每次相亲，感觉都是活生生的刀俎与鱼肉之间的较量。"

"你要这么想，就先败阵了。谁刀俎？谁鱼肉？不管别人如何挑剔，咱都要做自己最强的后盾，自尊且心存底气，狠狠珍惜自己那份独一无二。"

"话虽如此，可别人说的也没错，没学历，没正式工作，靠什么有底气。那种挫败，太内伤。"

"你的存在，本身就该是底气，不能被外人外物外事给带偏了。吃了这么多年饭，才长得如此健康水灵，内心如此善良，行为举止如此端庄，岂是世俗能衡量的。学历、工作确实是一种凭借，但婚姻若只是以此为基底，不要也罢！"

"知我者我妹。放心，你姐还相信未来呢，就算有困难，也不惧怕。"

"嗯，这才像我姐。下次相亲，不行我陪你去，也见见那了不起的场面。"

迟柳终于被迟禾一本正经的戏谑逗笑了。

"好，你也去，给我助阵！"

"嗯，就这么定了！"

"我这点破事也没啥好说的了，你在学校咋样？"

"你指的是哪方面的咋样？"

"哪方面都想听。"

"我给你个东西看看。"

她拿来林舒给她的那个好看的本子，给迟柳。

"啥东西呀，这我能看不？"

"我这没啥是你不能看的，给你就是让你看。"

迟柳边看边忍不住评价几句，迟禾就催她赶紧看完再说。

"不说别的，单是能写下这么些表情达意的话语的男生，就很有耐心，很可贵。"

"你看问题的角度果然独特，不愧是我姐！要注意，得认真对待这个问题，毕竟你的态度会影响我的决定。"

"哎呀，好有压力，我自己还一塌糊涂呢，怎能当你的感情军师。"

"我信你，就信你，哥不在家，也指望不上。需要我说点事件发生的背景补充不？"

"有必要。"

迟禾把她和林舒相知相识的来龙去脉叙述一番，迟柳听得仔细，生怕漏了哪个分析点。

听完后，迟柳换躺睡为趴睡，手支着下巴一脸认真地对迟禾说："这个林舒，可尝试交往，一个学校出来又同进另一个学校，算是有点知根底，难得的是，他先对你有情，还有勇气表达出来，虽然积累勇气花费的时间有点长。我觉着还不错，关键是你自己啥想法？"

"我一直认为自己不适合谈恋爱，也不懂怎么谈恋爱，那么复杂的事我适应不了，心思不动，就没啥想法，也没法有想法。"

"说重点。"

"好。重点就是对林舒从高中认识到大学相遇也没啥感觉，只是比别人多了重旧识的关系。"

"现在呢？还是没感觉？"

"有点。从进酒吧后走在狭窄的楼梯的瞬间开始。"

"你写信时咋没提？"

"那时觉得一个不重要的男生还不至于被我写在信里。"

"你打算怎么处理？我看他对你的表白是认真的。一个男生如果不是真的喜欢一个女生，不会花心思和时间去观察你、观察你身边的人，了解你的性格和行为方式。他写在本子上的那些话不像是假的。"

"我要心动，假的大概也是真的；我要不喜欢，就算是真的也没啥可稀罕。"

"你这态度，有点嚣张啊。哈哈，是仗着别人喜欢你吗？"

迟禾故意清清嗓子，接着说："没人比你更了解你妹为人的低调，我怎会仗着别人如何便自己如何，难得一生为人，至多是仗着我对自己的喜欢在内心里自我张扬一番。"

"说得好，历史没白学，有看宽时空的洒脱。可是，你到底要如何处理？"

"不管了，先睡觉吧。"

"真是的，和你聊天，不靠谱。连个答案都听不到。"

"睡一觉，也许梦里就有答案了。"

姐俩给对方掖好被子，将睡时，迟禾又问："姐，你不觉得咱妈变了吗？"

"当然变了，不光是咱妈，咱爷爷奶奶，咱爸，咱哥，还有咱俩都变了……"

大公鸡的鸣叫是对黎明破晓的吟唱，天亮了。

一天的生活循序展开。炉火逐渐烧旺，烧水壶里的水被火的燃烧驱出汩汩蒸汽。水火不容是一回事，水壶里的水和火炉里的火是另一回事。

"妈，院墙上那'拆'字是咋回事？"

"国庆节刚过没几天，庄里各家没征完的地都被征了，咱家最远的几块地也在其中。征地的事处理妥当没多久，市里就有人往各家院墙上写那个你回来看见的'拆'字。"

"整村都在拆迁范围吗？"

"目前只把前三个队划进去了。"

"啥时候开始拆迁说了没？"

"真拆还早呢，大概还得几年等。"

迟禾若有所思，自她出生以来，数上大学这几年村庄发展变化的速度最快，只是，还没弄明白是怎么变的，变化就已经产生。经济运行、村庄文化、村民心理、教育卫生等方面都仿佛在年轮里不经意间生长的庄稼、花草树木，未及好好注意生长的过程，已然悄悄成熟。这变化里，有多少属于量的积累，又有多少属于质的飞跃，是被动的裹挟还是主动的迎接？

和爷爷一起吃早饭时，拆迁的话题被继续提起。爷爷说："祖辈多少年就在这个地方住，这要是拆了可咋办呀！"

迟禾说："爷爷别担心，要拆的话谁也挡不住，拆了的话肯定会有新的安排，我们就放宽心随大流。"

"爷爷都这把年龄了，谁知道还能活几年，安安稳稳把这辈子过下去就知足了！"

迟禾从爷爷浑浊的眼里看出了顾虑，看出了衰老对变化的些许抵触。社会在变，生活要变，可咋个变法，他不曾在这样的时代里经历过，也不愿承受他可能承受不了的变化。

事情没有发生时，所有的假设或者安慰都并不真正成立，悲观者在放不下中悲悯，乐观者在变的缝隙里寻找希望。

她冲爷爷笑笑，"爷爷不怕，好吃好喝好睡，一辈子那么多事都经历了，再多一份新的经历也挺好。又不是咱一家，大家不都要从拆迁这事里经历个过吗？"

"孙丫头就是会说话，说得爷爷心里也松宽了点。"

"那可不，都不是啥事，爷爷放心，只能越变越好，不会更坏的。"

看爷爷露出不挡风的几颗稀疏的牙笑了，迟禾也笑了。她似乎正在理解，生命的每个阶段都避不开关于憧憬与畏惧的主题。

林舒下午打电话问她能否出去见个面，她很利落地说"不行"。挂断电话一想：分明能行，为什么要说不行。不过，自己嘴巴里说出的话，还是要尊重的。

看过林舒写在本上的内容，她并非无动于衷，相反，还冷静而真诚地直面过自己内心的想法。对林舒的好感从那个不经意的侧身和被一个宽大的后背温暖的瞬间开始，她在逐渐地相处中感受他、分析他并喜欢他。只是，就算喜欢，在没找到一个行动的支撑点时，她也不会表达出来。谈一次恋爱，于她而言，并不是件轻松的事，既开始，必将以婚姻为归宿，只是，谁又能为不可知的未来下结论，她不行，林舒也不行。

窗外，星光满天，拉窗帘的手，为之稍作停留。古人说"月是故乡明"，原来星也是故乡亮，隔着窗户用一双近视眼看也是那么亮。

"拉个窗帘也这么慢呀。"

"看星星。"

"咋不出去看？"

"冷！"

"哈哈哈，真是服了你。"

"别这么笑，注意你的淑女形象。"

"正常说话。"迟柳故作正色道。

拉上窗帘，迟禾作出一本正经的样子说："好，一定正常。"

"姐，你咋看拆迁这事的？"

"从感情上讲，肯定舍不得，但从理智上看，拆迁后只会比现在好，不会比现在差。"

"英雄所见略同！"

"不说别的，光看渠南渠北这路况就该拆。这么多年，风天扬土，雨天泥洼，渠坡的垃圾也任由自然消化，渠岸一路治安也够吓人。前几年我走路上包都能被人抢就是证明。拆了，就要规划，规划总比无人问津好。"

"说得有道理。"

"家里其余的几块地都被征了，妈按政策要求给爷爷买了失地农民养老保险，房子一时半会儿还不拆呢，不过，院墙上那个'拆'字还真是有点影响力。"

"啥影响力啊？"

"比如，自从有了那个'拆'字，说媒的就会给对方说咱家这一院房子必然是要拆的。"

"咱家房拆不拆的和说媒又有啥关系？"

"这不是很明显吗，说媒的把房子拆迁当筹码了。"

迟禾越是理解姐姐的处境，心里越难受。

"姐，你是不很生气？"

"现实如此，也没什么好气的，什么都气的话，肯定被气死了。"

"姐，你现在越来越像个姐姐了。"

"像或不像，我都是你姐。"

"这话没问题。就是觉得你这几年成长得比较快。"

"你和哥在学校学习，我也在学习，只是环境有所不同。我总觉得命运把许多事都做好了安排，爸说得挺有道理，人就是要各安其命。顺着走，就挺好，但一定是先尽人事，后听天命。"

"我也相信命运，但也挺害怕命运，看不见摸不着，还得自己瞎揣摩。"

"既然是命运，还揣摩啥，过每天该过的日子，累积起来就是命运的痕迹。"

"姐，你这话说得太有才，我崇拜了。"

"林舒的事，你心里有答案了没？"

"没，还在困惑呢！"

迟柳笑了，迟禾也笑了，笑里含着成长的百般滋味。

十一、工作

年年复年年裹着苍生宿命勇往直前的时间，在经过迟庄村的又一个春天时似乎放慢了脚步。没有春耕的忙碌，没有太多奔波于生计的忧愁，草长莺飞、鸡鸣狗吠依然令人留恋。

村庄之外，另是一番节奏。迟柳经历了又一次相亲，说好要和姐姐一起见见相亲场面的迟禾，已经在学校进入实习阶段。这次的媒人是迟元易的一个远房姐姐，迟柳称她姑妈。相亲地点是一个冰激凌店。姑妈进店遇到熟人，给两个年轻人搭了线，就和熟人聊天去了。那个熟人，后来成为迟柳的婆婆。

相亲结束，了解迟柳的态度后，姑妈说不行的话就见下一个，对方正是她在冰激凌店遇见的熟人的儿子。王芸在聊天中知道姑妈在做媒，就拜托姑妈把迟柳介绍给自家儿子。

迟柳上班时，跟店员何燕聊起相亲经历，何燕也极有感慨地说："事关生活的事，没有什么精确无误的准信，何况还是相亲。我结婚几年娃也三岁了，回想从相亲到结婚的过程，还是和以前一样稀里糊涂，倒是婚后实实在在的生活，让我有点如梦方醒，真是容不得丝毫幻想。"何燕平时也会给迟柳吐槽一些家庭琐事与烦心事，迟柳极力调动自己的理解乃至某种程度的同情在倾听，有时她也会想，如果自己遇到同样的情况该如何。只是，当一步步走向自己的必经之途时，才发现这世上压根就没有相似的生命注解。哪怕如皮肤毛孔般微小的感受，也无法用她人的经验检验自己的生活，实现真正的自我融入。明天，还有一场相亲在等待。

下午六点，刚下班的迟柳按照约定的时间走向约定地点。她的打扮和平常一样随意，穿一套合身的牛仔装，斜挎着喜欢的帆布包，乌黑顺滑的长发随意扎起一束马尾。姑妈介绍双方认识后称家里有事先走了。两人有一句没一句地聊着。小伙名叫石子正，独生子，从小无波无折地在一个城市家庭长大，大专毕业后在电信公司上班，母亲因身体因素提前退休，父亲仍在工作岗位。这次相亲，算是由他母亲间接促成。

仪式性的相亲结束后，天色已晚，石子正要送迟柳回家，迟柳也没拒绝。夜晚的秦渠岸，出奇安静。这静，似乎能触摸呼吸与心跳。石子正不由地将眼前的环境与身边的女孩联系起来，至于如何联系，他也想不出确切的意思来表达。无疑，他对这个初次见面的女孩很有好感，容貌秀美又文静乖巧，整个人就是他喜欢的样子。

很快到了家门口，迟柳说："谢谢你陪我这一路。"石子正说："希望以后能经常陪你一起回家。"看着迟柳进门，他才转身沿原路走向街市的霓虹。

睡觉前，迟柳翻看手机信息，有一条是石子正发来的：我喜欢你，晚安！

回顾下午的见面，迟柳以为石子正也恰是她喜欢的类型，高大阳光，言行间又可见是个细心、会照顾他人感受的人。没有思虑，没有犹豫，迟柳给对方回复信息：我也喜欢你，晚安！

几个小时的经历，像做梦一样。她从未想过，把对一个人的喜欢表达出来会是这样一种放松的状态，像是移开了绊在脚下的障碍，也像是拨开了身边的荆棘。此刻的感觉，值得用之前身处相亲的所有失望去兑换。

临近夏天的时候，迟柳和石子正开始正式交往。收到姐姐来信的迟禾，不禁佩服起姐姐的勇气，也重新审视了一番彼此的性格。看似柔弱的迟柳，总能对自己的内心所想作出较为迅速与果断的回应；而看似一副什么都无所谓的迟禾，内心却是何其冲突。虽然手机交流很方便，姐妹俩还是喜欢给对方写信，书信在感情的传递上既亲切尽兴又带着被生活打磨过的温度。

迟禾给迟柳的回信中写道："姐，你能在经历多次相亲的沮丧后，遇到一个心生喜欢的人，真是不易。好在，那些痛苦、不甘与坚持，都有了还算如愿的回响，真是为你高兴。我总以为，不知方向的事，就不能轻易迈步，却不曾想，何来方向？不过是步子迈到哪儿，哪里才可能有方向。姐，你很勇敢，我却是那个总在掩盖怯懦的人。"

精心折好彩色的信纸，封入信封，贴上邮票，装进随身背的包里。

迟禾的思考并未止于信中所写。她更全面地把自己和姐姐做了一番比较，也算是在进一步厘清自己。在生活中，姐姐不论态度还是行动都更务实，而她总喜欢瞎想，也总活在忧患之中，连肆意快乐都要顾虑快乐一旦被透支会不会产生痛苦。她对顺境有着过分的珍惜，因为害怕出现在生命中所有的好会稍纵即逝，留不住那些好，又不知该如何应对漫漫余生那些不可知的不好，她常常退而却步。她有种似乎与生俱来的悲观，所以，她喜欢储存各种带点甜味的时光，就像妈妈在秋天晒豆角干、茄子干、萝卜干，往地窖里储存大白菜、土豆、萝卜为冬天做准备；就像在晴朗的天气储存阳光；就像储存童年给成长，储存希望给绝望……

这样的她，又怎会轻易且安然接受一份沉甸甸的也许要用一生保值的感情。她责备自己是个不敢爱的人！

去邮局的路上，有那么一瞬，她心想：随它吧，没啥大不了！

林舒在路边的报刊亭买杂志，付过钱一回头刚好看见漫不经心走在路上的迟禾，他快走几步跟上迟禾，故作玄虚地说："你是不丢了什么东西？"

这一出声，倒把迟禾吓了一跳，她不知道林舒是啥时候来的，想想自己包里也没装什么值得丢的东西，便说："我能丢什么东西，小偷不会偷我一个穷人的。"

"你丢的东西我捡到了。"

迟禾犹疑地问："你捡到啥呀？"

林舒说："你的魂呀！"

意识到自己被捉弄，迟禾白了林舒一眼。

寄了信，两人一起回学校。路上聊起各自的实习情况。林舒在市政府实习，迟禾在一所中学实习，她带着一班高二的学生，遇到了很和蔼的指导老师，扮演起一名历史老师兼实习班主任的角色。实习很快就要结束，他们对实习体验都感到满意。四年的时间，将在毕业迎来转角。迟禾跨专业考陕师大哲学系的研究生没能如愿，一毕业就意味着要先找工作。林舒考上了本校本专业的研究生，可以再过几年校园生活。他鼓励迟禾不要气馁，下一年再考回来，他俩继续当校友。

经过一家砂锅店，林舒说："这家的砂锅味道很好，刚好也到了饭点，咱俩一起去吃吧。"迟禾难得没拒绝，进店里找个靠窗的位置坐下，拿起桌上的菜单要了两素一荤三份砂锅、两碗米饭。

她又把菜单给林舒，说："看哪个不合你胃口，再调整。"

林舒并没有看菜单，专注地看着迟禾说："你爱吃的我就爱吃，只是，你今天怎么怪怪的，和平常不太一样。"

迟禾心想：难道和平时不一样也会写在脸上。"怎会不一样，没有呀！你坐这等会，我去取两双筷子。"

林舒起身："你坐着，我去。"

"拿个筷子而已，我去吧。"

"好吧，你去。"

迟禾到前台，先把账结了，拿了纸巾和筷子。林舒则陷入自己的思想中。

一顿饭，他是笑着吃的，他喜欢看她一本正经又无所事事地吃饭，尤其喜欢看她嘴巴不出声地一动一动，他甚至会悄悄憧憬以后每天就这样看她吃饭。一颗饭粒调皮地粘在她嘴角，他忍不住伸手帮她擦去，她不及防地红了脸。他又笑了，笑得她更显羞涩，只好用继续吃饭掩饰一番。

"不就一粒米嘛，有什么好笑的，还笑得这么得意。真是带点小人之风啊。"

他索性停止吃饭笑起来。

"不许笑，再笑我就生气了，这是命令！"

"哈哈……哈哈哈，停不下来，你说咋办。"

她拿起纸巾捂他的嘴，"先停下，不许再笑，我就松开手。"

只听他咿咿吾吾几声，见他不笑了，她便很快松开手。

"你也太小气了，笑几下也不行。"

"笑的理由不成立，你就忍忍吧，好歹让人把饭吃完。"

他忽然温柔起来，"你吃，我不笑了。"

听他这副语调，她撇撇嘴，诧异地看看他，"你还是继续笑吧，我正常吃饭，有免疫了。"

两人欢欢喜喜吃了一顿饭，林舒结账，收款员说已经付过钱。出门后，林舒的嘴巴继续忙忙上岗："不是说拿个筷子吗，怎么还把钱付了，女孩子和男生一起哪能这么积极地付款，好歹让我发挥点作用。"

轮她笑嘻嘻了，"女孩子不是更要自力更生吗，一顿饭钱而已，我付得起，好歹还额外拿了一份奖学金。"

"哎，说不过你，我投降，随你吧。"

大学即将毕业的他们，慨叹时间流逝之快的同时，又谈到共同经历过的高中毕业。本是反向的时间和回忆成为并行而存的两个切面，迟禾在这切面中迎接着同是毕业的别离和需要迎接的新起点新方向。青春总是如此，美好又无力。

"你说，我这人是不有毛病，对所有的不确知都会畏首畏尾。"迟禾问得认真。

林舒也答得认真："这不叫毛病，叫坦诚，也叫勇敢。"

144

"你不是在安慰我吧。"

"怎会，对不确知的事情畏首畏尾是一种谨慎的心理态度，多数人都这样，只是你把它表达出来了。哪有人生来就能预设好人生的道路，不确知才有意思，生死之间都是过往，用心尽力就好。"

"这样说话的你，比我想象得成熟。"

林舒高兴起来，"我能进入你的想象，真的吗？"

迟禾岔开话题，看看宿舍楼说："我到了。"

"能再陪我走走吗？我也有畏惧，此刻，有你陪着，我会踏实些。"

"怎么说幼稚就幼稚回去了，哎，想象瞬间碎在地上。"

他看她的目光深情又热切，一天之内，她第二次没有拒绝他。校园的路，校园的草木，都是熟悉的老朋友，都说草木无情，怎会无情。迟禾以为没有什么能比草木更有情地恋着四季流转，就像她也恋着所有喜欢的时光。路过超市，林舒买了两根雪糕。迟禾心想：买冷饮前还知道含蓄关心女孩子是否在生理期，算细心。她对他的喜欢像盛夏阳光下清凉的雪糕，清凉回应夏暑，她以喜欢回应感情，即使依然没法跨越未来不可期的困难也无妨，时间和际遇也会帮助自己作出决定。

她有意避开内心莫名隐涩的失衡，专心吃雪糕。林舒手里的雪糕又何尝不是心情的道具。他们都在想表达又无法开口的内心冲突中慢慢往前走。

迟禾说："其实我还不想毕业，这几年的读书时光可真好，简单纯粹。"

林舒说："你不觉得人生就是一本耐人寻味的长书吗？只是不同的阶段，读书的方式不一样。"

夏天的天色，暗得慢一些，但总要暗下来。伴随暗幕一起到来的是几声惊雷、几道闪电，要下雨了。

雷电以自然之力毫不费劲地打破了无法推动的气氛。两人不约而同抬头看天空，又几乎异口同声说："要下雨了！"

迟禾从小喜欢听雷声，喜欢雷电交加后大雨滂沱的淋漓。她久久看着天空，脑海里翻涌出很多曾经历过的雷雨天气的画面。

林舒借着电闪雷鸣的气势，说出了整个下午想说的话："迟禾，我说过喜欢你，其实，我对你的喜欢比我单纯跟你说'喜欢你'深得多，你说需要时间考虑，你的考虑有答案了吗？你要还没考虑好，我会继续等你答案，但我还是忍不住想问，万一你已经想好了呢。"

他期待着她的回答，哪怕得到的不是他想要的回答。

迟禾抛开所有恼人的顾虑，说："我喜欢你，是确定的。我也想轻松不犹豫地喜欢，可每当我决心如此时，就会有新的问题把我拉回来。就好比现在，我的心告诉自己可以喜欢，但我的理性却说你上研究生之后可能会遇到更合适你，也会让你更喜欢的女生。如果无法持续同行在一条路上，还不如从一开始就独立行走在各自的路上。"

迟禾的回答让林舒欣喜不已，"哪来的这一套歪理谬论。能不能持续同行是靠你想象和预设的吗？你说不能持续，要是我说可以持续并且必将持续呢。你的理性不代表别人的态度。"

"如果你以后动摇了，后悔了咋办？"

"如果我对你的喜欢那么经不住验证，也不会过了这么久，我的眼里脑海里心里都只有你。你要还不安心，不相信我对你感情的牢固程度，我可以写保证书签字按手印。"

迟禾说："这倒也是个办法，免得以后有矛盾你赖账。不逗你了，我不是不信你，而是不信自己，不信未来。不过从此刻开始，我决定放开自己，自由自在地感受喜欢和爱。"

林舒说："此刻的你比以往更可爱了。在这场相爱的奔赴里，你始终要知道，不只有你，还有我。这不是热恋的口号，是我对我们之间感情负责、兜底的真心。"

她看到他眼里的真诚，说："是我自己的想法有问题，感情哪能被定时定位，我只是绕不过自己。现在，我愿意相信自己，相信你，自然会付出行动做出改变。你信我吗?"

"信,当然信,你肯定可以绕过去,我们一起努力。"

"好吧。我应该可以郑重地跟你说我也喜欢你了。"说完,牵起林舒的手,拉钩的同时,补充道: "一百年不许变。"

"你真好。"林舒将迟禾拥入怀中。

那天,雨没下,雷电只是匆匆而过。迟禾和林舒恋爱了。哥哥说得对:对一个人的喜欢能牵引到自己生命的时候,恋爱就自然发生了。他们在属于彼此的甜蜜与浓情中迎来毕业。

学校的相关手续办妥后,两人带着不多的行李坐上了回家的火车。窗外的景物逐渐脱离了视野,迟禾默默与这个学习了四年的城市说再见。

班里有些同学决定留在这边找工作,林舒说她可以试试。迟禾认为,无论从情感依恋程度还是从找工作的实现程度方面看,回家都是更符合实际的决定。

宋萱已经工作了快两年,她的工作能力在单位很快得到凸显。平日里,她谦逊、沉稳,与人相处友善又有分寸,同事们都很喜欢她。

迟谷给宋萱说,迟禾没什么社会经验,考虑问题又容易理想化,找工作方面还需宋萱帮衬。对迟家人而言,宋萱早已是他们极认可的自己家庭成员中的一份子。宋萱也喜欢这一家人的朴实,还有那温暖和睦的家庭气氛。

招考信息并不畅通,对迟禾来说,曾经期盼的暑假,却成了现实中隐形的煎熬。终于,她来到了过去很多年一直想象的"未来"。

即使提前预想过,直面后还是产生了强烈的冲击感。七月,茫然之中显得过于漫长。林舒每天的电话、信息,见面时的安慰、鼓励,成为迟禾不及思虑的期待,她也终于明白,未来不是理想,首先得是自我力量的积累和自我成长的强大。

宋萱让她做好考公务员和教师编制的双项准备,买了备考资料给她送到家里。八月,林舒说市一中要招聘两名历史教师,只不过属于校内招考,并无编制。迟禾打算试试，有事可做，内心总会踏实些。

招聘流程安排得很紧凑，一天之内完成了笔试和面试的考核，通过考核的各科目教师第二天早晨八点半到校开会。迟禾七点刚过就骑自行车出门了，不着急赶时间，她索性骑得慢一些，看看路两边熟悉的景，也顺带漫不经心看看路过的行人。走进校门的瞬间，莫名有点恍惚，一个多月前，她还是个学生，现在换个身份又回到校园。在别人看来，这只是一份不稳定也没地位的工作，对迟禾而言，却是人生的一个新起点。

主持会议的是学校主管教学的李校长，他中等身高，微胖，面容很和蔼。老师们做了简短的自我介绍后，李校长讲话，话语中表达了对他们这些即将走上讲台的新老师的期许。校园里，高一新生已经开始军训，他们也要进行为期一周的岗前培训。

走出会议室时，李校长跟迟禾说："看你一脸稚气未脱的样子，没想到课讲得那么沉稳有深度，要带高中的学生，做好准备没，怕不怕？"迟禾说："做喜欢的事，不会害怕。感谢学校录用，我会努力工作。"

开学后，迟禾承担高一年级三个班的教学工作，第一天上班，她就无意听到任教班的班主任和旁边的老师吐槽："我们班的历史老师是个新来的小姑娘，没有教学经验，看样子也管不住学生，还是你们班任课老师分得好。"刚好路过的迟禾心想：原来大家是这样看待新老师的。她倒觉得有意思，嘴角微扬后，向办公室走去。不管别人怎么想，怎么给她下定义，心灵深处那份浓浓的校园情结让她对眼下的安排感到知足和高兴。

和迟禾一起招聘进来的另一位历史老师名叫张平，他在这所学校高中毕业。初来乍到，迟禾有很多事情摸不清头脑，好在有张平带着，她便省心省力了不少。上班第一天，能这样安稳地坐在办公室，也多亏张平。办公室不大，人也不多，除他俩之外，还有两位老师，那两位老师都曾是张平的高中老师，分别给他们班带过历史和政治课。迟禾很好奇张平和自己的两位老师坐一个办公室，会是什么感觉。后来的相处证明，同属于历史组的李老师和身为政治组教研组长的杨老师都是极可敬的前辈。长大后确实会有一套和小时候不一样的生活法则，无形中打破或聚合不一样的认知。

正式站上讲台的第一节课，没有紧张与忐忑，只有对知识的享受与对课堂的沉浸，迟禾就此开启了自己的职业生涯。晚上洗漱完毕，她翻开日记本，看着刚上大学时的记录，也记下了这一天的感受。"我告别了生命中一个阶段对'未来'的迷茫，有了一份并不稳定的工作，但它毕竟是一份能让我暂时安定下来的工作。身心不至于被生活流放，也许是眼前我能得到的最好的答案。何况，价值创造不分贵贱。未来，怎会止于此！"

两个多星期后的一个周三，吴校长、李校长和其他几位校领导到各办公室了解开学后老师们的需求，很快就转到迟禾他们办公室。杨老师和张平在班里上课，吴校长先和李老师交流了几件事，出于对新聘教师的关心，又问了迟禾几个问题，迟禾一一回答。

有一个问题使迟禾有所触动，校长说："给你们的工资不多，你们这一代年轻人花钱又铺张，会不会因此有什么消极的想法？"

迟禾本能地说："对一个刚毕业的大学生来讲，工作本身的价值远远大于工资，只有在工作实践中自我历练，积累经验，才能更清晰地认识自己、面对自己并反思自己，这些都与工资多少没多大关系。"

校长和蔼的笑容感染了她，她接着说："年轻，就该更努力，追求物质和精神的共同进步！"

迟禾说完，校长问："你叫什么名字？"

"校长，我叫迟禾。"

"迟禾，是个好名字。"

青年人的内心，真实，直接，且美好。

人们有时候大概会在生活的琐细里忘记时间的存在，日子如流水，流过每个人生命的河流。冬天再次来临，新年的烟花再次燃起，人们虔诚地许下又一年的愿望，把愿望寄予神圣的天地、寄予日月星辰。

一个学期的工作经历，使迟禾开始更深入、立体地走向自己，只是在这样的走向里，也难免更显悲观。她不得不承认，主观意愿是一方面，现实环境的影响也不容忽视。"聘用"的身份，使她仍然摆脱不了漂浮不定的茫然，她甚至觉得之前是错估了自己的乐观与坚定。她开始怀疑自己的种种"相信"，也不再奢望会有愿望成真的奇迹。无非就是在成长的实践中检验行动的成果，要么失败，要么成功，要么唤醒，要么沉沦，她属于还在追求中的苦行者，在看不到希望的失衡中奋力找到自己的平衡。

年后开学，校园的寂静被打破，行走在校园的学生们，脸上含着花草般生机勃勃的气息。备课、上课、批改作业、听课学习、开会培训、进行工作反思……忙碌还会继续，校园里忙碌的核心目标与价值应该就是在促成师生双向成长的同时推动学校发展。

迟禾四月份参加了招考大学生村官的考试，那是宁夏的第一届大学生村官招考。笔试成绩通过后，五月参加了面试，最终的综合成绩排名第一。她对大学生村官的性质并没有多少认知，只想先有一份稳定点的工作。

周五下午，骑自行车回家的路上，发现路边的石缝里开着一朵紫色的小花，迟禾便停下来蹲在石头边仔细看这独开的一朵不起眼的花。花且如此拼尽全力自在开放，人不是更该不惧他人的目光，不惧过程的困难，充分诠释生命自在的感受！她想用这朵花做书签，好时时提醒自己，又一想，不知经过多艰难的努力才开出的花，就这么摘了太可惜，多看几眼记住了花的样子和生长环境，迟禾转身离开，她尊重自然界赋予一朵花开放的力量。

六月的一天，市委组织部和纪检委的工作人员到一中找到校领导，说明来意，对迟禾进行考核，她本人并不知此事。考核结束后，吴校长和李校长来找她，跟她说起事情的经过。他们在谈话中肯定了她在工作中的用心与勤奋钻研，也语重心长地告诉她选择的重要性。

晚上睡下，她和姐姐说起这事，姐姐说不论选择哪份工作，她都相信迟禾能做好，只是还要看迟禾到底喜欢什么。姐姐和哥哥还有林舒给她的是相似的回答，喜欢就好。

那段时间，迟禾满脸起了疹子，起初泛红发痒，后来直接溃烂。她去医院就诊，医生说是日光性皮炎，开了汤药和抹的药膏，嘱咐了注意事项。回家时，迟禾心想这可能是她仗着皮肤没什么问题不注意防护导致的恶果，看来各方面的保护意识都得加强，行动也要跟进。她跟学校请了三天假，张平给她发消息，说学生们总往办公室跑，知道迟禾请假的原因后，纷纷送了小礼物和卡片。周一上班，她一一打开卡片，看学生们的留言，工作快一年，没想到以这样的方式感受到了源于学生情感回应的温暖。正是这件不起眼的事情，帮她做了决定。

市委组织部工作人员打电话通知，考核通过的总成绩前三名的考生去签字。迟禾也去了，只是她没往就职文件上签字，而是在表示自愿放弃的文件上签了字，就这样，第四名的考生因此获得了工作的机会。走出组织部的大门，迟禾说不清是轻松还是沉重。

作为聘用教师，她的身份是比较尴尬的，即使在相对纯粹的校园环境，也能明显感受到一些与付出不对等的待遇，倘若仅是物质层面倒无妨，但精神层面的挤压是难以承受的。考上大学生村官，自然也算不得多稳定，她也熟悉并喜欢农村的环境，只是，从小的自我期许和眼前学生们的期待，又使她能更理性地衡量自己的选择。不管前路如何，也不管会遇到怎样的现实困境与情绪困境，她都要基于热爱而更加勇敢。

那一天天响亮起来的蝉的鸣唱，轻细的风吟，还有偶尔急促的雷雨，都是属于夏天的宣言。学生们用自己优异的会考成绩向历史老师证明这一年里他们学习的用心与努力。迟禾为这些大孩子们感到高兴，也在进一步思考着身为老师的责任与价值。

暑假的到来，给她的备考复习提供了难得的时间，她太想改变自己的处境。复习累了，就看看文史类作品，将自己置于书籍展现的丰富与宏大的空间里。阅读，一直都是她自我缓解与救赎的一种方式。她感受着卡门、娜塔莎、斯嘉丽们敏感柔弱的一面，也理解着她们在时代波澜里的竭力抗争。那些跨时代、跨国界的作品人物，何尝不是人性解析与现实参照的一面镜子。她读她们，也读自己。

迟柳和石子正的恋爱仍在甜蜜进行，完成学业的迟谷也从北京回来，兄妹俩都参加了宁夏的公务员考试，报考不同的岗位。在迟禾心里，哥哥就是实力的代言，不像她总有种力不从心。在各自报考的岗位中，迟谷笔试成绩第一，迟禾第三，面试后，迟谷综合成绩仍然第一，迟禾第二。限于报考的岗位只招一人，迟禾落选，她品咂着失败的苦涩滋味，也叹息又失去一次改变现状的机会。家人们安慰她，她若无其事地说没关系，但失落还是一点点地往心里沉。好在，哥哥不负家人所望地考上了，哥哥在她心里是总是那么闪耀。

各项考核都顺利通过后，迟谷正式成为宁夏回族自治区政府直属部门的一名干部。像当初考上大学去北京引起周围邻里一番议论一样，这一次，迟谷和他的家庭再度成为大家议论的对象。毕竟，他是同辈的孩子中第一个能考到省级单位吃公家饭的人。议论里依然有羡慕、有嫉妒。舆论真是个承载力强的奇怪东西，它装着人心，也装着人性，只是这人心人性都难以琢磨。

迟谷和宋萱都在银川有了可以立足的工作，下一步，他们要奋斗一个拥有彼此、属于彼此的家庭。

国庆节放假，林舒从学校回来，他心里装着满世界的话要对迟禾讲，只是当两人见面时，除了一个紧紧地拥抱，他什么也没说。迟禾感受着拥抱的分量，说："快松开点吧，要窒息了。"林舒索性一个深吻压过来，迟禾安静了。她双手揽住他的腰，就像揽住了命运的安稳。即便是热恋中的见面，迟禾依然能听到身体里藏着的自己在提醒：不要贪恋这过分依赖的感觉！

林舒说："我每天都想你。"

迟禾说："嗯，知道，我批准你的每天想念。"

"我有时自私地想，你要是什么物件的话，我就可以把你随身带着，攥手里，装兜里都行。"

"我呸呸呸，好好一个人，非要当成个物件。要真是个物件，看不顺眼了，岂不是说扔就扔了。"

"就比方一下，还不是想天天见到你。我大概是得病了，相思不得相见引起的，越想念越孤独的那种孤独症。此症只有你能解。"

"好吧，义不容辞，我要用一辈子帮你解此病症。"

"那我这辈子就铁定赖着你了，你得对我多多关照。"

迟禾闭上眼，眼珠微微转一圈，略作考虑地说："得看你表现，更要看我心情了。"

两人并排坐在渠边，林舒始终拉着迟禾的手，他要把这一只小手的温度存进自己的心里、感知里。林舒的眼里，似乎吸收了整个秋天的阳光，看着迟禾，将眼里的光转进话语，心疼地说："禾禾辛苦了。应该是我要先工作，先面对走出校园走入社会生活的转折，却让你承担了这些。"

"辛苦确实会有，活着的人，哪有不辛苦的。既然早晚都得走出这一步，坦然面对，没什么不好。若是现在开始就养成处处依赖你的习惯，我反倒会不踏实。这是我必须要走的路，你也没法代替呀！"

林舒看着渠水，现出不易觉察的表情变化。他说："听你这么说，我心里既失落又感动。你总是超乎我想象得坚强，总有一股与众不同的力量，你让我对你无可奈何，更让我沉迷。眼下我还没有能力许诺什么，但我总希望这一生都成为你的依靠。累了难受了，知道还有我。"

林舒的真诚让迟禾感到踏实，她搂住林舒的脖子，撒娇的吻落在他脸颊。"我不需要什么许诺，我们之间所有的关联，都建立在彼此独立、自由与坦诚的基础上，我懂你，你懂我，我们把彼此放在心上，装在思想里，融在关照中，你不觉得这样会比所有的浪漫更趋近浪漫的内核吗？"

林舒若有所悟，"我终于知道，古人为何要说'弱水三千，只取一瓢'，从前以为是选择的问题，现在看来，不过是情不自禁。就像我对你。你怎么能这么可亲可爱还可敬呢！"

迟禾说："你这么说，不怕我骄傲吗？不怕我仗着一份骄傲而欺压你吗？"

林舒说："怕，当然怕，也不能因为怕就不表达真实的想法。何况，就你这每日恨不得三省己身的性格，怎会允许自己骄傲。"

迟禾笑道："不愧是我的最佳蓝颜。"

大自然是偏爱十月的，十月的天气，极尽明澈，万物的色彩，极尽干净清爽。映入感官的，大抵都是惬意。年轻人很容易沉浸其中，并产生对未来的种种憧憬，如果说，以前的迷茫是彻底没有方向的，那如今的憧憬多少有了些方向基础。迟禾说，来年的编制考试，她一定要成功。林舒说，相信她一定会成功。夕阳拉长了他们的身影，影子里，两只紧紧拉在一起的手顽皮摆动。

十二、成家

每个斗破寒冰的春天都会将生命的气息铺展在天地之间。四月下旬，在双方父母的协商操办下，迟柳和石子正走进婚姻的殿堂。出嫁当天，迟谷背着妹妹坐上婚车。已是小学生的迟辰压轿，他对自己扮演的这个"压轿童"角色，充满好奇与兴奋。穿着帅气的新衣服和新娘子大堂姐还有送亲的表姐一起坐在车上，能收红包，还能享受小孩子平日里完全没有的礼待，迟辰忽然间拥有一种当大人的感觉，真是件了不起的事情。

忙碌的时候也还好，只是，目送闺女坐着的婚车沿着秦渠岸越行越远时，梅清心里像裂开了一个洞，扯出一股疼痛。迟禾看着妈妈，看出了她肩膀的微微颤动。第一次这么近这么具体地意识到妈妈从不轻易流露的感性与脆弱，她的眼眶也一阵酸涩。趁妈妈还没转身，她先走进屋里。

婚礼现场，主持的司仪连贯地引导着每一个程序的进行，音乐声环绕在整个宴席厅。双方家长被请到台上上座，随着典礼的进行而增加了相应的身份。迟柳和石子正叫对方的父母"爸"和"妈"，这一声"爸""妈"意味着一份全新的融入。迟禾远远看着站在台上穿着嫁衣的姐姐，她的泪使劲往下流，一串串滴落在大厅的红地毯上。此刻，那么多人，她却陷入无法自拔的孤独，原来欢喜也会变为孤独，感觉的体验本可以串联。她为姐姐终于跨入成长中至关重要的阶段而高兴，同时也难以接受她们要各自生活的现实，她出嫁了，她该怎么办，她还没法从心理上与姐姐分开。

婆家的婚宴结束后，迟谷就和父母回来准备回门宴。宴席的所有设备都由请来的厨子准备。帐篷早早搭了起来，食材也都在准备中。院子里都是帮忙的人，男女之间有不同的分工。

迟谷这个当哥哥的已经能独当一面安排妹妹出嫁的回门礼。亲戚乡邻们夸赞迟谷的同时，不忘问一句妹妹已经出嫁，当哥哥的啥时候办婚礼。迟谷说，不急，该吃的酒席到时候总能吃上。

晚上，迟谷让父母早些休息。他把要做的事情和要准备的所有环节都捋了一遍，才进屋睡觉。迟禾睡得迟。迟谷知道大妹出嫁必然会对小妹产生触动，就给她一个自我消解的空间没去搅扰。

天还没亮，一家人就都起来了，鸡叫声从各家院里传出，两只被锁在前院的狗，隔着用一根根钢筋焊接起来的铁栅栏门，看着外面的所有动静。宋萱来得也早，她和迟禾一起把屋里院里都打扫干净，把该贴的红喜字都贴上。

很快，婚车停到了门口。新郎新娘进门前，迟谷点燃了提前摆好的鞭炮。穿着红色旗袍的迟柳，就像这个季节柳树上的柳枝一样婀娜，好看的妆容衬出她幽谷深兰一般的气质。在迟禾眼里，姐姐是这世上最好看的新娘。

宋萱看着迟柳，说："柳柳真漂亮。"

迟柳说："萱萱姐当新娘子会更漂亮。"

迟谷站在一边，满含爱怜地看着她们，说："可以叫嫂嫂了。"

迟柳说："萱萱姐叫习惯了，慢慢改。"

宋萱说："别听你哥的，想怎么叫就怎么叫。"

从天亮到天黑，迟柳的人生大事在忙碌中完成，就像种子完成了发芽，花朵完成了开放。过程的实现，也是生命阶段的改变。为人妻子，为人儿媳，必然比只做父母的女儿要多些束缚，少些自由。新婚之初，小两口单独住在九十多平米的婚房，老两口住在自己的粮食局家属楼里。

迟柳怀孕没多久，就在家人的要求下，辞了工作安心当起备孕的家庭主妇。围着她转的尽是些洗衣做饭收拾屋子的家务活。结婚前，她对石子正母亲的情况是缺乏了解的，只知她因病退休，并不知她是什么病，婚后，才知她患帕金森病已有六七年。家人让她辞工作，照顾婆婆生活的考虑因素也占了很大比重。为了方便，小两口搬过来和老人一起住。

迟柳隐隐觉得眼前的生活是有问题的，但也顾不得深究问题到底在哪，也好，不被暴露的问题先且隐藏。她每天把屋子收拾得干干净净，变着花样做好三餐，等着下班的人回家，等着迎接家庭新成员的出生。

阳历八月初，迟禾通过了带编制的教师招考的各项环节，用扎扎实实的努力献给自己一份夏秋之交的礼物。还是熟悉的校园、熟悉的校领导、同事和学生，只是，内心总算获得了一份不同以往的平稳与踏实。

周末，梅清做了丰盛的饭菜为闺女庆祝。看着围桌而坐的爷爷奶奶、爸爸妈妈、哥哥姐姐姐夫和宋萱嫂嫂，迟禾一瞬间的幸福里像包含了整个世界的拥有。就在这迅速蔓延的幸福里，她又不由自主地回顾了之前所有的忧虑、不安与自我怀疑。也许，这就是她原本的样子，总也无法完整而彻底地享受轻松与释然，哪怕只是很短暂地享受。她的热闹里总有孤独，孤独中会伴着自我升华，升华里往往可能含着新的沉沦。多种情绪与感受对抗融合的过程，或许正是她不断趋近自我认知的过程。好在，不论怎样的过往，只要能为当下注解，那些过往，就势必是生命向上生长的养料。

饭后，都是争着洗锅的，迟禾说谁也别和她抢活干，都坐着聊天去。

迟柳说："行，收拾厨房就交给你了。我们可以把碗碟收过去。"

宋萱说："孕妇就好好待着，阿姨饭做得太好吃，我吃多了，把这个消食的机会给我吧。"

宋萱随迟禾去厨房。迟谷到院里抽出半桶清凉的井水放个西瓜进去，梅清用餐盆盛了几样水果拿到井旁洗。

迟谷从妈妈手里接过水果，说："水凉，我洗，以后要多注意，不能用凉水就掺热水。"

梅清说："一直就这样干着，没啥。"

迟谷说："一直这样，不代表一直都对，不对的习惯就要改，不然伤身体。"

梅清怔了一下，儿子的话语里有种让她这个当妈的也必须要驱从的力量，他真的长大了。盼了多少年，盼日子过好，盼三个娃娃健康长大，如今，他们工作的工作，成家的成家，多好啊！即使她正在逐渐丧失力量的老去又如何，心安便是最坚实的拥有。

"妈，咱家也做地下排水吧。"

"算了吧，都说咱们这要拆迁，拆的话，暂时也没必要再动了。"

"啥时候拆还不确定，下水做了能省不少事。"

"听队长说就这一两年。"迟谷看着梅清两鬓增多的白发，心底一股酸。此时，母子俩的心里都绕着一段岁月。

梅清跟迟谷说："你和宋萱也该把婚礼办了。"

迟谷接到公务员入职通知的当天，两人就拿户口本领了结婚证。他们的工作单位距离不远，宋萱工作后租过两次房子，第二次租房的房主很好，房子环境也好。迟谷带上简单的行李直接住进宋萱租的房子。一对合法的小夫妻，就差一个仪式来宣告夫妻关系。

迟谷说："先不急。"

厨房里，不时传来两个大女孩的说笑声。

对迟谷来说，宋萱是他要一生珍视的佳偶。她跟他说，婚姻的本质是两人之间的惺惺相惜，仪式不重要，房子暂时先租着，再攒点钱可以付首付买套小房子。迟谷说绝不能委屈媳妇。宋萱说，和迟谷在一起，就永远不委屈。

迟谷把桌子搬到院里的凉棚下，切好西瓜，摆上水果盘。时间愉快地行走在一家人相聚的夏日午后。

林舒给迟禾打来电话，问她是否方便出门见面，迟禾说姐姐姐夫哥哥嫂嫂都在，就不出去了，林舒说他也想来，迟禾说那就过来。没一阵子，林舒就出现在院门口，门开着，往里一看，果然人多热闹。迟禾带林舒进来，见他一手捧花一手提礼品的样子，忍不住笑起来，"第一次上门，确实有几分不同以往的认真，怎么就有点不适应呢。"

林舒也不管迟禾说啥，回接一句："就说，是不是很帅。"

"对呀，咋能这么帅。"

林舒悄悄说："不愧是我媳妇，好眼光。"

迟禾说："这油嘴滑舌的劲都哪来的，出息大了。"

两人你一句我一句小声说着。

短毛黄狗嘻嘻和长毛白狗哈哈跟在他们身后，摇着尾巴。

梅清到前院叫迟元易，说迟禾处的对象来了，都见见。

别看林舒在迟禾面前谈笑自如，其实来的路上他还在同自己的紧张、顾虑作斗争。见面后，融洽的气氛让他整个人放松起来。

迟禾隔着爷爷屋的玻璃窗，见他在喝水，便把林舒领屋里跟爷爷问好。老人家年龄虽大了，但一见林舒就知道是啥情况，笑着，岁月的痕迹在满脸皱纹中舒展开，连说："好，好，好。"

几个年轻人都处于工作、婚姻的人生节点，聊天的话题很容易打开。

迟禾和姐姐姐夫聊还未出生的小外甥，她预感姐姐会生个男孩。林舒来年研究生毕业，父母希望他考公务员，他本人也愿意，迟谷和宋萱给了他一些合理的建议。

下午，大家一起动手做了香味四溢的家常火锅。迟禾去叫奶奶，两人刚好在门口遇见。奶奶手里提着小竹篮，说平时闲着没啥事，就自己做些鞋垫，晌午吃过饭，拿了鞋垫到步行街口摆摊卖，没一阵子就卖光了。迟禾想起小时候，端午节前奶奶会拿出平时绣好的香包到街上卖，她和姐姐总爱缠着让奶奶带她俩一起去。她们观察街上的人来人往，观察旁边缺胳膊少腿的残疾乞丐，观察买香包的人如何问价选香包付钱，观察妈妈们如何带着自己的孩子，也观察红绿灯交替下的交通状态。每次卖完香包，都见奶奶给几个乞丐买点吃的，随后像熟人一样和他们聊天。

迟禾说："奶奶，进去和我们一起吃火锅。顺带看看我给您选的未来孙女婿咋样。"

李嬅月说："你们年轻人的事，奶奶也不懂，但奶奶相信我孙丫头的眼光。"

总被相信的感觉，真好！

整个夏天，在要收尾的时候，阳光洒向一个寻常的农家院子，院子里，三代人，共享着美好时代下关于眼前、关于未来的珍惜与展望。

年底，迟谷和宋萱的婚姻迎来仪式的见证。他们随后作出要买房的决定。两人共有六万元积蓄，迟元易和梅清给他们拿出十二万。房子九十几平米，总价三十万过点，付了首付，剩余的用住房公积金贷款，对他们而言，也不会产生多重的负担。

转眼又是槐花飘香，迟柳迎来了自己作为母亲的身份。是个男孩，子时出生。迟禾在家里熬好红糖小米稀饭，梅清电话一打回来，迟元易就赶紧去给闺女送稀饭。空气难得湿润，月亮已近满月，月光照亮了没有路灯的秦渠岸。孩子小名叫琛琛。

梅清和石子正错时照顾迟柳，她一方面庆幸，婆婆妈妈的浓烈硝烟没有在自己生活的屋檐下上演，另一方面又默默消解着不好发作的委屈。家里电视从早到晚多半时间是开着的，脑子在一片嗡嗡声里，总没个清静。她也知道，这是生活在一起不可避免的习惯冲突。

王芸的帕金森病症越来越明显，行动不稳，手也不受控制地抖，吃药能稍稍缓解。让迟柳无法理解的是，她自己走路都可能摔倒却总喜欢在帮不上忙的地方添乱，孩子好好睡着不哭不闹，她非要抖抖颤颤抱起来，仿佛任何人都阻止不了她要抱孩子的决心，即便抱不稳，差点把孩子摔到床上也要固执坚持，下次的行为依然如故。迟禾劝姐姐说："也能理解，病的时间长了，其实就想证明自己不像大家想的那样啥也干不了。"

初为人父的石子正，尚不能完全适应自己新的角色，生活仿佛并没有发生多大的变化，可一切又显得手忙脚乱。他关心迟柳，却不知该做些什么，稍显迟钝的洞察力，使他无法觉察迟柳情绪的敏感。

好些夜里，迟柳和着自己悄悄流下的眼泪给孩子喂奶。在严重不足的睡眠面前，夜太短，在烦乱无章的思绪面前，夜又太长。只有迟禾来家里看她时，她才能让自己释放得轻松些。

也许每个孩子对父母的真正理解，都在自己为人父母后。在此之前，都是父母竭力理解孩子。梅清给迟柳炖了乌鸡，一碗汤鲜肉美热气腾腾的乌鸡肉，浓缩着妈妈日日复日日表达在餐食中的对家的责任和对孩子的爱。迟柳鼻头一酸眼眶微红，和着汤咽下自己感受到的人生滋味。回头看看孩子，小眼睛盯着一处，重复做着晃动胳膊的动作，同一个时空，婴儿拥有的是怎样不同的世界。她在心里跟自己说："都没关系，父母养我这么大，不是让我颓丧的，谁的一生不都得面对各种问题。"不管遇到什么样的情况，总要想办法给自己宽心。

琛琛满月，家里又热闹了一番。过了花期的树，叶子长得更盛，街上行人着装的清爽，隔壁小学上下课的铃声，都呈现出更替变化的力量，也潜在地向人们昭示着生长的力量。

秦渠在盛夏的日夜将黄河水送往每一个需要的地方。两岸远近的农田借助支支岔岔、深深浅浅的沟渠获得水源的给养。风吹过,吹出微微的麦浪,有几个戴着草帽或系着头巾、肩上扛着农具的农妇干完农活,穿过交错的田埂,边说笑边回家。年龄大些的会给年龄小的传授些持家和管好自家丈夫的经验,劳动的疲累,在大太阳下、在鸟的鸣啭和花草的芳香中渐渐消去。

庄稼一日日长得饱满、成熟,总要面临收割,上学的孩子,一日日学习知识,也总要面临毕业。林舒,顺利完成硕士论文答辩,以优异的成绩和优秀毕业生的身份毕业。同学中,有的继续攻读博士学位,有的留校就业,有的家里已经安排好了出路,也有和他一样继续参加各种考试的。林舒是幸运的,他如愿地通过了公务员考试的笔试,七月将迎来面试,为了获得更大的胜算,他报了面试培训班。

成天练习面试题,有时候对着镜子,一说就是十来遍,把自己都说枯燥了,可想想要与迟禾携手的未来,他又变成一个充满战斗精神的战士。七月,在生日的当天,林舒迎来了命运转角的可见坦途,他过关斩将,终于接到了公务员录用通知书。迟禾第一个获知喜讯,那天下午,两人在餐馆小聚一番,给林舒过生日,也庆祝他顺利踏上通往工作的征途。

迟禾把小蛋糕切两半,端起蛋糕盘,说:"把你的蛋糕也端起来,咱俩干了这盘蛋糕。"

林舒说:"听你的,干。希望属于我俩的生活充满甜蜜。"

"这个建议不错,不必审批,认真执行吧。"两人的笑声融入蛋糕的甜美细腻,顺着舌尖融入身体,愉悦了心情。

也许是因为成长过程又多了些许确信,也许是因为蛋糕的绵甜触及回忆,也许有许多种也许的可能,总之,本是那么高兴的迟禾,在笑容的底层却掩藏了难以捉摸的伤感。她从不忽略哪怕丁点儿跳跃于心能被自己刹那间捕捉到的情绪变化,她知道没人能理解一个这样的自己,也从不妄想能获得理解。她在以自己的方式理解着逝去的岁月里同时逝去的那部分自己。

还吃着蛋糕的林舒，眼里满是温柔的光，跟迟禾说："你家里的情况我已大体了解，你怎么从不问我家的情况，就不怕我骗你吗？"

迟禾说："你有什么好骗我的，我又有什么好被你骗的，就你现在这慈祥老大娘的眼神，别说骗我，你有那骗人的技能吗？"

林舒觉得迟禾说话太好笑，笑意幻化为各种符号，往他心里钻，钻得踏实又温暖。"你简直就是个宝。"

迟禾吃光了盘里的蛋糕，喝了点柠檬水，说："是不懂事的傻宝宝的宝还是宝藏的宝，这个问题就不究了，我高兴就行。关键我今天是真高兴，要是生活里没有这些高兴的时候，那大多数的时光得少了多少生机勃勃。来，再干个柠檬水，祝你今后的工作之路一片坦途。"

水杯碰出轻响，林舒拿出一个精致的红色小礼盒，缓缓打开，取出一枚款式极简单的白金指环，对迟禾说："事先没给你说，但就想在一个合适的时间把它戴在你手上。戒指不华丽，却含着我对你的爱与欣赏，更含着我对我们关系进一步发展的计划与展望。我很脆弱，受不了被你拒绝的打击，你就把它戴上吧。"

迟禾说："哎呀呀，这一番话说的，我怎好拒绝，你说吧，要我伸哪只手给你。"

林舒将戒指戴在了迟禾左手无名指上，美滋滋地说："大小合适，样式也好看。"

迟禾把手伸展，分开五指，仔细地看看，说："和我这朴素的劳动人民的手很搭，我也很喜欢。"

林舒趁迟禾看手指上戒指的工夫，凑近一点往她脸颊留下一吻，说："我努力工作，好好挣钱，结婚时给你买个钻闪闪的漂亮戒指。"

迟禾回吻，说："这个就挺好。一件物品，在好的时间好的场境表达了该表达的意思，就是好物，若无必要，便无可替代。"

林舒双手托腮，眼也不眨地看着迟禾，声音似磁吸般，软软地说："此时，我的大脑湮没在你和你的话语中，那些能让人在瞬间百转千回的情话，都无法表达我的情绪，我爱你，愿执迷于你。从未像现在这样觉得人间可爱，只因有你。"

"分明很温馨，但好像感动得有点伤感了，咋办？"

林舒回应道："有我。"

后来的时间，他们走出餐馆，送迟禾回家的路上，林舒跟迟禾详细说起家里的情况。他的爸爸是一位快要退休的中学数学老师，妈妈是一位个体工商户，父母都是中规中矩的人，在他眼里，他们是无可挑剔的父母，可说不清为什么，他有时会感受到来自家庭环境的挤压，他想将其打破，却总寻不出方法。好在，如今的自己，大抵可以在独特的自我生命体系里探索想要解答的各种问题的答案，迟禾和她的家人，是他答案里的一部分。

"你怎么不说话。"林舒问。

"在听你说，也在消化你言语里的情绪。"迟禾说。

两人从夕阳走到月光，总有说不完的话与描绘不尽的憧憬。确实，未来的一切都是新的，也都在一点点地将林舒与迟禾的距离拉得更近。

入职手续办妥后，林舒正式成为吴忠市委直属机构办公室的文秘人员。多少年学习之路，在踏进这个可以称之为"单位"的地方时，似乎算是有了回应与结果，可仔细思量，又不止于此。与学习过程相伴的，是不断更新与丰富的自己，以及自己甄别衡量各种关系的思维与视野。很多昔日的不确定，若是足够幸运，或者足够有实力，总能在未来某个契合的时间与境遇中，得到内心的笃定。林舒认为自己是足够幸运的那个人。

九月的一个周末，流云戏逐于湛蓝的天空，微风轻轻吹过大地的每个角落，麻雀们散落在不同的地方，叽叽啾啾地倾诉些什么。林舒和迟禾沿着秦渠岸往市区走。迟禾说："这条路，我一直走，和我一样生活在这里的每个人，也一直走，走着走着，就什么都变了，可这条路就延伸在那里，什么也没变。我从未想过，有一天会沿着这条路，和身边的男朋友一起去见未来的公婆，就像正在如此的是别人，你说是不还挺奇怪也挺有意思。"

林舒说："我觉得你话语里表达的'奇怪'和'有意思'，都不如你本人更奇怪和有意思，男婚女嫁，不该是很正常的事吗，和路有什么关系？"

迟禾说："文学不懂历史的所指，这可怎么办。我的重点在一路走来的经历，你的重点在男婚女嫁，听我说话你是认真的吗？"

林舒哈哈笑了："当然是认真的，只是不想接你的感慨，带你去见我的父母，我有多高兴你知道不，你跟我路啊路的叹今追昔，我可不得着急。"

迟禾也笑了："请原谅一个要去见准公婆的姑娘用感慨来掩饰内心紧张的语言行为。"

林舒说："没什么好紧张的，一切有我。"

迟禾说："多少还有点心理建设没跟上，有你也不能替代我的角色演绎。"

两人都笑起来，麻雀的叫声反倒弱了点，可能人在倾听麻雀欢叫时麻雀也会听听人的话语。

两人到街区的超市买了礼品，随后往林舒家里走。迟禾暗自预想见面后可能会出现的情景，真见面后，发现预想有点多余，有种生活挪移的错觉，换一间屋子、换一个家庭吃饭聊天。虽然生活远不止如此，以后的婚姻生活更不止于此。如果想就此判断些什么，必是徒劳。所有的经历待完全经历了也未必能论定判断的结果。

晚上洗漱后，迟禾习惯性地翻开日记本梳理自己的内心感受。一个靠近街心广场的城市小区，一间一百一十多平米三室两厅的二楼住房，一对芸芸众生里的普通父母，林舒在这样的家庭长大，谁家的孩子也都是在谁家的成长环境中长大。只是要和这个家庭产生关联，总会有点措手不及。迟禾写道："生命长河里没有那么多的小确信，若有，也只能靠自己去拼搏与把握。且从所有的过往中沉淀几分随遇而安的勇气吧。"她长舒一口气，合住了日记本。

起身拉窗帘，隔着玻璃见两只狗并排安静地坐在窗跟下，它们大概也在想星空里有没有自己的同类。

睡吧，明早还要上班。

国庆节前一周的一天早晨，迟环旺没有像往常一样在六点多起床，梅清心里也不免闪过几丝疑虑，又想着老人可能想多睡一阵。七点多梅清做好早饭还不见公公起来，她便进屋去叫。眼见的情景，让梅清心里又慌又难受：迟环旺躺在炕上，嘴半斜着费力地说出"动不了"几个字，额头渗出的汗一滴滴滑在枕巾上。家门口很难打上车，梅清拨通电话叫了救护车，等救护车的工夫隔着院墙叫老四媳妇余香，余香赶忙过来和大嫂一起给公公穿衣服，准备了去医院用的物件。梅清把家里备用的一千块钱装包里跟着救护车送迟环旺到市医院。

市医院的医生作出的诊断是脑梗，需要住院治疗，先住半个月看情况再做下一步打算。活了八十几岁，这是迟环旺头一次住院，之前很少生病，药也没怎么吃过。病房里一共三个铺位，迟环旺是第一个住进来的，随后住进两位六十几岁的病友。治疗一周后，迟环旺可以正常说话，身体的麻木症状也减轻了不少。住进来前几天，他的心思都集中在治病，顾不得想一些问题和事情，身体稍有好转，对这场病竟有了不可抑制的抱怨与不甘。迟环旺住院的大多数时间，都由迟元易和梅清轮流照顾，老二老三和二妹小妹也看过几晚，老四在外忙工程上的事，大姐元芬自己一身病，来医院也熬不住。

迟环旺最喜欢小闺女照顾她，二闺女手脚笨拙多半还得挨老爹一顿骂，梅清无论干啥都利索也周到，可儿媳总不比闺女照顾起来让他更自在。半个月的时间，那么多人来看望他，有谁能在乎或注意到他心里想什么，看望，无非就是个浅层的人情传递。他以为，一个垂垂老朽的人也剩不下多少想法了，他有些生气，生自己这副不像样的身体的气。

住院的时间又延长了一周。总算医治及时，除了左手拇指和食指不能恢复到之前的灵活，再没留下别的后遗症。出院后，有两样药需要长期服用，每天的吃药，似乎都是对曾经不需要吃药日子的提醒，提醒人们，健健康康的日子有多好。

自从爷爷出院后，迟禾每天都会去爷爷屋里和他说会话。爷爷总说："老天爷咋就给我来这一出。"说完会伸出左手，用右手掰弄那两个不听使唤的指头。

迟禾说："爷爷，您以前不是跟我说感念老天待您不薄吗？这么多年没病没灾，多好。这次您是生病了，住院了，但经过治疗能恢复得这么好，已经很难得了。有多少人因为这个病留下更严重的后遗症，甚至连继续活下去的机会都没有了。爷爷这一生经历了那么多时代的风浪和生活的磨难，如今儿孙满堂，这还不算大福气吗？"

听了迟禾的话，迟环旺像个孩子似的笑了，"我孙丫头说得对，爷爷以后不怪怨啥了。"

迟禾也笑了，摸摸爷爷的头说："我小时候摸爷爷的头，头发茬子把手给扎的。"迟禾心里涌出几丝酸楚，是她的手长大了，或是爷爷的头发茬变老了。

日子回到习惯的规整之时，一年里气温最宜人的十月也快结束了。迟禾上班的学校迁了校址，新校园像花园一样好看，只是位置确实偏远了些。遇到迟禾上晚自习，迟元易就骑自行车到桥头那等着接她，父女俩一起下桥头沿秦渠岸骑车回家。迁校后，为了上班方便，迟禾买了电动车。整个秦渠岸，过了晚上十点半这个点，几乎没几个人。秦渠岸的夜晚，自成一个不一样的世界。夜风把渠岸边的树吹得自在又欢乐，树叶沙沙清唱，渠水缓缓流动，对岸田里的玉米秆都收割了，月光照出田野的原色。迟禾把电动车的速度调得很慢，父女俩没说几句话就到家了。推开大门，两只狗摇着尾巴跑过来蹭着主人的腿直到他们放好车子进屋，进屋前，迟禾会蹲下摸摸两个忠诚的伙伴。

11月的一场初雪过后，秦渠两岸宛如一幅至纯至简浑然天成的画，周六上午补完课，电动车没法骑，车打不上，公交车过于拥挤，迟禾索性和朋友陈妍从学校南门出来，往南走几十米路到渠岸，一路踏雪回市区。她们沿秦渠北岸一直往东走，中途过个桥走到秦渠南岸，路上除她俩再没其他人路过，倒是麻雀喜鹊总在两岸喳喳叫，叫声在阳光的映照里四下回响。

雪被踩出咯吱咯吱的声音，雪落过的地方留下两个行人一路走过的印记。

陈妍问迟禾："有没有想过换个职业？"

迟禾说："想过，假设过，又觉得每份工作都有它特定的价值与不易。告诉你一个秘密，当老师是我写进小学作文里的愿望。"

两人都笑了。迟禾属于各方面都比较求稳保守的人，陈妍比她敢想敢为，有和她不一样的随性。

"最近工作越干越憋屈，对自己、对这份职业都产生了怀疑，有种很强的疲倦感，也许我真的不适合当老师。"

迟禾思考了陈妍话里的信息，她之前和她说过工作中的不开心。困难面前，陈妍不是轻易退却的人，既是如此说，就已经决定这么做了。"你下一步要怎么办？"

陈妍随手捏个雪团放在掌心迎向阳光，没有直接回答迟禾的问题，她说："你不觉得雪也挺不容易吗，圣洁地降落在大地，给季节添了色彩，给人们一成不变的生活带来想象的诗意，可是你看，咱们身后留下的脚印，我手里的雪团，包括雪化之后的泥泞甚至污浊，这是人们愿意见到的吗，也是雪能承受的吗？我还不知道怎么办，但我必须得正视我的情绪和想法。"

是呀，人们只管欣赏他们眼里心里愿意欣赏的雪落后世界的样子和他们自己的感受，雪的来处和归处只当是它飘落一场的宿命，谁会在乎与怜惜万物本身。

迟禾说："万物存在，就没个容易的，活着的可贵，不就是知难而不畏难，并且还能心怀热情与理想吗？我这话虽然有点励志色彩，但想法不积极些，活着的内外空间会愈发被动狭窄。"

迟禾结结实实捏个雪团，使劲扔向对岸。

见雪团落到对岸，陈妍满脸佩服地说："你可以呀。"她把自己手里的雪团加固后，也扔，使了很大劲，只落到中间。

迟禾说："我小时候经常往对岸扔石块，刚开始怎么都扔不过去，扔的次数多了，就过去了。见比我大的孩子往水里打水漂，也跟着学，后来就能在水里打出一串串好看的水漂。这些事现在做起来肯定觉得很没意思，可当时却其乐无比。我从小就是个可以想在未来，但定然会活在当下并热烈感受当下的人。你做事比我更会筹谋，更有主意，不过看待外在世界的视角似乎也比我更悲观些。"

陈妍喜欢迟禾的理想又务实，敏锐又豁达。她比迟禾晚一年进学校，从一开始见到她就有种亲近感，一个新的单位里，没有谁像她那样热心去帮一个新来的老师。她们在几年的相处中，知道了彼此身边的家人、朋友，熟悉了彼此的性格，也了解了各自经历过或正在经历的事情。陈妍并不认同很多人所谓同事关系只止于同事，在她看来任何关系都存在空间与维度，其中的相处方式、信任程度取决于身在其中的人们的认知、感受与理解。迟禾是她身边少有的她愿与之倾诉心情的同伴。

陈妍接着迟禾的话说："哪有什么真正明晰的乐观与悲观之分，不过是看谁能更趋近自我地活着而已。能按照自己喜欢的方式活着或者说活得像自己想要的模样，内心就能平稳踏实些，倘若活得已然别扭拧巴又面目全非还怎敢奢望乐观。"

迟禾说："你属于'倘若'还是'已然'？"

陈妍笑了，笑得有些不经意，"分不清'倘若'和'已然'，更多的时候像是在用我的皮囊过别人的生活，我就是个麻木又无足轻重的看客。"

迟禾心里一颤，陈妍的话语中有种无需辩驳也不可辩驳的力量。确实，哪有那么多非此即彼的界定，她自己何尝不是在看不到答案的行动里与时间一起往前走。

"哈哈，还能说什么，善待我们的皮囊吧。如果生命可以从知道要死亡的那一刻反着过，你的想法会改变吗？"迟禾问出了无实质意义的假设。

陈妍说："逆推生命，对于热爱生命的人来讲或许会更加热爱，但对生存哀愁的人来讲或许也会更加哀愁。无论顺推还是逆推，个人的想法其实并不重要。"

迟禾说："如果个人想法不重要，又何来你所谓'更趋近自我地活着'，活着不就是无数个一念之间的连缀吗？"

陈妍又说："个人想法多少含着点主动，趋近自我却多少含着点无可奈何。"

对岸树上的一只喜鹊高声欢叫，瞬间引来庞大的叫阵，像是队长带着一支队伍以鸣叫彰显阵势。

迟禾说："我们听到耳里的是喜鹊的随心所欲吗？可能是，也可能不是。万物生，万物浮于生。活着，其实是一种参照，以被动参照主动，以无奈参照争取。做每个时间的点与段里个人能力范围当做和可做之事，大概也算是一种平衡与兼顾。"

陈妍说："很多时候，我自己的生活是慌张的。我发现你有种救赎能力，总能在反向思辨中给自己找到一条沉稳前进的路。"

迟禾说："没你说得那么神乎，还救赎呢，顶多也就是想办法在生存的狼藉边缘拉自己一把，不至于深陷狼藉。你要不要在这满目洁白和空旷中吼几声，释放一下情绪。"

说罢，迟禾先大喊几声，声音没有回响，倒是惊动了身边的麻雀。她从心底一如既往地敬畏时空的承载力。

陈妍被迟禾的情绪感染，她想像她一样喊几声，但思想没能调遣嘴巴，她说："你看，就是喊几声这么简单的事，我竟然做不到。"

迟禾被陈妍的话逗得哈哈笑起来，"不是你做不到，是你把自己局限了。所以，我们的无奈里既有外在的束缚，也有内在的局限。无论束缚还是局限都需要借助一定的条件去转化，要么作茧自缚，要么破茧成蝶。"

陈妍也笑了，"你这话我没法接了。转入下一个话题吧。你和林舒家长见面没？说结婚的事没？"

"还真叫一个转话题，转的大脑都摇晃了。两问并一问来回答，见面后就提婚事了，让我们考虑能不能腊月底结婚。"

陈妍有些吃惊，"也就是寒假期间结婚吗？你做好心理准备没？"

"按理说我应该要有较大的情绪状态，奇怪的是我竟然没想法。最初和林舒相处，不就是奔着结婚的结果吗？现在是不是也算水到渠成？"

"好吧，你厉害。"陈妍拿出手机看日历，继续说："再有两个月，你就要当新娘了。"

迟禾开玩笑说："唉，真让你操心了，还掰着手机看黄历。我从心里一再确认，确认的不仅是结婚这件事，更是和林舒相处的几年时光。十一期间，他爸妈约我爸妈见面，我爸在医院照顾我爷爷，没去，我妈和我的准公婆商量并定下了这个婚事。"

"虽说我是个不婚主义者，但遇到其他和自己息息相关的大事，多少会有点不淡定，到你这，这么大的事，你咋这么漫不经心像在说别人的事。"

"是谁刚还在说'更多的时候像是在用我的皮囊过别人的生活，我就是个麻木又无足轻重的看客'，哈哈，许你这样，就不许我也这样吗。"

"这是两码事。"

"真没啥感觉。顺着各种安排走，也是仪式的一种。刚好到了该结婚的年龄，刚好结婚对象是我喜欢的人，刚好两家不反对，刚好我们都把彼此纳入未来生活的计划里，好像可以说出好多个刚好，所以，刚好可以结婚。"

"没有担心和顾虑吗？"陈妍的关切之心尽显。

"怎会没有，居安思危是生存常态。只是，没用。我一直相信，所有的经历里，只有经历本身才是答案。"迟禾想起一大家人讨论小姑要不要离婚的那个夜晚，当时，她跟迟柳说以后不想嫁人，如果婚姻无趣，就不值一嫁。

只是，对婚姻空中楼阁的判断和与林舒相爱的体验比较，后者的冲击力和真切感会更强，原来优胜劣汰的法则也会在个人的主观意念中发挥作用。

迟禾理解并尊重陈妍对婚姻的态度，态度里藏着她个人的所见所知所历所思。从婚姻规律的预判中，多少也能看到未来生活鸡零狗碎的种种可能，只是，一个人的生命轨迹，会因为知晓最终的结果而对过程弃权吗，倘若如此，也便没有向死而生这回事了。不欢喜，也不畏惧，如她所说：只有经历本身才是答案。

陈妍也明白迟禾的态度，便不再对这个话题过多谈论，开玩笑说："无论晴雨，我随时当你的好听众。"

"哈哈，无论哭与笑，我都说给你听。"

迟禾和陈妍，六七岁时就见过面。当年，迟禾的小姑还未嫁，平时给别人家带孩子挣点钱贴补生活，带的孩子当中就有陈妍的堂妹，堂妹和她同年不同月。有天上午，她去了堂叔家，下午堂婶要在家打麻将，就让迟禾小姑迟元溪把孩子带到自己家，七点多她开车来接孩子。陈妍经堂婶同意，和堂妹陈文一起去了元溪阿姨家。整个下午，两个女孩都在和迟柳、迟禾还有邻里几家的孩子们一起玩。

陈妍堂叔陈建东开了个工厂，迟禾的三爸是厂里的员工，三妈给工人们做饭，正因这层相识的关系，迟元溪才会经三哥介绍带陈建东家的孩子。陈妍堂婶是个五官长得比较大气、身材微胖但很匀称的漂亮女人，她曾失去过一个儿子。男孩名叫陈瑜，十一岁时，关系好的几家大人带孩子到河边野炊，小伙伴在大人们没留意时到河边玩水，陈瑜脚下打滑掉进滚滚河水，等捞上来早已没了气息。黄河边，野炊的烟火袅袅，天空却布满阴云。生活的惊雷炸入一个原本富裕美满的家庭。

从那以后，陈妍的堂婶便活在地狱之牢，以泪洗面的绝望总是刺不醒对生的希望。她自杀过，被家人发现救回一条命。醒来后，看到脸上挂满泪珠还那么小的女儿，她心都碎了。

在生活的熬磨中，她慢慢染上了抽烟酗酒打麻将的习惯，好在后来一一戒除，一家人的生活总算回到了平稳状态。陈妍的堂妹陈文长大后出落得亭亭玉立，到了适婚年龄，嫁给了妈妈娘家那边一个石化公司老板的儿子。

工厂大赚几年倒闭了，陈家的祖宅和另一处厂房要拆迁，家里就陈建东和陈妍爸爸兄弟俩，在拆迁所得分配方面，二人起了冲突，陈妍爸爸做出退让才止了兄弟间的干戈。

很快到了迟禾家门口，陈妍说："你家这里变化挺大。周围的房子、树木，包括我们走着的这个渠岸都不一样了。"

迟禾说："我们都从幼时玩伴变同事了，环境不发生变化也说不过去吧。"

陈妍看着各家院墙上显眼的"拆"字，问："给你们说啥时候拆了没？"

迟禾说："一直说快拆了，这不现在还没拆吗？没拆之前，就安心住着，我爷爷最不愿见这一院房子被拆了。"

迟禾叫陈妍去家里吃饭，陈妍婉拒，说改天专门拜访。已是正午，阳光在雪地上照射出耀眼又斑驳的光，陈妍说："我跟我妈说想辞了工作自己开个店，我妈说开店还不如正常上班，还说如果实在想换个工作环境，就考公务员，我仔细想想，也不是不行。"

迟禾想到之前哥哥姐姐和林舒跟自己说过的话，转说给陈妍："只要愿意，喜欢，就去做。"

四季里的每一天，谁又不是在竭尽所能地触摸着自己和自己的生活。

十三、烟火

过了元旦，新的一年又以浩荡之势大步向前。迟禾和林舒，一纸婚约，在各种仪式的推动中，像上班卡点一样，结为夫妻。来不及反应过程及过程里的繁琐。或许，"完成"的结果也是使命的实现。

时间不曾停留，生活又怎甘落后。婚姻带给迟禾思想上第一次真正意义的冲击与农历年的到来有关。

年前一周，她全面打扫了婆婆家的卫生，备了年货。年三十上午，按照婆家的习惯，做了一桌丰盛的菜，一顿饭吃妥当，人已经很疲惫。从初一开始，挨个儿到亲戚家拜年，初次上门，少不了周全各种规矩礼数。亲戚们也会到婆婆家拜年，连续几天的拜亲招待人足够忙碌，朋友们的邀约，都只能往后推。

迟禾每天只盼夜晚来临，才能不在时间的拥挤中自我湮没。她出嫁没多少天，和父母也仅相隔几公里的路程，可对父母的想念却漫过时间，漫长了距离。过年的美好，从此成为回忆，那是独属于一个已婚妇女未嫁的回忆。待她洗漱完毕，林舒已熟睡，看他这副岁月静好的可爱模样，迟禾瞬间意识到：不能太贪婪，人生没有那么多兼顾兼得，笃定的选择本身就是人间值得。婚姻不是枷锁，却是每个人生命历程的分割线，这条线，公平地刻写了获得与失去的尺度，婚姻的主人当思考要具备怎样理性的态度和掌握怎样合适的方法去丈量婚姻。

年后，生活如常。四月，当曾经种着粮食的农田里烂漫出整片整片的桃花林时，迟庄村一、二、三队的拆迁时间也确定了下来，队长给大家通知的是五月中下旬。

当初开拉面馆致富的马武，已是迟庄村的村支书，媳妇金巧巧开了一家快递公司，两人的一男一女两个孩子也慢慢长大，四口之家生活得其乐融融。拆迁是村里的头等大事，马武忙前忙后，希望在政策范围内，能作出尽量让乡亲们满意的安排。

各家租房子的事多由女人们操心，梅清和几个妯娌很快在秦渠对岸一个前几年刚建好的拆迁安置小区租到了合适的房子。

迟元易整理库房，把能卖的东西都卖了，梅清把院里养的几十只鸡也一次性卖给了鸡贩子。半生家当，丢舍哪个都是在丢舍一段不忍别离的岁月，终归该舍还得舍。

迟环旺每天下午都会拿着自己的小木凳，出大门后坐在自家院墙根下，他会发现，那里是和他一样的老人们的聚集地。岸上的花草树木、岸上的人、渠里的水，都彼此认识，一家家庭院拆了后，草木依旧人依旧，只是熟悉的生活方式和环境从此不会依旧。

五月下旬的一天，拆迁的机器被司机师傅开进迟元易家，一砖一瓦盖起来的房屋随着机器的轰鸣轰然倒塌，变成零零落落的残砖废瓦。砖瓦们唱着最后的凯歌告别多年为主家遮风挡雨的忠诚，也告别由他们垒砌的一屋一舍中四季三餐的烟火日月。

和拆迁工作同时进行的，是给失了土地又拆了宅院的农民办养老保险，两件事情在行政高效力的推动下，都很快完成。

当生活中那些不愿面对的艰难时刻变成回忆时，也就为现实增添了些许平稳的力量。老人们在新租住的小区遇见，免不了找个阴凉的地方坐下聊聊天，讲讲生活变化带来的各种不适应、不习惯、不自在。可日子长了，总要接受现状，再见面，聊天的内容就变成对乔迁新居的向往，毕竟租来的房子总是别人的家，晚上睡觉做梦都没有底气。

迟元灿按照政策履行层层手续后申请了一块空地，原地盖了上下两层房。六月初，连房带院都收拾妥当，院里种着各种蔬菜，移栽了桃树杏树枣树，养了两只狗几只鸡，院外是大片柳树林，树林里有各种各样的鸟叫声。树木的枝枝叶叶，连着白天夜晚的日月之光，鸟儿们鸣叫着振翅飞翔，它们都是天地的忠诚使者。

家里忙过一阵子，连续好些天，都没见王琴露面，后来才知道，先是她娘家大哥的儿子考到了重点大学请兄弟姐妹们吃饭。没过几天，又得知二弟在执行公务的过程中英勇牺牲的消息。王琴二弟从一名普通警察成长为公安局分局局长、四级高级警长。期间荣立过个人一等功，多次获得各级各类个人荣誉与奖项。从警以来，遇到什么危险的出警任务，他都冲在最前面。牺牲的那天，也是他亲自带队抓捕持刀犯罪嫌疑人，他用自己的挺身而出保护了身边的人。

迟庄村的人都说，秦渠水滋养了一方人，王琴二弟是这一方人里的英雄，是乡亲们身边护人民平安的好官。

很快又到七月半。当天，庙里主事的几个人联系了宰猪的人，原庄的很多人都去买猪肉。喜鹊落在庙前的空地上，信步间欢叫几声。几只毛色不一的流浪狗耷拉着尾巴，趴在地上直吐舌头。帮忙做饭的几个人找来餐盒，给几只狗盛水盛饭。流浪生活的现实似乎使它们更懂得适应周围环境，它们就是嗅着食物的气息精准地定位了目的地。

晌午过后，在庙里吃过饭买了肉的人开始陆续回家。往年都是迟安源宰猪，这次换了人。自从没了闺女和老父亲，迟安源开始相信命运，他决定放下屠宰刀，换个方式谋生。静静去世后，迟安源和李萍两口子只剩楠楠一个儿子，二十几岁的小伙子，没个正经工作，成天在家侍弄信鸽，姻缘在他可有可无，倒是看得开，但也没谁能知道他内心深处的想法。和父母，他更是极少聊天。迟安源也懒得管自己儿子的想法。征地后，家里经济情况有所改善，楠楠跟父母商量在新开的家具城租个商铺卖家具，做生意有风险，但迟安源夫妇还是支持儿子去尝试，买卖之道，边干边学，总比无事可做好很多。几年下来，除去租金，家具店总归赚了钱。楠楠也娶了个比自己大五岁的同行为妻，夫妻二人齐心，生意越做越好。儿子出息了，李萍说话都不像以往那么结巴了。

迟环旺从庙里出来，推着伴他多年的那辆自行车，看看前面的路，心里滑过一丝朽之将死的悲伤，然而，习惯性的生存判断又让他很快回到烈日普照的现实。这辈子再无他求，新房子总该能住上！

李嫦月坐在院里阴凉处，手里正纳着鞋垫。大黑狗用舌头舔了几口水，身体微蜷地躺着，时不时用尾巴甩掉落在身上的苍蝇。变了，什么都在变，可为什么变，这是寻常百姓在表层生活中回答不了的问题。

见迟环旺推着车进来了，李嫦月问："吃了没？"

迟环旺说："吃了庙里的饭。"

看着自行车，李嫦月又说："老了，腿脚不灵便了，以后车子就别骑了。"

迟环旺笑着语速缓慢地说："现在么，能骑一天算一天。"

老两口你一句我一句地聊着。迟环旺让李嫦月给他挠脊背痒痒，李嫦月说："一来就让我给你挠，平时咋弄呢。"

"大孙丫头给我买了个挠痒的木头抓，小孙丫头也给我挠，总都没有你挠着自在舒服。人一老，啥事都干不了，天天就吃那几顿饭，不知道这条命能活到哪一天。"

"活一天算一天，日子这么好。以前那么难的日子，吃了上顿没下顿，穿个衣服不挡风，可难归难，谁都巴望着把日子往前过，再看现在，党和国家对我们多好，有那胡思乱想的时间，不如多享点福。"

"确实好，哪都好，就是越老胆子越小。这也怕那也怕，怕摔了磕了，怕头疼脑热了。你说一上午，骑车子慢慢骑到庙上都不利索，来这的时候，路不平，还推了一段路。腿脚不灵活，才知道心里有力气使不上劲真是个多憋气的滋味了。"

"谁还没个小的时候，谁又没个老的时候，顾虑着点也对，最起码干啥知道小心。人老了得服老，不服不行。但也不要总把老挂嘴上，好时代，好日子，就要活精神些。"

"你说对的呢。"迟环旺看看院里的菜，又说："还是有个院子好，要不我也搬过来，也多个能听你说话的人。"迟环旺下意识想了想自己是真想过来，还是不放心老婆子，他把主导权交给了李嫦月。

"成天哪有那么多话呢，小年龄的那些年也没一起说过多少话。你要是在租的房子住不惯，就来这儿。"

"你一个人住这儿，太孤了。"

李嫦月先没接话，顺着自己的意思说："前段时间，茉茉她外奶奶做了心脏支架手术，老四媳妇接来和他们一起住方便照顾。茉茉外爷也病了，两个儿子家都忙上班，茉茉大姨嬷把她外爷接家里照顾了，结果婆家不愿意，婆媳吵了一顿。最后亲家还是回了自己家，大儿子给请了个保姆照顾，大丫头和二丫头有时间也回去照顾。你才说人越老胆子越小，我瞧着胆子小是一方面，想法倒还多了。茉茉外爷和外奶年龄还没我们大，一下都病了。人也是虚活的呢，不知道老天爷会在哪天给谁拨置个啥灾难病疾。你说我一个人住这儿孤，我其实一点也不觉着孤。这么多年煮了煮、洗了洗，侍候老的，照顾小的，苦没少吃，气没少受，我也烦也累呢。现在这年龄，能行动自如，没病没灾，还不用操心这操心那，我瞧着这日子才是我这辈子过得最好的日子。多数时候，老四也在这边，儿子丫头孙娃子孙丫头都也经常来，我老婆子心里实落着呢。"

迟环旺看着李嫦月，他并不具备准确表达自己情感与想法的能力，从出生到衰老，将近一生，在经验化的生活里，他又何尝真正表达过！只是，他知道，此时自己的内心是有判断的：他们这一对老夫妻，已经不再彼此需要却在彼此关怀。老婆子在一个人的生活里感觉到轻松幸福，他也早已习惯和老大一家生活，他们有着各自拥有的知足和自在。

他说："你觉着行就行，好就好。我最近老是梦见我那早早离世的妈，啥也不说，看着我笑，我也跟着笑。梦醒了，睡不着，就想想咋活老的，好多事想不起来，心里还着急。"

"想不起来就慢慢想，大半截身子入土的人了还有啥好着急的。我进去泡缸茶你喝。"李嫦月说罢转身进屋。迟环旺忽然想起小时候最疼他的爷爷把瓷缸放在炉盖上热茶的情景。他心想可能年龄大了就这样，想把记忆完整连接起来是困难的，但零碎的记忆又总会不请自来。

迟环旺也进了屋，拿出木凳坐桌子旁喝茶。屋里光照充足，呈弧形一梯梯往上环的木梯看着也比较舒服，老四盖这房子，没少花心思。自从出院后，迟环旺就没再抽烟，茶却越喝越爱喝。

几只喜鹊落在院里的树上，热热闹闹一阵叫。老两口聊起许多过去的事，他们只是聊天，并没有意识到为什么总要回忆。可为什么总要回忆？也许回忆是在用最近的距离关联过去。回忆里没有未知，没有不确定，回忆是安全的，也是与自己达成过和解的。

提起低标准几年的饥饿，老两口像是在说梦里的事，那些年日子得多艰难，赶上年月的孩子能活下来实属不易。

李嫦月说："现在日子好过了，人都反倒活得浮躁了，餐厅一碗碗一盆盆地剩饭倒菜，看着都心疼。不管啥年代，人不能忘本，要惜福呢。"

迟环旺说："没经历过难肠的人谁管那个难，各把各的做好就是本分。"

阳光一点点沿着窗户轻轻西斜。迟环旺走出院门，缓缓骑着自行车，目送天边的霞光投入暮色的怀抱。

农历七月的最后一个周末，迟元易的三个子女携家带口回到父母家。梅清提前买好了菜，准备了孩子们爱吃的肉，只是在回来之前，迟禾就事先定了自己主厨的身份。这顿饭不论她做成什么样，都有种特殊的心结与情节包含其中。姐姐出嫁的几年，婆家大大小小的事她没少操心，多多少少的活她也没少干。哥哥嫂嫂和他们不在同一个城市，上班忙，宋萱又有了身孕。迟禾未嫁时，每天下班回家就能吃到妈妈做的可口饭菜，吃完饭收了碗就去午休，剩下的事自然有当妈的给她做。一周当中会有两三次晚自习，爸爸晚上再接她回家。以前，她觉得日子本如此，也会总是如此。她的憧憬和期待里从未出现过不和父母在一起的预设，她本人也许并未意识到这种潜在的逃避。结婚后，当她开始担负起自己的角色与责任时，才发现，不在父母身边，从很宽泛的层面讲，就是离开了一个习惯已久的舒适区，离开了父母本能的关怀与照顾。

她越是在自己现下的生活里感受到与以往的不同，就越生出几分愧疚，她总是在索取。厨房里的饭香，弥漫了平米数不大的整个屋子，时间的记忆大概就在锅里咕嘟咕嘟响起的声音和冒出的蒸汽里。那年复一年的一粥一饭，不用心在意的话，便是生活里极易被忽略的微不足道的日常，可细想来，含着的得是多浓厚又温暖的偏爱。迟禾把装满她整个心灵的仪式与情感输入于亲手烹饪的食物里。

姐妹俩还像小时候一样，一起围着灶台转，只是主副厨的身份在她们之间实现了对调。迟柳对妹妹啧啧称赞，这哪里还是当初只会围着她问这喊那的小丫头。

开饭前，迟谷把奶奶接了过来。一大家人满面含笑围桌吃饭，多少年来，迟禾第一次听自己的家人这么愉快放松地把饭食作为聊天的话题，听到家人的肯定，迟禾也便放心大胆地自夸一番："饭当真是好吃，我也当真是带着几分厨艺天赋的，以后都想吃啥，尽管跟我点餐，在我不上班的情况下，随叫随到，我就是那个移动的厨子。"

全家人都听笑了，迟谷说："夸你几句，你还来劲了，论做饭，你和柳柳都没有妈做得好吃，不过比起你嫂嫂，水平还是高那么一点点的。"

林舒说："哥，你可别犯嘴强界的原则性错误呀。"

宋萱笑呵呵说："事实就在眼前，不用这么明显地暗示，迟谷说得对。妈和柳柳禾禾做的饭本来就好吃，我巴不得天天能吃上这么好吃的饭。"

迟谷和他的家人们对宋萱的认可早已扎进心底，迟元易和梅清对她同对自己的孩子相比除了多少有些非亲生亲养的边界感外，情感上并无什么区分，这既基于宋萱特殊的命运，也基于迟家人与宋萱本性里同样的正直善良。

琛琛指着沙发上放的汽车模型，奶声奶气一句"车车，玩"，将大家的目光也吸引到沙发。

李嫦月眼里尽是慈祥，慢慢说："娃娃只愁生不愁长。"回头又关切地问："谷谷，你和萱萱啥时候让爷爷奶奶见到小重孙？"

迟谷说："奶奶，您的小重孙也快出生了，也可能是个小重孙女。"

"不管男女，都好，健健康康就是福气。"老人的笑容里尽是满足。

饭后，迟禾收拾厨房。听说堂哥堂姐都回来，没一阵，迟茉和迟碧也专门来了大妈家。两姐妹进门后跟大家一一问好。开学后一个高三、一个初二，迟茉已经上了一周的课。四个孙女中，迟环旺更疼爱年龄最小的迟碧，迟碧对爷爷也更为亲近。他问俩孙女吃饭没，迟茉说："爷爷，我们吃了饭过来的。"

小姐妹俩都去逗琛琛耍，迟柳教孩子说："叫二姨、小姨。"琛琛照妈妈教的学着说。

迟茉说："真乖，说话发音这么清楚。"

迟柳洗了水果往饭桌和茶几上各摆了一盘。大家边吃水果消食边聊天，话语里谈着老人的身体健康，青年人的工作学习，孩子的出生、养育和成长。四世同堂的屋里，是各家相似的生活日常，也是日常生活中最可贵的安心与幸福。

迟茉进入高三隐约感受到学习的压力，在考大学这个很快要直接面对的实际问题面前，心里撑不起多强的底气。

"姐，你高三的时候有顾虑和害怕吗？"

"有，那时候并不知道后面会迎来什么样的关于我们这个家族的生活安排和关于我个人的人生安排。不知道地会被征，也不知道房子会被拆迁。考上大学能解决什么问题也并不清楚，但考不上大学就要立刻面对的现实却再清楚不过。"

"你咋克服那种心理的？"

"考不上，可能就没有上学的机会了。听课、看书、练习，把能做的都做了，能做好的往好做，除了这样，也不知道咋办，认死理地在心里笃定自己的行动，不愿不敢也顾不得思虑前程。"迟禾笑了，带着青春甜美又苦涩记忆的笑。

迟茉说："姐，我没有你那么好的心态，学习效率也不高，干啥事既怕困难更怕面对失败，有时候悄悄思想，要是没出生就好了，就不用为各种各样的事情烦心了。"

迟禾说："生而为人还谈什么不愿出生，一辈子不容辜负。谁都不见得天生就是勇敢的人，你不觉得在关键未知的每一步路面前，人多少都是带着胆怯的，你现在这样，我以前这样，大概只要是成长的人，都会各有各的逃避与憧憬。我也不过比你年龄大了一些，才能以度过的时光为底气和你这样说。青春是一代代人在规律中的经历，它有很多代名词，困惑迷茫也算其一，你要相信你有的感受，你这个年龄的很多人都会有。"

迟茉从堂姐的话语里获得了一种直面而行的力量，她觉得堂姐懂她理解她，心里也默默涌出些温暖与感动。

琛琛满屋子走来走去，迟柳怕小家伙摔倒，跟在后面看护，迟禾看向姐姐和孩子，迟茉也跟着看过去，两人都笑了。迟禾说："你瞧瞧，这母子俩都在做着同样纯粹的事。琛琛在纯粹地走路，姐姐在纯粹地看护。再瞧瞧这屋里的每个人，包括你自己。"

迟茉说："除了看大家都很高兴和放松，我也瞧不出个啥。"

迟禾说："你这不就瞧出来了吗。把你眼里见的都往心里放，再把放进心里的扩大为和时间重合的当下的知觉体悟，就会多少促使你舍去一些偏执的看法。害怕也是偏执的一种，因为偏执于成功而害怕失败，因为偏执于结果而想要逃避过程。你所瞧见的，这屋里的每个人释放出的情绪是高兴放松的，那就把你眼里瞧见的先理解了、接纳了，把你自己也融入到这份体验里，慢慢地，也许你就变得勇敢了。"

迟茉带着明显兴奋的语气说："姐，你这些话我可能还不完全明白，但我就觉得你说得太有道理、太对了。当我眼里能看到大家放松高兴的时候，其实我心里也就放松高兴了。大姐以前相亲，回来还常哭鼻子，大妈不知道她为啥要哭，我也不知道，但却能感受到大姐心里的难受、失望和害怕。再看现在，大姐过得挺好，我对相亲的排斥感也就降低了。我从你们这能看到一些自己未经历过的事情的影子，其实也能提前有个心理暗示。"

一阵敲门声，打断了大家的聊天，迟禾开门后，问了声"二妈四妈好"便让人进屋。"二妈"姓闫，"四妈"姓崔，嫁给了住在新庄子的迟贤、迟科兄弟。兄弟俩的爷爷和迟元易的爷爷是堂兄弟，迟庄村里，但凡姓迟，四代五代人之间定然有或远或近的亲缘关系。

闫二妈说："家里这么多人，我们就不进去了。"

梅清说："都是自己家里人，来了哪能不进屋。"

崔四妈说："大嫂，我们以为你闲着呢，叫你一起去新盖的安置楼那边转转。你家里来人不方便，我们改天再来叫你一起走。"

迟禾来了兴致，说："妈，我也想去转转。"回头又问："你们要不要一起去安置楼那边看看。"

除了迟茉，没人响应，迟禾说："那就你们家里待着，我回来把见到的情况讲给你们听。"

林舒冲迟禾笑笑，说："去吧，等你和妈都转回来，我们争取做好下午饭，我主厨。"

迟禾打趣道："这个安排和建议非常不错，要表扬。"

时间一致，却会被不同的事情和行为填满。走出门的瞬间，想到自己要做什么，屋里的人要做什么，迟禾的大脑里又闪出关于时空的疑问。她随心起意地用心学的视角理解时空，以为时间是空的，空间是满的，可万事万物本就相对，时空更是如此。此刻，屋里屋外，每个人心念触及的存在才是与自己生命融合的存在。心念不动、不被触及的存在，便与生命个体连接不了价值与意义。意识到自己瞎想无用，也便收回心思。先转，转回来看林舒能做出一桌怎样的烟火色。

租住的小区离正建的安置小区按照直线距离算，相隔不到三公里的路。以前只有渠，没有桥，走过去得绕不少路。冬天渠里结冰，还能翻渠抄近道，渠里有水的时候没法抄近道，只当是多走走路锻炼了身体。

沿小区东边南北向的福祥路往南走，远远看见与路连为一体的刚建好不久的桥霸气地横在秦渠之上，水只有流过桥下时是默默的，过桥前后是另一番自得姿态。

走在路上，走在桥上，迟禾的内心如这夏末不算炎热还有几丝风吹过的天气一般，被记忆涌得狭窄，而那狭窄处却始终亮着一束光，照到正在行走的脚下。

几个月的时间，原是土质渠的秦渠经过生态改造砌护早已不见泥沙裹挟、尘土飞扬，两岸护栏设计、道路硬化及景观绿化，都被整体纳入秦渠公园作为城市带状公园的项目建设中。路面硬化还在继续，环卫工也在打扫卫生。迟禾始终没想到这条路是在这样的时间以这样的方式被修整。确实，修渠修路都是大工程，从古到今，渠和路一直是民生之重、社会发展之重，是大地最亲密的脉络。今渠今路今人在，纵使昔人已去，而古老文明始终沿着渠、沿着路、沿着匠心和民意代代赓续。

记忆里挨家挨户用院墙围起的领地界定没了丝毫痕迹，院墙后醒目伫立的电线杆也不见踪影。属于迟元易家的记忆，是渠岸边那三棵正对大门的极为粗壮高大的椿树。散落的几棵梨树、枣树、核桃树、沙枣树，则藏着别人家院前屋后的记忆。那些树，一棵不动地被保留了下来，成为以后会越来越完善与美观的秦渠公园的一部分，也成为以后漫步在公园的行人眼里的风景。

此后，这里会被建成生态景观与人文气息融合的倚傍秦渠而得名的城市公园，路过的人们，不会知道被黄河水没过的秦渠，哪里藏着闸口，哪里曾是小孩子喜欢往对岸扔石子的地方，哪里曾经砌着土坟头，哪里在春天的时候，单单开着一树桃花。

秦渠两岸，半生种地的庄稼人，也是半生与秦渠打交道的庄稼人，只见着秦渠的四季与四季里隐隐产生的命运交点。至于渠道被水冲刷过的淤泥沉积与宽窄变化、渠底积水的深浅与积水时间的长短、冬天什么时候结冰春天什么时候融化、沿线两侧居民往渠里倾倒垃圾等关系渠道环境与面貌的生态现象，庄稼人大多看不到眼里。即使看到，只要没从根本上影响农田灌溉，庄稼人依旧不会在意。假设在意，也只是抱怨"也没人管管"，或念想"要是有人管管就好了"，至于谁来管、管什么、怎么管，庄稼人恐怕不知道。

内心总有一种向好的愿望，但愿望的方向在哪儿，没人能清楚，他们需要被组织、被带领，结着伴浩浩荡荡奔着生活走。当他们的生活已然发生改变，敏锐点的，总归明白，原来愿望的方向是国家，是党的伟大领导，是一代代普通平凡的老百姓汇聚起来的大江大河。

这些庄稼人中，不说旁人，就说闫二妈，婚后两年，生了一对龙凤胎，一家四口过着虽不富裕倒也其乐融融的生活。俩孩子初二那年暑假，弟弟小序频繁出现头疼、发热和呕吐现象，起初家里以为是积食连带普通感冒，就给吃点常备药，再待家里不出门静养几天。快开学时，小序不见好，反倒症状加重，家人才慌忙带孩子去医院检查，检查单对一个只能在普通状态下维持最普通生活的农民家庭而言，无异于晴天霹雳：小序得了小儿麻痹症！

为了给孩子治病，娘家夫家不管能不能张口借钱的亲戚，她都张了口。跨进各家门槛的同时，也跨进了人情冷暖、人性薄凉，果然，金钱面前易见人心。从那时起，闫二妈就决定更要好好活。几年后，小序的病成为家里的常态。她平日和梅清关系近，有啥话也愿意跟她说，回想起艰难时的心思，她说："有一天，买了药回家，刚走到渠摆，就刮起一阵风，沙沫子还在嘴里碜牙，雨点子又急急往身上下，穿着裂开后跟的鞋走在路上，心里思想，日子咋就这么难活，啥时候是个头。雨下在渠里，渠水晃眼，脑子也跟着晃，就想跳下去一了百了，步子沉沉地往渠边挪，又想，我死了，倒是清静，娃娃咋办，家咋办，抹把泪该咋活咋活，总该有好的时候。"闫二妈没说出来的是，多年前那个秋天的下午，秦渠岸上，没有鸟雀的叫声，只有雨落在树叶上、落在水里的声音和她毫不掩抑的哭号声。

梅清听着，泪花在眼眶里打转，灾难疾病哪怕只是作为一种概念的存在，思想稍一触及，她也会迅速回避，而当它们落入哪户人家，他们又该如何面对。她同情闫二妈的不易，也敬着她的勇敢。再想想姚婶、雷喜兰、李萍，哪个不是苦命人。去年，她心里的苦命人又多了一个，这人便是头婚死了丈夫二婚嫁给河南人孙长顺的刘丹玉。她家是村里最早一批借助国家贷款政策发家致富的，家境也算殷实，可谁知，和已故前夫生的儿子迟翔远去年跑车时出了车祸，当场死亡，留下儿媳妇和一岁多的小长孙。两个月前，儿媳妇改嫁了，孙子留给了她和孙长顺老两口。这些人的遭遇，总让梅清更加深知平安无事便是福的道理，即便命运横冲直撞不讲道理，可梅清总信且敬着命运。

小序病后，腿上跟着落下一辈子的残疾，往好处想，即使步子别扭，总算还能走路，只是走多了腿疼。学校他也没再去。小序性格腼腆，与他轮廓分明的面容似有不符，乡邻们见着，不觉叹息说："这孩子可惜了。"小序知道周边的人从他生病后就没把他当正常人看，可他心里同样藏着每个正常人都有的希望与向往。闲在家里的时候，他没少读书，越读书越觉得生命荒芜也挡不住人间可爱。他爱自己的父母姐姐，也爱身边经受苦难依然心存善良的人们。与常人相比，一个残疾人确实算不得正常，他仔细想过，以后不结婚，不拖累旁人，只要他熟悉了自己的生命轨迹，只要现有的情况不会变得更差，他就能安稳地活在自己的岁月里，纵有孤独与苦楚，活着，就能消解。

闫二妈说小序，不管别人咋看，生活都是活给自己的，路还长，谁知道以后会是啥样子，一场病留下的痕迹，这么多年，该看明白，也该能接受，最起码现在身体已经好了。心里有希望，就要去争取。

小序慢慢地也想明白了一些道理，他不再自卑，不再忧虑。当他自己的想法改变后，发现身边的乡邻们对现在的他和对没生病时的他并无变化，他还是他们眼里不变的小序。

太阳冲破薄薄的云层，舒展在天空。闫二妈不敢相信脚下走着的就是当年她穿着扯了半截鞋帮、鞋底踩在下了雨的泥水里独自一人无助地走过的同一条路。眼前的路，青砖曼延，随着渠里流淌的水延伸到目光触不尽的前方，与太阳洒向大地的光连接。

走在路上的每个人脸上都溢着浓浓的笑，闫二妈的酒窝也笑得更深了。

崔四妈看向侧前方，目光停在一棵核桃树上，核桃树叶在阳光下泛着光，浓郁的绿和枝头还未长熟的核桃都似大地的脉搏，彰显着生命的气息。她回头对闫二妈说："二嫂，瞧这核桃树，你家院里的。没人管它，还结了不少核桃。"

迟禾顺口来一句："这是核桃树的忠诚。"

崔四妈说："文化人说话就是不一样，受听。"

闫二妈说："院没了，树也不是我家的了！"

崔四妈讪然笑道："也是，不过感情上还转不过来，觉得还是咱自家的树。毕竟这树长了多少年，咱就看了多少年。"

闫二妈又说："用禾禾的话说，这棵树还真是忠诚，夏天给咱遮凉，秋天，核桃熟了，从树上打下来，皮去掉再晒干，两个娃娃可喜欢干这些活了，还没吃到核桃，就都高兴上了。"

听闫二妈说自家两娃打核桃，迟茉不知意会到了啥，嘴角弧度跟着扬起。

迟禾已经猜出几分，笑着问："茉茉，你笑啥？"

"闫二妈说小雯和小序高兴打核桃"，迟茉指着之前属于自家院里的那棵枣树，眼神似要够到树上的红枣，说："那棵树上的长枣水分大还特别甜，每年枣子熟了，我和迟碧迟辰在院里看我爸踩着梯子揪枣，揪不了的就拿长杆轻轻打下来，我们三个在地下铺一圈布毯接枣捡枣，就这点事，可干着就是高兴。"

迟茉见大妈也笑起来，好奇道："大妈又笑啥？"

梅清说："小孩子摘果子都在新鲜里乐呵，你哥哥姐姐小时候也爱干这些。要是专门当个营生去干，就没那高兴劲了。好多年前，你大概还不记事，一个亲戚介绍让你们爷爷帮忙给别人家看苹果园，爷爷想着看园子也不累，还能挣钱，就应下了。苹果熟好了又雇人揪苹果，我和你二妈三妈还有你妈你小姑都去了，你姐姐和几个哥哥也去了，刚揪了一天，就都蔫了，第二天让走说啥都不干了。"

回想起当时的情景，迟禾忍不住哈哈笑着说："妈把我老底都给揭了。摘自家树上的果和给别人家干营生摘果肯定不一样。抛开旁的不说，只要见着结果子的树，闻着果子香，心里总该是舒爽的。"

迟茉认同姐姐的观点，顺着话说："确实，果子是挺招人喜欢的。"

姐俩你一句我一句："那可不，一棵树从小幼苗长成能开花结果的树，得吸纳多少天地精华，最后才有了果香压枝的成熟。小孩子都多懂事，知道果子结来不易，才丝毫不掩饰格外珍惜的那份高兴。"

"哈哈哈……"笑声泛入秦渠，融入水的涟漪……

一路看着几个月来的变化，说笑间，醒目的施工围挡也挡住了往前走的路，被脚手架包围的正盖的楼房探出围挡。

崔四妈说："队长前段时间叫迟科喝酒，说是一期工程国庆节前就能完成交工。大概明年夏天，咱们就能拿到新房的钥匙。"她看着闫二妈，思虑道："二嫂，要是能分一套门面房，你就把现在的小卖部扩大规模，开超市。"

闫二妈说："按照拆迁拉线的数据折算，我家总共能分到三套房再余三十多平米，就看到时候咋个分法，能分一套门面房再好不过。分不上就是租房，也得为小序某个个体营生。公家给咱们盖房，又赶上国家针对失地农民而执行的养老保险政策，真是太好了，不能奢求太多。时间往回退个七八年，谁能想到会有这么大的福分降到我们的日子里。"

迟禾的思绪早已脱离了眼前……

耳边响起池庄小学的铜钟声，"铛……铛……铛……"老师说"下课"，她喊一声"起立"，同学们说"老师再见"，老师拿着课本才走出教室，同学们就紧跟着跑出去耍。被围挡围起来的一大片施工场所，正是承载着迟庄村大部分孩子童年成长的小学。各年级的教室、跑操升国旗的操场、打水捉鱼的鱼池、雨后采蘑菇的树林一一浮现在她眼前。

迟茉的问话把她从神思中拽回，"姐，这地方以前是不是我们的小学？"

"按照从三棵大椿树到这里的路线距离看，很大可能就是。"迟禾几乎可以肯定。再度出神，她仿佛遇见了小时候的自己。小迟禾问她："长大了好吗，我一直停在这里，等你告诉我。"迟禾在意识里回答："我长大了，又好像从未长大，也没法跟你说长大好还是不好，这些年，我只是在使劲长大。我都结婚了。"小迟禾的眼神里竟带着些许忧郁，"结婚？幸福吗？"迟禾定定地看着，"……"不知要说什么，她只觉得每个简单的问题都无法以简单的言语界定，"长大""幸福"都是神圣的篇章。瞬间，小迟禾转身，笑脸迎着阳光，清风，花海……

以生命的逐渐流逝为代价的长大，有些虚晃得刺眼，可是，长大，挺好，唯有长大，才有回头看的机会，而回头看才能更清晰地理解当下。已经长大，从此，大可不必盼长大。

一番胡乱的思想被一阵狗叫声打破，迟茉下意识往后退，待狗跑开，她后怕地说："幸亏拆迁了，以前走学校的这段路，大部分都是田，最害怕正走着跑出来一条狗，狗叫几声吓得走也不敢走。听新闻里说人贩子拐卖儿童，挺吓人，幸亏我们那时上学没遇上。"

迟茉的话触及到大家的共鸣，虽是共鸣，角度却又不同。

崔四妈说："我们几个队的娃娃现在都能在城里上小学，条件越来越好了。"

闫二妈说："那时候心真大，根本没考虑过上学路上还能有啥安全问题，放到现在，你看城里的小学，放学上学的时间都是接送娃娃的家长。"

想起迟柳迟禾上小学前的那个夏天，迟祝媳妇找她聊天的情景，梅清说："柳柳禾禾上一年级时，迟祝家的明明那年也上一年级，你们白嫂子问我要不要托关系让娃到城里上学，我说我们家哪有啥可托的关系，就是有，也下不了那个情面张口麻烦别人，还是和谷谷一样，就上迟庄小学。秋天开学的时候，明明上了城里的小学。没过几年，一二三队的娃娃小学划片就都划到城里了。从娃们上学开始，都是按要求该到哪上就到哪上，哪敢奢望别余的选择。"

梅清还想说感念娃娃们都健康平安长大。顾虑到闫二妈，话未出口。她还不明白这份感念要投向哪里，但她知道这些年，只要勤快，只要带着盼头、跟着党和政府的政策指引，踏踏实实奔日子，就能有出路。

几个人当中，只有迟禾更能理解迟茉话语背后涉及记忆的担心与害怕，毕竟她们都是那些年来来回回走在那条路上的孩子，是孩子，大多都会在大脑里生出一些或常规或古怪离奇的本能的害怕。其他孩子那时都以为她胆子大，喜欢和她一起玩，也喜欢和她结伴上下学，尤其是冬天，而她也刚好借他们的势放大自己的胆量。直到后来，她熟悉了路过的春播秋收，熟悉了为数不多的几户人家护院的家狗乃至不时出没的野狗，熟悉了吹过的风和青草香花香，也熟悉了应季的雨雪，她会把自己和同伴都看到的景、事、人，通过自己的感情过滤再讲给同伴听，见他们听得那么认真，迟禾就觉得有意思，有意思的东西就会爱而不会害怕。可是，以成年后的视角回头看小学的日常，又确实感到极为庆幸，安全是一个人一生的重要命题，更不消说还没有自我保护能力的孩童时期。如今大多数孩子被保护得越来越好，却又有新的问题需要实现代际间的关注。

迟禾说："下次过来，楼就该盖好了，茉茉，当记忆被新的生活覆盖时也许会变得更理性。"

迟茉看着迟禾，说："姐，记忆应该不平等。"

迟禾回应："经历时间的记忆，最后都会平等。"

心怀憧憬折返回家时，从每个人脸上的欢喜可以看出她们已能坦然与过去告别。闫二妈和崔四妈先到家门。分开后，迟禾说："出门时，林舒说下午饭他主厨，希望一进门能吃个现成饭。"又对迟茉说："茉茉，下午饭在大妈家吃，尝尝你姐夫的手艺。"走过窗前，已有饭香味从打开的窗户里飘出来。

刚好一阵风微微吹过，柔软地载动岁月的烟火……

十四、如愿

　　旧年沉默不语，新年耀武扬威。又一年。

　　立春当天，人们依然沉浸在浓浓的年味里，各家女人一天中的大部分时间都在厨房忙活，男人们觥筹交错间常有人醉了酒。像是有根指挥棒在统一指挥着人们的生活，初七一过，社会活动分散的细胞开始收紧，回到如常的运行轨迹。

　　迟环旺这个年过得比往年沉重些，他对自己身体的力不从心感到难言的恐惧，孙辈们看他，他总说不知道还能不能住上自家的新房子，听话的人心底落了几分伤感。

　　正月十五，迟禾约付娴孙媛找了个环境好点的火锅店吃火锅，两个初中同学都已婚。付娴安家西安长安区，自己经营一个教辅机构，孙媛在一所小学当老师。三个少年时期的伙伴坐在一起，十几年时光的弦音随之跃动，谈到职业理想的话题，付娴说："几年前，理想还在路上，现在，能手握一份职业这么真实近距离地和你们共谈理想，少了迷茫和挣扎，莫名幸福。"

　　孙媛是三人当中最务实的一个，她很少去思考虚无缥缈的问题，也不会费脑力去对未知的一切做假设，她总调侃说她俩那些无病呻吟的感慨浪费时间，她俩则说她体会不了虚实相照的乐趣与平衡。孙媛说："我一个小学老师，能安安稳稳教书，娃娃们长大后能带着点愉悦的情绪回忆自己小学的英语课堂我就满足了。"

　　迟禾往咕嘟咕嘟的汤里涮一片生菜，夹到碗里蘸汁吃，看她吃得美滋滋的样儿，付娴孙媛相视一笑。

迟禾掺和一句："不管啥理想，依我的认知，食物面前都先让让。吃饱肚子才有底气，也够畅快。"

"咱给迟老师多煮点菜。"孙媛拿公筷分别往清汤和麻辣锅里下菜。三个人早已熟悉彼此的饮食口味。

"哈哈，这么多，太狠了。"付娴起哄。

迟禾说："大学实习期间，观察老师们的日常工作，看到他们工作的不容易，也看到了一些老师年复一年后越来越浓的职业痕迹和越来越淡的理想成分，不知咋的，就产生了点孙媛所说的无病呻吟的想法。"

"咱仨本质上其实干的是同一类工作，理想的前提是不得先有情怀，情怀支撑理想，我跟我爸妈讲情怀，他们说那东西看不见摸不着的，好好想想咋把自己的日子过好就够了。"付娴继续说："咱国家几千年的思想积淀，若是国民意识里没点情怀与理想，那我得从心里为丰厚的思想喊冤。"

迟禾笑说："你是在为理想追本溯源啊。思想文化环境是会与每个人的生命建立关联的外围大环境，而决定人的价值尺度的因素是多元的，也是复杂的。你以为理想需要情怀支撑，只是你又如何界定情怀的有无、多少和深浅。咱国家几千年的思想积淀何止灿若星河，发展传承至今，更被赋予很多新内涵，我们也只是凭着局限的认知在拾取，你现在已经不只是要谈你个人的职业理想，而是想说更高层面的家国理想与情怀，这个对于过着普通生活的普通人来讲是有些为难了。"

付娴揣摩迟禾的话，说："好像也就那么一说，还没触及到你所说的层面，但潜藏于心的忧患意识多少有点，不管什么样的层面，想要到达总比站在原地好，潜移默化地输出与渗透，也是教育的责任所在。"

"我们在意职业理想，包括你所说的情怀，是因为它原本已融入我们的精神习惯之中，脱离这些所谓看不见摸不着的东西，我们会觉得自我不完整，生活不完整。这种理想藉由对我们能感知的意识的理解，延伸出更有力量的价值判断，这是我们的价值尺度。也有人会在本能的驱动下采取自己所理解到的相应行动实践，饿了吃饭，渴了喝水，没钱了想办法挣钱，那是他们的价值尺度。其实都是在解决问题，指向的结果殊途同归，人不都得活着吗。有价值尺度就证明有是非判断，是好事，至于价值尺度差异，那是必然现象，多态才更丰富。"

孙媛往付娴迟禾碗里夹菜，说："你俩真能叨叨，吃点接着说。"

付娴说："叨叨后吃菜，更香。"又问迟禾："你朋友陈妍最近咋样？之前听你说了她的不婚主义的观点，又说她觉得当老师不合适，要考公务员，考了没？"

迟禾说："不仅考了，还一考即中，笔试面试都第一，我可是崇拜了一番。只是给卡到体检了，和视力有关。陈妍说那是变相的由头。"

付娴孙媛异口同声地问："咋弄了？"

"还能咋弄，她也争取过，没用，说今年继续考。"

"可惜了。再考哪那么容易。光是复习备考的过程就够熬人。"作为昔日公考大军里的一份子，孙媛对公考也是深有体会。

迟禾一阵若有所思后说："我打算和陈妍一起考。"

此话一出，坐对面的俩人满脸诧异。

付娴说："刚还说当老师是你的理想，还没听你说职业理想，倒又想换工作，你这是理想善变呢还是另有隐情。"

迟禾说："说来话长。如今觉着理想含在生活的每一天，职业理想含在工作的每一天，工作是生活的一部分，职业理想是理想的一部分。"

孙媛无奈地瞥她一眼："说话直接点不绕行不？"

迟禾吃口菜，接着说："之前陈妍给我说工作苦闷，想考公务员，问我考不，我跟她说当老师是我从小的理想，还劝她三思。工作这几年，我产生过各种各样的想法，有过自我怀疑，有过内心别扭，但始终热爱教师职业。之所以跨过热爱动了换工作的念头，是因为无法平衡内在与外在的各种期待，有时在职业身份认同方面还会产生被工具化的感受，正如付娴所说，有点情怀不知如何安放的惶恐与无力感。教育是关于人的教育，教育之桥的两端含有对心性、智慧、情感、能力的高级考验。基于自我性格与能力的分析，我以为自己得是出局的那一个。"

付娴说："你这理由有点牵强，你已经是个好老师了。"

孙媛深有同感地说："我可能没有完全听懂她的话，但能理解她话里表达的感受。"

迟禾说："是个怎样的老师，或者说是个怎样的人，外在的认定只是一个方面，生命迷茫时期可能会很在乎外在的回应，当自我认知逐渐清晰时，可能更愿意从自我回应里感受温暖。我的职业心理困境，不足以匹配健康的职业理想，所以需要改变。往大了说，社会发展过程中工作岗位与劳力上岗也是一对供需关系，有供给就可以被需求，被社会需要的劳动供给都光荣。"

付娴的目光里含着欣赏，也为迟禾对自己想法的确定感到高兴，她端详迟禾的脸，和以往相比，同样的月眉星目、皓齿樱唇，同样清润有辨识度的声音，总觉着哪又不一样了。孙媛也开始思考自己的职业处境，她从心里承认，这不是无病呻吟，职业理想确实不容敷衍。

刚好是元宵节，火锅店给每位消费者赠送小份银耳汤圆羹，三人举起汤碗，同祝彼此生活如汤圆，微甜小圆满。

走出火锅店，夜色渐浓，回家路上经过广场，正在放烟花，看烟花的人很多，带着被月光与霓虹照亮的愿望。

震耳的炮声一阵接一阵响起，烟花随之一层层在夜空中绽放，给人们带来一场声光色的盛宴。

广场之外，灯火阑珊，付娴父母家和孙媛家在离广场不远的同一个小区，到小区门口，迟禾让她们先回，她打车，两人执意要陪她再走会儿，说吃得过饱需要消食。

月光下，三人同行。

付娴说："像是回到了学生时代。"

迟禾问："你们怀念学生时代吗？"

孙媛说："我没怀念过，也没想过要怀念，怀念也回不去，就算能回去，除了学习还是学习，一堆题要做，做梦都像演恐怖片的学生时代，谁爱怀念谁怀念去。"

"哈哈，有阴影的学生时代。"付娴笑道，又说："我会偶尔怀念，毕竟那时除了学习，别的都不用管。角色单一，挺幸福。如果再加一个怀念的理由，这个理由里有我们的青春，无惧时光、炽热过、拼搏过。"

抬头看看月亮，再看看被月光照着的光秃秃的树枝，迟禾说："青春的底色有点像冬天，纯粹。可春天大概更招人喜欢。"

繁花锦簇的春天真正到来时，三人又在各自的工作岗位践行她们自己也说不清道不明的职业理想。

迟禾出嫁后，梅清每天吃饭只需要拿她和迟元易父子二人的碗筷，刚开始她还有点不适应，不适应里又含着女儿成家的欣慰和女儿不在身边的些许失落。

迟环旺的饭量越来越小，眼里的浑浊越来越深，去屋外坐在墙角晒太阳的频率也越来越少，他喜欢靠着床头出神地坐着，谁也不知道他在想些什么。

有一天正吃着饭，梅清提高声音说："大大，房子分下来了，一楼。"迟环旺听到后，咧开嘴，笑了，这一笑驱散了他心里的担忧。

房子装修承包给了迟元易堂妹夫的装修公司，前后不到两个月，装修完工，新装的房子亮亮堂堂。迟柳和梅清一起擦玻璃打扫卫生，很快又把家具都上齐。

七月初，迟禾经历几小时从头皮到脚跟每个毛细血管都疼的疼痛后，顺利生下自己的孩子，是个带着清亮的啼哭声出生的男孩。就在迟禾坐月子期间，父母和爷爷正式住进三室两厅一卫的新家，屋子温馨清爽，阳台上一盆盆正开的惹眼的花也给屋里增了不少色彩。

夜晚，从窗户映出的灯光大体可以看出小区里已经住进了多少拆迁安置户。广厦万千，百姓欢颜，是几千年来中国人民的共同夙愿。迟庄村人，带着祖辈不曾也不敢奢望的期待，在21世纪第十个年头彻底改变了生活模式。迟环旺如愿了，不只是迟环旺如愿了！

迟禾产假从暑假末连到寒假后开学。几个月后再进入熟悉的校园和需要她精心深耕的课堂，她感受到前所未有的回归正常生活节奏的如释重负。但同时，心里也有了更在意的惦记，学校在不妨碍正常工作的前提下，对哺乳期教师给予更多的人文照顾，迟禾只有在极为需要的时候才会去享受那份照顾。工作方面，她比之前更懂得如何钻研教学方法，提高教学效率。一学期结束，班里学生以优异的成绩回馈了她们共同的努力。

春去秋来之间，生活依然平凡也依然明亮。

国庆节放假时间长，几个孩子携家带口回父母家团聚。琛琛三岁多，丫丫刚满两岁，润润虽然一岁过点，但跟哥哥姐姐说话不成问题，又一辈的三个孩子，成为家里热闹的焦点。

两年前的国庆节前夕，丫丫出生，迟谷和宋萱给孩子取名叫迟雅宋，小名"雅雅"叫着拗口，干脆顺口叫了"丫丫"。丫丫出生后的前两个月，宋萱、月嫂和梅清合着照顾孩子，梅清老的小的都要兼顾，实在抽不开身去儿子家的时候，自己家就让迟柳过去照顾。迟元易的三个弟弟和小妹元溪的房子分在同一个小区。大嫂不在家的时候，元溪会过去给老爹和哥哥做饭。

梅清后来跟儿子儿媳商量，看他们能否放心她把孙女带自己家领。迟谷说："妈，就是萱萱自己带丫丫也未必比您带得更周到细致，我们没有不放心，就是心疼您，胳膊本来就疼，最近带丫丫又加重了，要彻底您一人带，胳膊哪能受得了。"

宋萱也说："妈，您带孩子，我最放心，就是让您受累了。"

在梅清眼里，他们也还是她的大孩子，只要他们需要，她怎会不帮他们一把。她说："你们好好工作挣钱，要花钱的地方多着呢。丫丫领回去你爸闲了也可以操心。有些话还是要提前说好，带你们三兄妹，那是带我自己的孩子，带丫丫，那是带你们的孩子，毕竟两代人在照顾娃娃的观念方面有不一样的地方，要是觉着我带丫丫哪些方面做的和你们想的有差别，你们要给我说，不能因为我带丫丫就啥都迁就我，你们不说，我就会认为你们满意着呢，一旦有误会，时间长了终归要积出矛盾，妈盼着你们好，更盼着丫丫好，你们都好了，我和你爸也安心高兴。"

迟谷心里一酸，说："妈，都听您的。"

宋萱说："妈，我听迟谷的，他听您的，我也听您的。"

宋萱奶水少，一直搭着奶粉喂丫丫，刚满八个月，丫丫就被断了母乳。当妈妈的都怕孩子断奶会不适应，会哭闹，丫丫没多大反应，宋萱却哭了，她心疼孩子，也想念自己的妈妈。她生丫丫，才知道生孩子到底有多痛。她来到人间，和妈妈刚见面便永久分别，这些年，她只能靠几张照片拼凑、想象妈妈的模样，多少次，泪眼婆娑里，她以为妈妈就站在她身边，伸出手，却什么也摸不到。

丫丫出生后，迟谷更知道心疼宋萱，他主动担负起晚上照看孩子的任务，瞌睡随之越来越轻。有一次，他迷迷糊糊听到隐隐的啜泣声，醒来后，见孩子睡得安稳，转身看到宋萱的被子跟着啜泣的节奏颤抖。他轻轻下床，绕到宋萱身边，缓缓挤进宋萱被窝，侧身把她抱在怀里，亲吻她的额头，小声说："没事，有我在。"听迟谷这么一说，她反倒想更痛快地哭，怕吵着孩子，也怕影响婆婆休息，眼泪如珠，伴着强压住的细微啜泣，珠珠滴落。平静了一阵，她依然哽咽地说："我做了个梦，梦里的天空变成繁星的河流，星星是彩色的，还有流动的金色纱幕，我正看着出神，星河的尽头，爸爸出现了，他拉着妈妈的手，我一声声喊着'爸——妈——'他们却不和我说话，我想让他们抱抱我，我想看妈妈长什么样，还没看清，他们就不见了。丫丫都会叫姥姥、姥爷了，他们还没告诉我有没有听到过，哪怕就一次。迟谷，我想他们，每一口呼吸都在想他们。"

迟谷满眼爱怜，安慰道："爸妈一定能听到你心里的声音，也能听到丫丫叫他们'姥姥''姥爷'。你好好生活，是爱他们的最好表达。他们也希望你能生活得幸福。"

宋萱紧紧抱着迟谷，就像抱着一整个星空。天亮了，她又迎着朝阳，投入城市上班族的洪流。

普天同庆的日子，天气格外好，喜鹊欢响的叫声漫入天空的瓦蓝。屋里，两个姑姑都在逗小丫丫，琛琛看着妹妹和弟弟说："我是你们的哥哥，你们要叫我哥哥，快叫哥哥呀。"

祖孙三代人都笑了。迟环旺摸摸琛琛的头，手微微发颤。迟禾似不经意般盯一眼爷爷的手，心里一阵酸疼，眼眶泛出泪意。以前，她以为衰老就是衰老，是生命的自然状态，可是，爷爷的衰老却是她生命里瞬间长出的悲伤，根系茂密地会蔓延的悲伤。

节庆里，各家团聚，桌上的饭菜总比平常更丰盛。迟元易家四代人围桌而坐，琛琛说："太姥爷、太姥姥，快吃香香饭。"两位老人眼里装满慈爱，拿起筷子说："吃饭，都吃饭。"

迟柳知道爷爷爱吃羊肝，特意把羊肝切成薄片，奶奶爱吃炖羊肉里的青萝卜，萝卜也煮得绵软些。

饭后，迟柳迟禾收拾厨房。迟柳说："小时候咱俩和哥哥一起掐饬做饭，每做好一顿饭都觉着特有成就感，现在怎么就找不出丁点那样的感觉。做饭成了一件让人犯愁的事。"

迟禾说："做得多了，常态了，做饭的人习惯了，吃饭的人也习惯了。一些类似的习惯叠加起来，就会构成被习惯的生活节奏。习惯，可能会带来突破与希望，也可能会带来停滞与被动，习惯和被习惯，既是秩序，也含着感受力的慢慢迟钝。"

"最后都变成理所应当，理所应当付出，理所应当接受。习惯消磨了理解，消磨了心性。"

"所以，不管是谁，都不能在重复性的事情里把自己过度损耗，要找到并尊重做事情的价值点。就像你说的做饭，既然每天都要吃饭，而你做饭自己吃得可口，家人吃得可口，可口就是你做饭的价值点之一。只是还需平衡劳动的心态和分工，活不能一直锁死给一个人去干，家庭生活需要感性和理性共同作用。"

"你说的我都懂，就是会有控制不住的情绪波动，失落、烦躁、不甘，当各种负面情绪同时出现时，生活就会变得索然无味。当我看着扫地时聚起来的垃圾，当我把一瓶瓶用完了的洗衣液、洗洁精、洁厕灵的瓶子往箱子扔，当我把晾干的衣服收好叠整齐放柜子，当所有这些不被看见而我却深困其中的琐碎的事情占用了每天主要的时间时，我就会莫名不安，仿佛把一生也给看穿了。"

"你有这种想法也正常，你心里的挣扎我理解。可是，每天的时间必然有限，既然时间不能被支配不能被管理，就管理好经历在时间里的自己的生活系统和情绪状态。姐，除非你能找到比做饭做家务带孩子照顾生活不能完全自理的老人更符合你现有生活状态的事，不然，这些事就是你生活里最该找到价值点的事。凡事还得看积极的一面，你想事情向来比我乐观，肯定能想明白。"

"是要往好的方面想，谁的生活都该是得失参半。年龄小的时候，意识不到生活有多难，年龄一年年增加，经历得多了，见到得多了，就得学会自我开解。"

"这样想就挺好。对于我们来说，只要不伤生活的筋骨，日常琐事摩擦出的矛盾又算啥，有多少我们不敢想象的更深的苦难藏在芸芸众生的生活里。谁的生存不付出，谁的时间不流逝。生活是自己的生活，付出也是必要的给自己的生活在付出。可以不收拾屋子，但享受的环境就不一样；可以不洗衣服，穿衣服的心理舒适度就会降低；可以将就着吃饭，胃口的满足感就会大受影响。"

"道理经你一说，心里舒服了很多。"

"哈哈，那以后我给你多说说。我还不是一样，一边开导你，也是一边在开导我自己。纳兰性德有句词'当时只道是寻常'，寻常的更是值得被珍惜的。"

"知足常乐。总要一步一步把日子往好过。"

"不管你咋理解，常安常乐就好。"

下午，落霞满天，飞鸟相鸣。石子正开车送迟禾林舒回家，夫妻俩跟姐姐姐夫说想走走路。

公园的长椅上坐着一对小情侣，小声说着情话，笑容里透着你侬我侬。不远处，头戴藏蓝色鸭舌帽的老爷爷牵着满头银发的老奶奶的手，霞光照在他们身上，摇晃了岁月的影。

迟禾说："你看，时间会在任何一个点里相逢。"

林舒说："时间只会向前，不会相逢，相逢的是穿梭在时间里的意念和感受。"

"哈哈，这清新的思想，让我忍不住喜欢。"

"如此，会总是让你喜欢的。"

"甚好。"迟禾忍不住大笑，"林先生，你果然可爱。来吧，让迟娘子牵着你的手，往前走。"

林舒看看抱在怀里的润润，说："娘子的手还是自己安放吧。"

迟禾笑了，润润也笑了。

十一月下旬，迟禾和陈妍通过公务员面试，随后进行体检。陈妍上一次就被卡在体检环节，这次难免会紧张，好在最终收获了两人都如愿的结果。

离开学校的当天下午，迟禾所带班里的学生来找她，起初只是一个两个，随后喊报告进办公室的学生越来越多，几个女孩子泪流满面，默默抱抱自己的老师，男孩子也眼圈泛红泪光点点。广播里响起熟悉的上课预备铃，迟禾让大家回教室，别耽搁上课。课代表却在此时气喘吁吁地跑过来，把班里同学写的卡片和一本红皮留言本交给迟禾。

课代表叫杨小帆，是个非常灵秀的女生，她哽咽着说："老师，我们爱您，也会想您！"迟禾的手轻轻抚过她黑亮的短发，小帆的眼泪一滴滴滑过脸颊，落在留言本上。离开办公室前，她从校服兜里掏出一个掌心大小的紫色正方形小本，说："老师，还有一些想对您说的话，写在这个小本子里。"

班主任赵老师见孩子们难舍，说："先回教室上课，迟老师会回来看你们。"

走出校门的瞬间，似乎听到声音，"要离开了吗？"是啊，要离开了吗？另一处，也响起密密匝匝的说话声，"新校园环境太美了"，"以后我们就要在这里上课呀"，"离家更远了"……迟禾清楚记得，一千多名高三师生，在一个周一的下午，徒步八九公里路程跨进大门，见到新校园时的激动情景。过了一周，全校三千多名师生实现完整完全搬迁。此后，师生们每天在这里踩着校园生活的规律，做着相似的事，处着简单稳定的人际关系，吸收着无止境的知识，一学期又一学期的时间一天天划过。

背着大双肩包坐在公交车上，看着熟悉的每个站点和在站点上下车的乘客，迟禾忽然意识到，下一站，该下车了。

夜晚，窗外月光，室内灯光。

翻开紫色小本，迟禾心底的感情再度被娟秀的字迹叩响。

"您是唯一一位爱对我们笑的老师。"

"记忆中最深的，或许您不知道，那时的高一（10）班大多数同学，可以说全班同学每天都在期待上有您站在讲台上的生动有趣、让人回味留恋的历史课。"

"您穿高跟鞋不好看，还是休闲风适合您。"

"23:20，23:30，23:55……我发誓，我从未像现在这样讨厌时间过得太快。"

"还有那么多话，我要怎么说完，有点恨您了，刻在人家心上，却要狠心离开。"

"多想在这枯燥的一年，看到您的微笑，让这世界不再如此灰白。"

"我，只是对您深情，多希望下场雪，融净这伤心。"

"听说，薰衣草的花语是等待、思念，老师，闻闻这个小本子的香味吧。"

……

翻开红皮本，字迹不同的文字一页页读过。

"您像是一本书，每次打开都有不一样的新奇，您给我的感觉那样特别，我不知道该如何形容，只能默默在心里翻阅您这本读不倦的书。"

"老师，我一直有个目标——将来成为像您这样的老师，我想考进陕西师范大学。"

"从您那里，我不仅看到一位历史老师深厚的底蕴，更看到一位心思细腻、善解人意的好朋友的影子。"

"我不会用华丽的语言来表达有多喜欢您这位老师，但我记得您对我说过的每句话。"

"您总在鼓励我们，相信我们，所以我们永远相信您。"

"老师，我爱听您的课，您博学理性，帮我们拓展思维，让我们更深层地理解知识。"

"大概不会再有哪个老师像您一样了解我们，在我们状态不好的时候一次次引导我们，老师一生中会遇到很多学生，开朗活泼的，喜欢思考的，会整恶作剧的，会在课堂上偷偷吃东西的，您好像能容忍各种各样的学生。可是，作为一名学生，您是我遇到的最特别的老师，乐天且智慧，渊博不世故。"

"永远不会忘记，曾有一位历史老师让一个班的同学恋恋不舍。"

……

月浓夜更寒，迟禾满脸泪痕全无睡意。她平日不过推己及人，在集体教学的过程中在意了每位学生作为个体的个性成长，不过记住了每位学生的名字，不过在课间和他们多说了几句话，却收获了他们最纯真的善意。孩子们对老师的信任与宽容远远超过了老师给予他们的爱与耐心。

整理好自己的情绪，她蹑手蹑脚进卧室上床睡觉，生怕吵醒林舒。还没睡稳,就被转过身的林舒搂进怀里。他轻轻刮一下迟禾的鼻尖说:"哭够了啊。"

迟禾说:"还能再哭一会子。"

"睡吧,看你明天早晨眼睛肿不肿。"

"学生都太好了,我没有他们说得那么好,我对自己并不满意。"

"平时你说每个学生都是最独特的,别忘了,你也是最独特的,没必要跟自己较劲。知道你心里纠结,时间慢慢过去,你总会不断接纳自己。"

"你总这么为我找理由,我可能会因为放松内省和警惕而变得不思进取。"话虽如此,但迟禾依然满心感动,从小到大,身边遇到的大人孩子都会带着光芒照进她的生命,如果这算是命运馈赠的礼物,那她必定格外珍惜。

天亮了,睁开眼,又是新的一年。既然做了决定,就不再犹豫,带着过往的自己共同走向未来!

窗外不时传来燃放烟花爆竹的声音,记忆里,过农历年才会如此,不知从何时起,大家将对美好生活的期待、向往与祝愿同样融入阳历年的仪式中。

付娴打来电话,问迟禾元旦有啥安排。

迟禾说:"陪家人,也陪陪自己。"

付娴说:"陪家人的时间不敢分享,陪自己的时间可否分一点儿给我。"

迟禾说:"你回来了吗?"

付娴说:"特殊情况,回来十来天了。"

迟禾说:"一个人自己陪自己,能陪个啥结果,不是清醒就是孤独,即便清醒,终究还是归于孤独,有你一起,我就有了可以被指点迷津的期待,多好。我这阵就可以出门,你咋样?"

付娴说:"我也可以,咱俩十点半吉祥咖啡店门口见。"

"好。"

迟禾抱抱林舒,略带抱歉地说:"付娴难得回来,我想和她聊聊天,今天就不能和你一起回家陪爸妈了,明天一定和你一起回去,你给儿子也解释一下。"

林舒说："去吧，爸妈那边随时都能过去，好好享受你的友情时光吧，我不吃醋，儿子可能会有点失望，不过有我在，也不是多大问题。"

迟禾说："瞧这格局，瞧这体谅媳妇的温柔，太招人爱了。"

林舒笑了，"需要我送你过去不？"

迟禾说："不太远，我走着就可以，你早点去爸妈那。"

夫妻俩同时出了家门。

许是因为元旦放假，冬天的街市在阳光的普照下，逐渐苏醒也逐渐变得比往日更热闹起来。

路上等红灯时，见交警扶一位弓着背步履蹒跚的老人过人行道，迟禾感叹世间总有善良的人在释放善良的温暖。

付娴身穿黑色长款羽绒服，不高不矮，不胖不瘦，站在那里就很美好，再看那张五官精致白皙里透着红润的脸，更让人忍不住心生喜欢。

迟禾说，"又是你先到。"

付娴说："早了几分钟而已。"

两人上二楼找了个靠窗的位置坐下点餐。

十一点后，店里的空位置逐渐坐满了客人

窗外，小雪花一片片慢慢飘落，冬天原色的大地留下点点湿痕。咖啡的香气和朴树的《平凡之路》共同定格出店里的气氛，也定格着聊天者的回忆与故事。

付娴从小由爷爷奶奶带大，对爷爷奶奶特别依恋，得知爷爷住院的消息后，她便调整好工作和家里的各项安排回吴忠。她曾很多次地思考过该如何接受亲人的离别，只是，这个无法触底的问题总会让她陷入毫无节奏的慌乱。

迟禾以极大的共情倾听自己这位性格坚毅果敢的朋友讲述着大半年以来的种种经历：陪妈妈做完白内障手术没多久，丈夫肾结石，紧接着婆婆腰部骨折躺在床上失去行动能力，随后儿子又肺炎住院，一件一件事情挺过去才刚积攒了点儿继续好好生活的勇气，爷爷又病了。有一些瞬间，因为对一切未知的恐惧，她想要彻底放弃，可是，放弃什么？怎么放弃？不是生就是死，还能有别的选择吗？

两人同时看看窗外，雪花还在飘，地面轻微的湿痕被浅浅一层洁白铺满、覆盖，万物的存在没有意志，只有存在本身。

付娴说："只顾我自己说了，你咋样？"

迟禾说："我还好，按部就班地做着调整和改变。也会有极度的自我怀疑与否定。人活着的本质大概是脆弱与艰难吧，勇气只是脆弱的衍生物，轻松只是艰难的缝隙。"

"我有点相信你这个观点。也相信存在的一切环环相生和生生不息。"

"我就知道你总会有种力量，冲破困境找到出口的力量。"

"也可能我根本没有什么力量，只是你认为我有这种力量。不过是求生的本能。既然死亡是每个人必经的结果，在那个结果正常到来之前，生就值得全力以赴。扛不住的时候，我就会想，是不是很多人和我一样。"

"人活着没有不经历困境的，谁不是在没办法里想办法，谁又能比谁强到哪去！"

"有些话还得跟你讲才能有回应有共识。"

"那是因为我们都小心翼翼地心藏热爱。不管下一秒会发生什么事，最起码眼前这一秒还没那么糟糕，只要更糟糕的事情还没有发生，生活就还算美好。来吧，举杯敬我们还不算糟糕的生活！"

三天后，付娴爷爷去世，回西安前，付娴说："今生，我和爷爷的祖孙缘尽。爷爷让我别难过，这一天，于他而言是再好再合理不过的归宿，要是想念，就用更好更努力的生活去表达。"

付娴哭了，迟禾悄悄流泪了，她们站立的四周不声不响。

夜晚，洗漱之后，迟禾尚无睡意，坐在书房的书桌前，她的内心涌出无限感动：和哥哥姐姐成长时光里的点点滴滴，她能想起并一直记住的所有细节；和林舒相恋相爱的过程及他带给她的那些初入爱河的痛与欢喜与信赖。她会因为自己的真诚而更懂得他人的善良，可是，个体生命的本质孤独，也常常使她想要依靠内在自我而非凭借外力找到更牢固更坚定的仰望与信念。

她打开日记本，在自我困惑与释怀之间不觉落下几行娟秀的字迹：

未知前世因，误入今生缘。嬉笑嗔痴唯此命，妄解其中境。

心念如风起，天地满旋即。成败虚空由谁定？得舍轮回令。

笔落，把本子放进抽屉，同时收起思绪的触角。生命长河里，像秦渠中一滴水一样毫不起眼的她，即使再不起眼，却也想顺着心境，成为人生逆旅中跟着时代大潮勇敢往前走的匆匆行者。

迟禾没有告诉付娴她换了工作，等到又一个春天来临，阳光暖暖地照在大地上，春风吹开漫山遍野的花儿，她的工作就会化作风信子，传递新的信息与欢乐。

十五、殇别

加入公务员队伍的两位年轻人开始适应乡镇司法工作，她们被分配在不同的司法所。迟禾对乡村的工作环境有多熟悉，陈妍就有多陌生。

原以为不当老师，压力能小点，可眼下的处境，也够愁闷。忙的时候，顾不得多想，只要有精力想，陈妍总会怀疑使命和意义到底算不算一回事，虚无是否也是意义的一种。

元旦之后，她和迟禾再没见面，倒是有些怀念一起上下班的那些时光了。

三月末，带着春天特有的温度，杏花、桃花、梨花释放出花开的信号，各种常见的花都陆续跟着时间的节奏给大自然增添几分绚丽。

桃花是耀眼的，嫩嫩的叶芽儿衬着翠粉的花朵，若是哪只喜鹊刚好落在枝杈，一幅生机盎然的画卷便天然而成。

秦渠两岸，各种树的树芽顶落了前一年冬天尚留在枝上的残叶。天暖和了，走在渠岸和公园里锻炼身体的人越来越多。周末，陈妍和迟禾也加入这支队伍中。

陈妍的情绪里带着些许苦闷，她说："生活果然就是一个围城，在这个城里看那个城好，一出一进之间，才发现，既是围城，本质便大体一样，决定生活的是自己的思维方式和行为方式，否则，即使逃出去很远，一回头，脚下站立的依然是原来那个原点。"

迟禾说："相信存在的合理性也需要勇气，走不出的不是围城，我们真正走不出的是自身的局限。思维方式和行动方式也是局限的一种。咱都学学苏东坡，'竹杖芒鞋轻胜马，谁怕？一蓑烟雨任平生。'认准的事，做就对了。"

陈妍看着迟禾，隔了一会儿说："你就像一个不会害怕的勇士。"

迟禾笑了，说："谁说我不怕？我怕的东西太多了，但生活的运转会考虑人们害怕什么而有所避让吗？从来不会！"

陈妍说："和你一起，不自觉地会激活点自我觉悟。"

迟禾说："所有的觉悟，必先自觉，才能给外力留有可发生影响的余地。"

陈妍略带释然地说："算了吧，想不动也想不懂的事，就先放放，答案有时候也不是想出来的。不管干啥工作，都担着一份责任，尽心尽力扛责任吧。"

迟禾说："凡事能给自己一个解释就挺好。"

陈妍说："我常会有种陷入生活泥潭的困顿，根本给自己解释不通，可往往又在意识到自己活的有多幸运时深感惭愧。历史长河，有多少平凡的生命生活在带伤的岁月里，我们单是生在这样一个时代已经足够幸运。"

迟禾说："不管在哪个工作岗位，把工作往好做，兼顾生活，还能给养育我们的一方水土提供点社会价值，与此，已是一个平凡百姓通过努力能抵达的很好的人生方向。"

一对朋友的聊天和其他一些人的聊天，并没有在秦渠岸上留下任何痕迹，但痕迹却留在了他们的感受里。

丁香花开的时候，已是四月天，风吹过，香满路。人世的困惑与思索，交给春天，收获的大抵是一份内心的安静。

拆迁安置后没多久，迟元菲用多年卖粮卖菜卖葡萄省吃俭用攒下的钱买了四弟的一套房给儿子温航。眼见弟弟妹妹们住得那么近，迟元芬年前也说服已经退休的丈夫把房子和娘家兄妹们的买到一起。过年时，一大家人在餐厅热热闹闹吃饭，看着儿孙们如今生活都有了更好的着落，迟环旺和李嫦月布满褶皱的脸笑出了岁月平和。席间，李嫦月眼里闪着泪光，该是想都想不到的多好的生活。身为父母，他们生养了七个子女，多少年来，两代人都只是活在刚够活着的生活层面，哪敢对人生有什么奢望，如今，党和政府给他们这些力量卑微的老百姓创造了更好的生活条件和生活环境。活到这把年龄，单是眼前这一幕，这一生，她便也踏实了。

生活方式变了，乡亲乡情却始终不变。郭二妈、闫二妈、白三妈、崔四妈们有什么好吃的好用的总不忘和梅清分享，有时也帮梅清带丫丫。丫丫小模样乖巧，白白的小脸蛋气色红润，又大又黑的眼睛一忽闪，弯弯长长的睫毛也跟着动起来，嘴巴又甜又爱笑，谁见了都说这孩子太招人喜欢。

丫丫几乎每天都能见到好几个被她叫作"奶奶"的人，她可不糊涂，哪个奶奶姓什么住在哪栋楼上，她能分得清清楚楚。

路过小区门口的超市，梅清总会和闫二妈打声招呼。自从用自家门面房开了超市，辛苦归辛苦，可闫二妈的精气神却比以前好多了。小序负责收银，空闲时间，他都用来看书学习。这些年过去，尤其随着家里的生活处境越来越好，小序早已不对自己的身体耿耿于怀，相反，让他感到庆幸的是那场病没有给他的身体带来更糟糕的影响。他要重拾中断的学业，通过自学考试提升学历，生活既然已经发生改变，个人就该更加珍惜和努力。功夫没有白下的，小序终于拿到了自考本科学校的录取通知书。

吃过下午饭超市不忙的情况，闫二妈说："大嫂，我也出去转转，咱们一起。"超市人多时，闫二妈说："大嫂，给丫丫拿点吃的。"梅清笑道："你忙，丫丫刚在家吃过饭。"

迟柳迟禾经常带琛琛、润润过来和丫丫玩。周末，迟谷宋萱回来，丫丫可比平时更欢乐。一会儿让爸爸抱，一会儿又让妈妈抱，像粘牙糖一样粘在他们身边。

槐花盛开的时候，迟柳和宋萱带着两个孩子一块儿玩，润润被爷爷奶奶带出去旅行，迟禾刚好能轻松几天。她跟着姐姐嫂嫂，沿秦渠南岸的青砖路边走边聊。两个孩子见到什么，都要说出它们的名字给自己的妈妈、姑姑和小姨听。一段路走下来，俩孩子不知说了多少能被重复的话，大人听着内容一样，他们自己却越重复越高兴。琛琛喜欢捡起小石头往水里扔，丫丫手里拿一朵花，看着、闻着，不停地说："花花好看。"

迟禾逗丫丫，"花花好看还是妈妈好看呀？"

丫丫说："花花好看，妈妈也好看。"

"哈哈哈……"大人笑，孩子也笑。槐花的香味直往鼻子里钻，钻进心里，也钻进每个人的情绪里，软糯清甜，久久不散。

迟元易一家住在小区从南往北排列的最后一栋楼上，与这栋楼相对的是正在建的商品住宅小区，石子正之前跟迟柳说，等这个小区建好，把他们现住的那套小房子卖了，就在岳父母家对面买一套平米再大点的房。迟柳听后，也不接话，只冲石子正笑笑。

和迟谷兄妹年龄相仿的年轻人，上过大学研究生的几乎都又通过考试获得一份相对稳定的工作，他们中的多数人都愿意回到家乡，把自己的青春和专业实践融入家乡发展。也有读了博士另谋职业的。没能顺利完成学业的，大多投身于城市建筑业和服务业中。迟环旺的四个孙子迟稷、迟乾、迟朗、迟朴都是大学专科学历，几个男孩子出了校园就各自有了新的生活方向。

迟稷结婚后，和媳妇田芳开了个房屋中介公司，村里准备分房的消息还没正式通知，迟稷就跟妻家借了笔周转资金。集体分房开始后，迟稷花钱买别人手里要转卖的剩余平米数，积少成多地凑够一套一套的整房。

迟乾利用所学专业，在城里租个门面房，开了宠物诊所，之前农村见惯的猫猫狗狗，在城里人家却是生活中朝夕相伴的受宠成员，买猫粮狗粮给宠物打疫苗看病的人还真不少。当年自己也瞧不上的专业，却是如今谋生的倚仗。

几个男孩子当中，迟朗生性最是积极爽朗。上学时，他是校篮球队的，一米八六的身高，棱角分明的骨相配一张让人看一眼就能留下印象的帅气的脸，这张脸出现在篮球场上总带着舒展的笑，女孩子们似乎也比较喜欢爱笑的男生。迟朗的初恋，恰好两情相悦，女孩名叫闻静，长得乖巧文静，性格宽厚善良，两人毕业不久就结了婚。两口子租了一处门面房开了个烧烤店，生意越做越红火。

百花竞开的五月快结束的一天，元溪和大哥给老爹洗澡剪指甲。迟元易平日自己的生活也多由梅清操心，可照顾起年迈的父亲，却也没显得很笨拙。元溪看着老父亲瘦骨上松弛的皮，想到父母在操劳中老去的一生，不觉鼻子发酸，眼圈泛红。洗完澡换上还带着洗衣液香味的衣服，迟环旺眼神仿佛伸向什么悠远的地方，说：“从我记事起，就听年长的人说前世啊今生的，后来眼见着打仗的时候有人倒在眼皮子底下，都是命呀。活到现在，我知道离走的那天是越来越近了。人活老了，还是没明白这一辈子到底是咋回事。不明白也罢。人要知恩，我老头子一辈子没啥能耐，也没安顿好你们的生活，都是赶上了好时代、好政府、好政策，才能住上自己家的新楼房，我啥遗憾都没了。”

元溪擦擦眼角，说：“大大，日子这么好，说这些个干啥。”

迟环旺说：“你们七个里边，之前就你和你二姐日子过得弱些。现在你们都好了，你二姐给航航买了房子，老家的葡萄大棚也搭起来了。刘强也有改性，务正了之后一直和你操心早点铺。你们都还年轻，手脚勤快些，日子就有更大的奔头。"

月季花盛开时，学生们逐渐迎来暑假，一届一届的毕业生，在浓烈的花香里离开校园，走向不同的人生之路。期末考试一结束，迟茉也买了火车票，和同班的一个女同学结伴回家。看着校园里拉着行李箱的不同年级、家在不同省份的学生，她想起迟禾跟她聊天时说的话："我们踩着别人的青春一路行来，今后也会有人继续踩着我们的青春跨步而去，是不同，是重复，也是规律。"以前，见姐姐上大学，她心里还羡慕了一番，两年的大学生活结束，她可算明白，没有哪个阶段是轻松的，成长总是费心费力。

迟茉回到家后的几天，堂姐妹四人约好一起去奶奶那边。大门开着一扇，一进院子，满眼的郁郁葱葱。结了果子的树，开得五颜六色的花，西红柿、黄瓜、茄子、辣椒几样蔬菜揪下一茬再结一茬。大黑狗使劲摇着尾巴。

李嫦月正在屋里拿鸡毛掸子掸桌柜上的灰尘，见是几个孙丫头一起来了，脸上都笑开了花。

"你们早饭吃没，没吃奶奶给你们做去。都过来就行了，又买这么多东西。"

迟柳跟奶奶说："奶奶，我们没吃早饭，就想喝您熬的油茶。"

迟禾脱口而出："奶奶熬的油茶最好喝。"

像是真回到了小时候一样，迟柳脸上洋溢着回忆的笑说："几乎每次都是没等奶奶熬好油茶，我们就已经犯嘴馋。"

迟碧看看迟茉，说："我咋啥也不记得。"

迟茉说："我都没印象，你还没出生，能记得才怪。"

迟碧叹口气说："总是跟不上你们的记忆节奏。这倒也不说，关键是你们工作的工作，上大学的上大学，可我还要继续上那么多年学，想着都愁。"

看迟碧似乎真的很愁的样子，迟茉反倒乐了，说："愁的话，现在就别上学了，多好。"

迟碧白了迟茉一眼："就知道胡说。"

迟禾逗迟碧："你这应该就叫'少年不识愁滋味'吧，好好愁，毕竟以后可能会更愁。"

"哈哈哈……"

几人又一阵笑，笑得迟碧更不知如何回应，嘬个嘴对奶奶说："您看，三个姐姐合着欺负我。"

没等奶奶开口，迟茉又乐呵呵补一句："喜欢跟大人告状可是小朋友的天性呀。"

李嫦月说："几个姐姐不惹小碧了，都是奶奶的好孙丫头，一个个性格好，长得标致还规矩懂事。你们都是老迟家的福气。"

迟茉说："奶奶这算不算老王卖瓜。"

迟碧可算找到挤兑姐姐的机会，说："要卖瓜你卖去，奶奶这叫照事实说话。"

屋里又一阵笑，听见声音的大黑狗拖着系在脖子的链子走来走去。

迟柳从厨房拿了两个塑料盆，到院里摘黄瓜西红柿。

眼前一幕，似乎自带时光穿梭的滤镜。当头的大太阳，照在哪里，哪里不是泛着光便是斜着影。院落、菜地、蝴蝶、花草……万物相融里松松软软铺垫出通往岁月的路。

这条路，一步步往前走不见得多经意，只是走过后，有人会在停下的刹那与曾经的自己重逢，也有人无论怎样也找不到曾经的丝毫。

念及此，迟禾认真地对也在摘黄瓜的迟碧说："好好上学。现在的一切都在连接你的未来，日子总是一天一天地过，累积到一定的数量，就成为一个人的一生。"

"姐，你高估了小碧的理解能力，她可能根本听不懂。"迟茉说完哈哈笑起来，她总喜欢看小碧话语间着急又带点生气的样子。

"我怎么就听不懂了，总之现在是要好好学习。"迟碧气呼呼地白了迟茉一眼。

迟柳把洗好的黄瓜分给几个妹妹。迟禾边吃边赞叹："嫩，水分足，清香极具深抵味蕾的穿透力。果真万物有灵，黄瓜大概也能感受到栽种者的精心。"

祖孙几人在盘着丝瓜和葫芦的藤廊阴凉下高兴随意地聊天。倒是迟柳提醒说："尽顾着说话了，奶奶，我妈还等着我们把您接过去一起吃饭呢。"

手头的事收拾一阵，锁了屋门，祖孙几人出院子坐车。

李嫦月感叹道："我孙丫头都能开车了，奶奶不老才怪呢。"

几人几乎异口同声说："奶奶不老。"

"傻娃娃们，哪有不老的人，只不过老也分高兴的老和忧愁的老，奶奶是高兴的老。"

迟碧有点听不明白，问："奶奶，'老'还能有高兴的吗？"

"你还小，等你长大就明白了。"

"可我现在就想明白。为啥非要长大才明白呀。"

迟茉说："你咋总爱打破砂锅问到底，都说了长大才明白，告诉你不还是不明白吗？"随即又补充一句："其实我也不明白。"

迟碧不再吱声，自己揣摩心里的疑问。她哪能知道，一句"高兴的老"，承载的可能是一生的经验、经历与感受。

迟禾说："奶奶，国庆节我放假时间长一点，开车带您出去转转。"

李嫦月说："我哪也不想去，见得再多也还是个睁眼瞎，奶奶就乐意安安稳稳在自己家过日子，有你们在身边比我去哪转都好。"

迟禾不再说什么，她也很难厘清世界之大与自我之小的关系，但她相信生命是存在一个原点的，奶奶的原点也许就是自己用一辈子的时间去熟悉与接纳的生活与环境，她的生命里，儿孙们在身边就好。

国庆节期间，姐妹几人好一番说服，奶奶才答应跟她们出趟门。迟禾开车，迟茉强烈要求迟禾带奶奶、迟柳、迟碧和小琛琛去西安。她放假没回家，就盼着家人能过去一起转转西安城。一路慢慢看，慢慢走，除了人多和在外住宿不习惯，整个行程老老小小都高兴。回家后，李嫦月说："以后出门别惦记奶奶，你们趁年轻，好好耍几年。奶奶知道你们孝顺，可人一老，就愿意待家里。"姐妹几个看着奶奶听她说话，互相会意地笑了。

十月末，凉意渐浓，迟环旺的身体状态也每况愈下，非必要他会一整天都躺在床上，可躺的时间长了浑身也难受。迟元易买了轮椅，跟老父亲说："大大，这个坐上稳当，推着也方便，我可以每天都推您出门转转。"

迟环旺两眼深深陷入眼眶，目光浑浊却依然含着老父亲的慈祥，他把本就瘪下去的嘴唇再瘪几下，声音微弱而缓慢地说："费那个钱干啥，出不动了，坐上去也费事。"

"太阳好的时候，还是要晒晒，身上舒展。"

迟环旺不再说啥，依着儿子。

周末，迟柳迟禾回来，给爷爷买几套内衣裤和睡衣，该换的换，该洗的洗，再给爷爷捋捋头捏捏胳膊揉揉腿。迟禾揉着揉着，就觉得爷爷的骨头硌手，慢慢地，眼泪也不受控制地顺着脸颊流下来。迟环旺说："爷爷浑身松宽多了，哭啥，不哭。"

迟禾更加泣不成声地说："爷爷，您这样，我心里难受。我就想让您好好的。"

"爷爷好着呢，一直都好着呢。你们都好好的，爷爷就安心了。"

那天下午，走在秦渠南岸宽展的路上，偶尔有微风吹过，树叶便一片一片缓缓打着旋儿落下，秋天了。走到老房子门前的两棵大椿树下，她停住脚步，抬头看看正繁茂却挡不住季节必须走向零落的树叶，她哭了，把自己哭得肆意而凌乱。

她所在的地方，根本找不到从前的痕迹，可那些"从前"始终在她心里。很小的时候，她喜欢坐在渠岸的那个大石头上，等爷爷回来看能不能给他们带点好吃的。再大一点，她喜欢跑到渠岸看骑着自己改装过的自行车的爸爸有没有下班。上高中后，下午放学快到家时，两只狗狗远远跑来迎接她，家门口，爷爷和几位邻居老人坐在一起聊天。

等待与守护既是牵挂，也是陪伴。好好地在身边，奶奶便高兴，爷爷便安心，一如这两棵椿树忠诚地陪伴着大地和天空。

夜晚，星辰浩瀚，如果星星有故事，便是以整个宇宙为背景。可人间呢？隔窗，人间的故事闪烁在各家的灯火中。

林舒说："脑袋瓜又想啥呢。成天想东想西，都瘦了。"

"倒是想瘦点，可体重像是焊接在身上，根本没有丝毫变化。"

"健健康康就好，胖了我也喜欢。"

"你的嘴巴是你全部生活的大功臣。"

"不是嘴巴，是心。"

"在你的嘴巴面前我又肤浅了。"

"没必要追求深刻。"

"你总能让我说着说着就无话可说。"

"我总喜欢你这样夸我。"

"厚脸皮而不自知，说的大概就是你吧。"

"只要你高兴，我是什么样并不重要。"说完，又关切地问："心里又藏啥事了？"

一个人一旦被温柔关照，内心的软与弱便极容易外现。林舒一问，勾起迟禾种种情绪，她鼻子一酸，眼圈泛红，说："我回去看爷爷，他躺在床上，那么瘦，饭也吃不了多少，我怕爷爷离开，我还接受不了，怎么给自己做心理建设都没用。"说着，眼泪吧嗒吧嗒落到地上。

林舒带迟禾坐到沙发上，好一会儿没说话。他起身倒了杯温水递给迟禾，开玩笑说："谁家媳妇像你这样，每天多喝点水都做不到，还得让人倒好递手里才喝。"喝完，林舒接过水杯放桌上。

他摸摸迟禾的头，说："道理和感情有时是一体的，有时又是两码事。论理，你可能比我还擅长，论情，这世上没人能活在感性与理想中。该面对的现实谁也逃不掉。我林广哥，不到四十岁失去了唯一的儿子，家里的变故严重影响到工作状态，没多久丢了工作开始创业，创业成功后挣了不少钱，几年后两口子要了试管婴儿，孩子没几岁，我哥又患了肝癌，先后做了两次肝移植手术。手术后，公司的事交给我嫂子打理，我哥接送孩子上学给辅导功课。我不知道他有没有抱怨过命运，起码呈现出的永远是乐观的一面。我爷爷六十多岁去世，去世前承受了两三年的病痛折磨，早点离开人世甚至成为他盼着的愿望。生死是过程，也是结果，经历一场才叫人生，谁的经历能圆满不遗憾！爷爷经历的一生，平凡却安稳，离开不过是生命结果的正常完成，即便你感情上接受不了，但祖孙的关系依然会以另一种方式延续，比如思念。"

林舒说得那么真诚，话语里传递出温暖的力量。

迟禾心里有点释然，亮晶晶的眼睛看着林舒，充满爱意地说："你真好。让我不知如何表达的那种好。"

"你不表达便已经全表达了，我一点不落地都接受。"他把迟禾的手放在自己胸口，说："你心里眼里的我就是我心里眼里的你。洗漱睡觉，身体休息好，头脑才有能力思考，嘴巴才有力气说话。"

天亮了，一切继续，可一天天过去，继续的总不一定都是昨天的内容。

农历十二月，先是腊八节，那天，迟环旺说梅清做的腊八饭好吃，比平时多吃了点。心里还思量着又是腊月了。

腊月十八的上午十点多，迟环旺闭上了再也无法睁开的眼。他走了，面容安详，儿孙们都在场。

告别，悲恸中肃穆。迟禾泪流满面，今后关于"爷爷"的呼喊，永远不会再有回应。"爷爷，等等我"，"爷爷，我想吃糖葫芦"，"爷爷，这个草叫啥名"，"爷爷，吃饭了"，"爷爷，骑自行车慢点"，"爷爷，这个药一天吃三顿，一次吃一片，要记好呀"……

老衣是梅清提前缝好的。迟环旺七十三岁那年，生了一场病，在他卧床不起的那些天，年长的老人说提前备好老衣吧，梅清顾不得多想，亲手给迟环旺缝了一身老衣。缝好后，让迟环旺穿着试试。老两口住的老屋里，几个儿子儿媳和孙子们都在。迟柳迟禾还小，生怕那身衣服要把爷爷带走，"哇"的一声就哭起来。迟环旺虚弱地说："柳柳，禾禾，不哭，提前穿这衣服是福，爷爷不会有事的。"姐妹俩听爷爷这么一说，边哭又笑着擦干净鼻涕和眼泪。没过几天，迟环旺的身体开始有所好转。

过了那个坎之后，迟环旺开始执意要给自己准备棺材，迟元菲说，她家邻居就是专门做棺材卖棺材的。迟环旺就在那家棺材店给自己选了口松木棺材。

整好遗容，穿上老衣，那口棺材经过一番布置，就成为迟环旺在另一个世界的安身之处。

迟环旺同父异母的妹妹说，哥哥在他母亲忌日的当天离开人世，一定是想念自己的母亲了。

下午，烧黄昏纸。腊月天，风夹着些许沙尘呼啸着，夕阳那令人黯然神伤的光映在穿着丧服跪着的三代人身上，投出了悲伤的影子。烧纸燃着的火光在催促纸灰向着没有边际的天空无限上升。"老爹，使钱来……""爷爷，使钱来……""老太爷，使钱来……"几代人的天伦，在一声声凄烈的呼唤中被撕破。仪式，成为生死之间灵魂自由穿梭的契合点，也成为血脉与情感的引渡。

遗体下葬的前一晚，下了雪。第二天，被风吹过、被雪拂过的天空格外蓝，空气中弥漫着清冷。迟家家族里身强力壮的男人们早早过来帮忙抬棺，送灵的亲戚们也都到场，一条百米多长的灵布，牵满了前来送迟环旺最后一程的族亲邻友们。哭声将悲伤凝入清冷的空气。迟元易红肿着眼睛，始终拿着帆竿走在送灵队伍的最前面。

到了下葬的时辰，棺材被沉沉地放入修整好的墓坑。天空的蓝肆意铺开，被风吹过的阳光直泻大地，冬的严寒也在不妥协地与阳光对抗。烧着纸钱的火灰旋啊旋，一锹一锹的黄土，逐渐掩埋了棺材……

山上的公墓连成了和山一样的气势，似乎要以大片大片地绵延向世人昭示死亡的有序与力量。父母都亡故的，墓碑上便刻着一对亡人的姓名，若是父母之一亡故的，墓碑上会给尚在世的一方留下刻写姓名的位置。预留的，是阴阳两隔的思念和生死之间的等待。

迟环旺的去世，给李嫦月带来的打击大概是任何人都无法理解的，悲伤在她的身体里结了霜。当天下午，李嫦月便开始卧床不起。迟禾在爷爷下葬的前一天下午，去看奶奶。

见她进屋，躺在炕上的李嫦月笑了，笑容里带着泪花。祖孙二人说话间，李嫦月把迟禾搂进怀里，在她脸上亲了一口，迟禾眼里瞬间涌满泪水。

在她的记忆里，和奶奶之间从不曾有过如此亲密的相处方式，这是第一次也是奶奶在世时的最后一次，她的感动冲破了全部的感情堤坝。祖孙俩抱在一起哭。那天，奶奶和她说了许多。说："你爷爷当了一辈子老好人，但不见得是个好丈夫好父亲。早些年趁你几个舅爷爷来家里处理事情，也一并把我和你爷爷之间积压的问题解决了，从那以后，心想着不在一个屋檐下，至少心里的疙瘩会慢慢松开，现在才知道分开生活解不了疙瘩，长年累月过日子就得各看各的好，紧紧盯住不好的，莫非真要盯到哪个先入了棺材埋了土。"迟禾没多问，奶奶心里的疙瘩到底有没有解开，时间早已给出答案。

又是春天，在过了一个漫长的冬之后，大地回暖。万物开始舒展的时候，李嫦月的身体却再也无法恢复健康，医院的诊断结果是肺癌晚期。迟柳迟禾去医院看奶奶，买了荔枝桑葚和樱桃，奶奶各样吃了点。家里没把病情告诉老人，可李嫦月自己心里有数。她给两个孙女说："看这医院里，这么多病人，人这一辈子，不好活，正是因为不好活，不容易，才更要往好活，哪怕活得简单些，健康高兴就好。以后遇到难事或者心里有委屈，就要想办法往前看，把那些难的委屈的熬过去，就不怕了。大好的时代，大好的日子，心要灵活些。奶奶的这两个孙丫头，柳柳看着内向，其实心里能装事，禾禾看着开朗，遇事反倒容易给自己放为难。人没有十全十美的，不要给自己太大压力，都要好好的。"

李嫦月说完，摸摸迟柳的头，再摸摸迟禾的头，又说一句："都给奶奶好好的。"

姐妹俩听着，眼泪无声。

向死而生，是不可脱离的生命规律。夏至日当天早晨，李嫦月离开人世。

依然是儿孙都在场的生死告别。迟柳哭着，轻轻抓着奶奶的胳膊，李嫦月声音微弱地说："别抓，疼，我要走了，让我好好走！"话落不久，就真的永远地走了……

论人生，谁能懂谁的无悔与遗憾、快乐与悲伤，满腔性情，终究因生而入，因逝而归。迟禾跪在地上，使劲磕头，她没有放声号哭，却放任泪流满面。她不停问自己，阴阳之间，天堂是独立的吗？

中午过后，天逐渐转阴，下起小雨。晚上，要掩棺。时间似乎被凝固了，李嫦月那倔强笃定、苍老却沐染过风华的容颜终于长眠为永恒的安详。那一夜，雨一直下，就像迟环旺下葬前的一夜，雪一直下。雨雪来过，将同样来过世间的人与雨雪共生的故事讲述完毕……

冬夏之间，不过半年，有些回眸却不觉笼罩着视线的迷蒙。抬起头，看不见的远方，也刻着悲伤。

爷爷奶奶的相继离世，使迟禾的情绪在说不清道不明的生存质疑中走向低谷。她发现，自己的心总在看似豁然的拧巴，感情也在看似通达的纠结。有那么几天，她坐公交车上下班，回家时，会提前几站下车，沿着夕阳染出的绚烂霞光慢慢走，暮色前的天空带着淡淡的温暖与欢喜。迟禾猛然意识到，即使在走路，身体也竟有些僵直，而且不只是此刻，原来精神的压力早已传导给了身体。她索性散漫些，把压抑与疲惫边走边撒在路上。几声清响的鸟叫，叫出了活泼与轻盈。

光阴继续款款而行，拂去落在过往的尘埃。

大多数的普通人，在日复一日的生活里，既渴望安稳如常，又隐隐希望突破寻常。陈妍给迟禾打电话，说工作环境早已熟悉和适应，只是，整个人又被套入程序化的框架，在琐碎无尽的细节中运转。问迟禾想不想去武汉听演唱会，她把机票和门票一起买上。迟禾跟陈妍说下次吧，她知道演唱会无法给养自己的情绪所需。

周五，天气不太热，吃过午饭，迟禾散步到司法所周边的稻田。远看，铺满金灿灿稻穗的稻田南边，整整齐齐坐落着一排排外观一致的平房，近看，每块田里都扎着稻草人。稻草人们穿着不同颜色的衣服，草帽也都有些区别，并不似她小时候在田里见过的千篇一律。她猜想：大概模样单一的稻草人已经唬不了变得更聪明的鸟雀了。

熟悉的农田，熟悉的稻香，只是在新农村建设的推进下，人居环境有了很大改观。通往村庄的路都被硬化过，下雨天，终于不必担心道路泥泞不堪，怎么回家的问题。

迟禾坐在田埂上，一个人安静简单的独处与大地天空的澎湃互相映照。她索性躺在地上，她哭了，把自己交给时间，交给身体下躺着的这片方寸之地。

神奇的土地，可以同时连接长眠与希望。不用抬头，天空的蓝便尽收眼底。几只小鸟飞过，像风来了又走了一样。

时间停下了，迟禾停下了，她等来了一直追赶在成长中的自己。她是那么慌张，生怕被未来丢弃，可是，见到躺在地上的迟禾，她笑了，迟禾也笑了，泪依然挂在脸上。

麻雀落在田埂上，仿佛在判断能否闯入不属于自己的世界，胆大的几只终于落在稻穗上，瞬间便引来叽叽喳喳叫着的许多只，扮演好稻草人的角色便是稻草人的极限。

交错的沟渠是农田的命脉，农田灌溉连着农耕的历史。迟禾起身，沿着田埂往路上走，中间跨过几条小渠，见过几棵开着毛茸茸粉嘟嘟合欢花的合欢树。小渠里的水引自秦渠，秦渠里的水引自黄河，伸手掬一捧水，像是对黄河的触摸。听不到青蛙的叫声，也见不到藏在水里草里的蛤蟆。自从农村开始探索节水高效灌溉模式后，像从前那样随意开闸口的现象也不复存在。可是，在迟禾心里，有秦渠水流过的地方，就会有不被迷茫湮没的明确方向。这么多年，她总是以"未来"为指向，上大学，考工作编制，结婚，可每看到一个未来，就会有下一个不可知的未来连着冲向未来的笨拙与鲁莽在哪个时间和地点等待。

她慢慢往司法所走，抛开了长久以来被小心翼翼巧妙隐藏的怯懦。看着金灿灿的稻穗和缓缓流着的沟渠水，她心想，就让所有未来的未来，都从此刻开始，既然生与死都有各自被安排好的归宿，又何必执迷。她爱家乡这片广袤且与众不同的土地，她将自己心灵的根扎在这里。

下午的工作结束后就是周末。下班后，迟禾去了一家装修布景很有风格名为"时光"的书咖店，找了书橱一角的位置坐下，取了本《约翰·克里斯朵夫》翻看。那本书让她回想起高考结束的暑假，一有闲暇，她便坐在蓬草丛生的秦渠边，听着水流的声音品读书中的内容，当时只觉世间纵有万般苦难，即便呼吸中都吐露着酸涩，也终将会被内心坚信的希望化解。

"又迎来了一个黎明！在黑沉沉的峭壁后面，一轮看不见的太阳在金光四射的天际冉冉升起。克利斯朵夫差一点儿倒下，最后终于到达了彼岸。于是他对孩子说道：

'我们到了！你多么沉啊！孩子，你究竟是谁呢？'

孩子答道：

我是即将诞生的日子。"

看着书里的文字，迟禾心里想道：根本没有即将诞生的日子，只有正在经历的每分每秒，以及每分每秒中看到和想到的一切，比如咖啡的热气腾腾和窗外柳叶油油的绿。眼下是生，即将诞生是死生之交。她或许依然卑微，依然不敢对生活怀有多少期待，她在劝解自己：生命原本虚无又怎可倚傍过多，过程无非随心尽力。

推门走出的顷刻，她的世界多了些许不浮不乱的柔韧，那些莫名的悲伤也随之舒缓。

十六、春盛

中秋节节前，迟元菲家葡萄树上的大青葡萄被商贩采买，只为过节留下一小部分，给兄弟姐妹都送些。

迟家的孩子们小时候都喜欢吃二姑家的葡萄，味蕾的感受告诉他们，二姑家的葡萄好吃，后来才知道二姑家院里的葡萄是有名字的，叫"大青葡萄"。院是土墙院、房是土墙房的二姑家，曾是他们走向长大过程的欢乐之所，长大后才发现，那一院房子足以称为危房。大概记忆被过多分享，以致记不起一院砖瓦房是何时以崭新的面貌呈现的，但一定也与葡萄架上一串串晶莹圆润的大青葡萄有关。整个村庄的发展与村民的收入都随着葡萄产业化种植发生改变。日子一年好过一年，迟元菲脸上也开始常常出现笑容。

节日当天，迟元易家几个孩子都早早回来。琛琛一进门就问："姥姥、姥爷，我的玩具在哪，我要和丫丫润润玩。"

迟柳说："你不给姥姥姥爷问好，倒先问玩具，姥姥姥爷可就不能给你找玩具了。"

琛琛挠挠头，又说："姥姥姥爷，舅舅舅妈小姨小姨父好。你们聊天，我带丫丫润润玩吧。"话说得有模有样，逗笑了大家。只是话音未落，眼睛忽闪忽闪已看向姥姥给找出的玩具。

五岁的琛琛以哥哥的身份带着四岁的丫丫和三岁的润润，让他们从箱子里挑自己喜欢的玩具，丫丫精准地拿出两个毛绒玩具和一个布娃娃，润润拿出一辆消防车和两个乐高人偶，琛琛选了一把玩具枪和三个人偶。三个小孩一台大戏，像是玩过家家，却又似乎加入了更丰富的只有他们才懂的情境设置。有需要时，琛琛会把姥爷和舅舅也拉入他们的玩耍队伍，父子俩也不扫兴，尽力按照琛琛的要求配合起来。有大人加入，小孩帮玩得更高兴。

没一会儿，迟谷就跟琛琛说："警察太厉害了，小偷投降了好吧。"

琛琛说："不能投降！"

听哥哥这么一说，丫丫和润润也说："不能投降！"

迟谷问："你们的游戏是不准投降的吗？"

丫丫说："爸爸不可以投降。小孩子才可以投降。"

迟谷说："可爸爸扮演的是小偷，小偷没有警察力量强大。"

丫丫看着爸爸，不知怎么办，又说："先投降一下，爸爸和我们再玩一局。"

迟谷笑了："那就听丫丫的。"

润润放下手里的玩具，问道："舅舅，为啥丫丫叫姥爷姥姥'爷爷奶奶'。"

迟谷转身向宋萱求救，宋萱从厨房出来，像迟谷一样蹲下，认真问道："润润，幼儿园每天放学谁接你呀？"

润润说："爷爷。"

宋萱说："咦？润润家里也有爷爷。那爷爷是谁的爸爸，姥爷又是谁的爸爸呀？"

三个孩子都说："爷爷是爸爸的爸爸，姥爷是妈妈的爸爸。"

宋萱说："你们太厉害了，都会回答问题，要给你们发奖品啊。"

孩子们一听，都兴奋起来。

宋萱说："不管是爷爷奶奶，还是姥爷姥姥，他们都特别爱你们，爸爸妈妈舅舅舅妈姑姑姑父小姨小姨父也爱你们。"

丫丫说："妈妈，我们有这么多的爱吗？"她以小孩子特有的认真，强调"这么"二字，边说话两个胳膊边使劲比画出个大圆。

宋萱说："比这个还要多很多很多。"

润润说："妈妈说天上有很多星星，有星星那么多吗？"

宋萱说："有星星的时候就像星星那么多，看不到星星的时候就像太阳和月亮那么多。"

润润说："可是太阳和月亮都只有一个，没有星星多呀。"

宋萱停顿一下，说："你们得到的爱像星星那么多，也像太阳和月亮一样，能照亮一切还独一无二。"

琛琛说："舅妈，看不见星星的时候怎么办？"

宋萱说："有时候，星星也会藏起来，和你们玩捉迷藏的游戏呀。"

丫丫说："哥哥，我们玩捉迷藏吧。"

三个孩子瞬间把注意力转移到了"捉迷藏"。

宋萱蹲在原地，像是蹲在心里隐隐酸涩的一角，可看着屋里的人和他们说话间无比幸福的笑容，她跟自己说：我也有很多很多爱！

正在准备午饭的迟柳说："嫂嫂太有耐心了，难怪琛琛和润润都喜欢舅妈。"

宋萱说："哪是我有耐心，是孩子有耐心和我说话，你不管说啥，他们都会用自己的语言方式回应，听着还有趣，多好。"

迟禾觉得嫂嫂说得太有道理，跟着说："大人和小孩相处，抛开个人的情绪干扰，只要能和他们认真聊天，基本就可以从他们的整个世界自由出入，小孩子的表达最直接，也不懂得给自己设下限制。"

迟柳说："平时和琛琛说话，我还是带了些敷衍，要改。"

迟禾说："我也得改，耐心我有，但认真说话这方面我做得也不好。"

梅清要进厨房和几个孩子一起做饭，她们不让，主要是体谅她平时辛苦，自从丫丫开始上幼儿园，梅清又多了一项接送孩子的任务。原是要在银川上，反复综合考虑后，还是决定让丫丫留在爷爷奶奶身边，和琛琛上同一个幼儿园，有什么事，迟柳也能照顾到。

亲情的包容性很强很开阔很宽广，父母子女间、兄弟姐妹间、祖辈孙辈间，都有其独特立体的情感呈现方式，其中最容易被忽略的大概就是那份看不见说不清的小心翼翼，不论是来自哪一方的小心翼翼。

操心丫丫，梅清和迟元易都很乐意，他们没觉得是给儿子帮忙，相反，是在建立祖孙之间相互陪伴与爱的关系。只是，带孩子的孩子，心里总归缺乏底气，尤其当丫丫生病的时候，磕着碰着的时候，做梦喊爸爸妈妈的时候。好些个夜里，梅清都在想着咋能让儿子一家三口天天在一起，不影响他们工作，也让丫丫有更好的成长环境。想来想去，不是丫丫来，就是他们去，他们去儿子家，带孩子是方便了，可即便亲如父母子女，一旦有了子女成家的边界，再把生活搅和在一起，总会产生诸多不必要的麻烦与负担。她闺女迟柳不就陷在表象不同本质相似的处境中吗，和公婆处在同一屋檐下，照顾老的，操心小的，没有能守得住的边界，没有自己独立的空间，连时间也并不由自己支配，家，多像是个披着温情外衣的囚牢，自家丫头心里藏了多少委屈和无奈，她还能不知道。

想多了，深夜也会叹口气，只好暂且如此，等丫丫快上小学时再决定。踏实地把眼下能做该做的事都做了，尽量往好做，是她活了这么多年总用来说服自己的道理。她不给事情讲道理，也不给困难讲道理，却常给自己编排点道理，这样，四处锋利的生活就会带着柔软。

迟柳打开冰箱，看见葡萄，说："一看就是二姑家的葡萄。"

梅清说："前天上午你二姑开着她的电三轮车，带了几箱葡萄，给我们几家各送了一箱。"

迟柳说："二姑定是想着晚上献月得有葡萄。"

"献月"二字直接触动了记忆的机关。记忆里的献月，离不开奶奶放在院中央的小供桌，桌上有奶奶精心摆放的贡品和香炉里点燃的三炷香。记忆里还有儿时唱过的儿歌，"八月十五月儿明呀，爷爷为我打月饼呀，月饼圆圆甜又香啊，一块月饼一片情哪……"

　　中秋又至。天上人间，长月无垠，可生有归期。迟柳心里叫着"爷爷""奶奶"，即便在这人世里再无一声回应。

　　迟禾和姐姐像是在同频进入相同的记忆、相同的忧伤与怀念。她有意提高点音量说："姐，给咱们洗点葡萄吃，多洗点。"

　　正洗着，琛琛跑过来问："妈妈，献月好玩不？"

　　迟柳说："献月可不是玩。"

　　"那是什么？我们现在能献月吗？"

　　"现在是白天，要等到晚上月亮出来才行。"

　　"妈妈，到底什么是献月呀？"

　　"献月是对着月亮祈福，把心里最美好的愿望悄悄告诉月亮。"

　　"我也要献月。"

　　丫丫润润争着抢着说："我也要献月，我也要献月！"

　　哲学家研究变与不变的哲理，社会学家研究社会变化发生的社会条件，老百姓们把所有的精力都往生活里放，谁会去想：为什么种地住平房的时候每年中秋夜都会献月，为什么不种地住进楼房后，就很少见哪家像从前一样献月了。

　　迟柳问迟谷，为什么会这样。

　　迟谷说："献月是人对天或者可以理解为对宇宙自然的敬畏，是愿望虔诚与朴素的表达。换个角度看，或许是一种文化态度，也可能含有面对现实的无力成分。几千年延续的传统农耕社会的生活绝非我们用大脑简单提供个画面就能理解的。战争、疾病、自然灾害、关系生存的各种物质条件和社会基础设施等因素，都会对人的生活与社会发展产生极大影响。对生活在社会底层的大多数人来讲，活着需要面对的最大命题就在于怎样才能活着。当人自身的力量有限时，就要在无限的空间里寻求更强大的力量，愿望既是活着的信念，也是给生存的安慰。我们以前和爸妈在地里干活，累不，当然累，可为啥还能顶着烈日流着汗，脸和脖子被麦穗稻穗扎到过敏起疹子却依然没有松劲，不就是觉得沉甸甸的麦捆和稻捆打场脱粒后就是生活的指望吗？是抱怨劳动还是感恩收获，显而易见。十多年前，那么冷的冬天，你俩不也要大半夜裹个被子在院子里等着看到流星雨许愿吗。为啥，是因为内心总有确定不了又惶恐不安的对成长的困惑。"

迟禾说："哥你说的这些，还是没有解释清楚为啥现在逐渐不献月的问题。"

"这个并不难解释。社会发展的不同阶段，生活水平不同，生活方式和生活观念也会不一样。各方面条件越薄弱的时候，人对自然的依赖就越强，相反，各方面条件都得到改善的时候，人就越容易相信自身的能动性。当然，这种相信依然是建立在人与自然和谐共生的前提下。不献月，不代表不愿望不祝福，而是将仪式化的愿望祝福内化到无处不在的生活细节里。可以献月也可以向月亮许愿，都是一种源于内心的关怀与解释。可以说'天涯共此时'，也可以说'但愿人长久'，可以众饮，可以独酌，天上月，人间况味。节日的仪式，过节的形式会与时俱进发生变化，但我们文化系统中生生不息的精神不会变，不朽的力量才是真正的内核。"

"哥，没点人生阅历，说不出这样的话呀。"迟禾继续问："你说人的精神生活在哪种状态下更易开花？"

"还得看怎么理解。精神花朵能否开放和开放的绚烂程度，也许并不取决于正向的追求，万一屡次求而不得该如何，或许更取决于逆向的承受、包容、热爱与不弃。"

宋萱虽说在做饭，可耳朵里也没落下他们兄妹的对话。她喜欢听他们在这样热腾腾的家庭生活氛围里同样寻常而又热气腾腾地聊天。

她看着迟谷，用爱恋与崇拜的目光。婚姻给了他们深入走向彼此的合理性与合法性，他们比热恋时更加深爱与依恋对方。迟谷是那么多情的男友，也是那么细腻的丈夫，他对宋萱的爱，坦诚、直接，在她面前，他成为一个最好的倾听者与倾诉者。宋萱对迟谷，是生活上的关心、照顾，精神上的共进、成长。

三个月前，宋萱大爹突发脑溢血去世，宋萱回去陪大妈度过几天最难熬的日子。大妈说，当年宋振死在汶川大地震中，她就想一死了之随儿子去，失去儿子她还咋活，她多希望老天取走她的命去换儿子生。见她那样，小儿子宋越泣不成声地说："妈，求你了，好好活着，你还有我呀！"

后来，她强制让自己打起精神，生活还在继续。她说儿媳还年轻，有选择自己未来生活的权利，至于正上六年级的小孙子，今后妈妈的家是他的家，爷爷奶奶家也是他的家，爷爷奶奶心里会一直惦记他。宋萱看着大妈那张被泪洗过布着岁月沟壑的脸，不知如何安慰，想哭，就哭吧。泪水里流着对大妈的同情，更流着忽然之间对"活着"这件再重要不过的事情的释然。往事如风，或许如风。大妈还说，熬过了那一次，便是一叶舟熬过了最猛烈的风浪。生死之别总要从心尖上扯层皮，她让宋萱安心回去工作，她能让死过去的日子再活过来！

回家后的几天，宋萱干啥事都提不起劲。迟谷知道，宋萱定是用环境的镜子，里里外外把自己的成长有形无形照了个遍。局限是人的真理，不能把别人怎么样，却可以跟自己过不去。

她不说，他也不问。两人中午饭都在单位食堂吃。只要不加班，迟谷下班就抓紧时间回家，进门换鞋洗手换衣服，接着就进厨房做饭，吃面就做手工面，炒面拌面臊子面酸汤面他都会做，也做得足够好吃；吃米饭，一炒一拌一汤都精心搭配烹调，土豆南瓜白菜茄子豆角等最普通的蔬菜，他会换着花样做。宋萱说迟谷做什么事仿佛都带着与生俱来的天赋和习惯性的专注。

有一次，宋萱正吃着，眼泪止不住地落到米饭碗里，和着饭菜一起吃，是幸福和感动的味道。

她哭了，迟谷却笑了，"我做的饭真的难吃到哭吗？"他夹着饭菜喂嘴里，一副细嚼慢品的样子，"也还可以，没有多好吃，也不算难吃呀。"

宋萱眼泪还挂在脸上，又笑了。迟谷帮她擦了泪，说："好好吃饭，周末咱带爸妈和丫丫走前旗，看看外奶和舅舅，让妈回趟娘家，回去后，你也感受下新时代牧民的生活。我问问看柳柳禾禾啥想法，能去最好都去。"

周末如约而至。迟谷和林舒开车，一大早就从家里起身。迟谷车上坐着父母妻女，林舒车上坐着迟柳迟禾和两个孩子，石子正在外省培训学习。

三百多公里的路程，城市、乡村轮替出现又轮替退出视野。瓦蓝瓦蓝的天空下，当羊群牛群和散跑的马匹出现在开满了各种不知名的花长满各种耐旱的草的辽阔大地上时，两辆车离目的地已不远了。

大人们基于各自的性格、经验与喜好，将感受感情的天线与苍茫无垠的天地连接。三个小孩子见到牛羊已经急得喊叫起来，想下车去看。迟谷跟丫丫说，到舅爷爷家就可以看到很多牛羊。迟柳跟琛琛润润说，到舅姥爷家让他们尽兴玩。

对其他人而言，车驶过的地方只是过眼的风景，对梅清，却是打上生命烙印的给养之地。酷暑严寒中，在哪放过羊，在哪遇见过狼，在哪打麻黄挣工分，在哪忽然乌云翻滚，电闪雷鸣，人和羊都被大雨淋透，每个场景都历历在目。她是个跟着生活往前走的人，往前走，就顾不得往回想，可眼下，每过一个有印象的地方，记忆的影像都会不请自来。前面开满大片马兰花的地方，是她开始对夜晚产生恐惧的地方。从小在牧区长大的她，走夜路是经常的事，她也从没害怕过，十二岁那年冬天，有一天放丢了一只羊，回家后肚子还没吃先挨了顿打，母亲水莲那时脾气很暴躁，不顾天已擦黑，外面很冷，手指重重戳在梅清额头，说找不到羊就别回家。

天地加起来都堆不满那天的寒冷和空旷。夜风吹过，眼泪在脸上结了冰，梅清边哭边不停"咩咩"地唤羊。不知走了多久，天更黑，肚子饿，心想着羊不会被狼吃了吧，又想着找不到羊连家也不能回，会不会自己也要被狼吃了，害怕，就看看天空中一闪一闪的星星，那么亮的星星，是被泪洗过了吗。

绝望之际，那只离群走丢的羊，像从天上掉下来般出现在梅清身边，她抱紧羊号啕大哭，紧接着，听到父亲在不远处唤她名字。她说不清那时的感受，就那么僵在原地，直到父亲拉着她的手，带她回家。

睡梦里，是走也走不出的黑夜，就像天不会再亮，太阳不会再升起。第二天，一切依旧，发生过的事没有痕迹，只要不想起、不诉说。发生过的事，却也长在了生命看不见的地方。

都过去了，都会过去。

迟谷说："妈，前面路口往哪边走？"

梅清说："往北走。"

迟元易已经很多年没陪梅清回娘家，眼里看到的都是变化，牧民的房子越盖越好，草场沙化得到较好地控制，远近的绿色连缀成起起伏伏的波浪。

车还没进院子，两只狗先狂叫一阵给主人家报信。因为提前打了电话，盼着亲人到来的家人，早早站在院外的油路上迎接。迟柳说："小时候每次来，外爷和舅舅都会宰一两只羊，屋里人喝奶茶吃炒米聊天，屋外的人剥羊皮，卸肉煮肉。大块肉煮好端上桌时，肚里的馋虫就全都爬出来了。"

迟禾说："不用小时候，指不定这阵子羊肉就在舅舅家的锅里煮着呢。我好像闻到肉香味了。"

亲人见面，握手、拥抱，好一阵问候。

十几分钟后，酥油茶，奶制品，炒米，凉拌的沙葱、西红柿、黄瓜，黄米饭，还有用羊粪火煮的大块羊肉分别摆在两个餐桌上。

几个小孩因为处处感受到不一样而好奇，又因好奇而兴奋。迟柳带他们到侧院从井里轧一桶水，把水舀到洗脸盆洗手。琛琛说："妈妈，我也想轧水。"紧接着就听到丫丫叫"姑姑"，润润叫"大姨"，都喊着要轧水。

迟柳说："先进屋吃点东西，等会我带你们轧水，把舅爷爷家的水缸都填满。"

屋里窗户开着，风吹进羊肉和酥油茶的香气，羊肉和酥油茶的香气也飘向风里。鸟雀飞过，听一屋子人说着说不完的家长里短，再飞到有刺猬、野兔的地方，讲给它们听。

水莲用剔肉刀把羊骨头上的肉剔下放到空碟子，给几个孩子吃。梅清看着母亲，剔肉的动作依然娴熟，只是缓慢了。这双手，给七个子女纳鞋底做鞋，缝衣服，洗头发；这双手，挤羊奶，酿酸奶，炼酥油，剪羊毛，堆羊粪；这双手，种玉米种瓜果蔬菜；这双手，也曾在几个孩子身上打下重重的巴掌印。很多年以来，她的手越来越像母亲的手，理解了母亲的手，也就理解了母亲的生活，理解了自己。

草原上的草一茬茬掀起绿色的波浪，又一茬茬在凛冽的寒风里成为大地最忠诚的倔强的坚守者。它们不知疲倦、不知寂寞，看草原上的孩子长大、母亲变老，看时间如何漫卷生死。

吃过饭，梅清三弟带大家去看正在饮水的羊，两千多亩的草场牧养着将近三百只羊、三十几头牛。还没走到羊圈，大羊小羊音调不一的"咩咩"叫声此起彼伏地传到柠条丛、玉米地和紫花苜蓿的花海中，也传到说说笑笑走过来的一大家人的耳朵里。

走在最前面的是六个孩子。梅清二弟家的二闺女果果，三弟家的闺女宁宁和儿子嘉嘉，几个孩子一直在纠正琛琛他们对自己的称呼。比琛琛大两岁的宁宁说："我跟你们的爸爸妈妈是平辈，你们不能叫我姐姐。"

琛琛说："我就叫你小阿姨吧。"

宁宁笑了，说："等会我带你们看一对双胞胎小羊羔，羊羔妈妈不认识你们，不让你们走近她的孩子，但她会听我的话，因为我每天都来看她，还和她的孩子一起玩。"

三个孩子从没见过那么多羊，高兴地直拍手，脚下踩了羊粪，也根本不理会。宁宁很快带他们找到了两只羊羔，几只小手轻轻摸着羊羔身上的卷毛，他们第一次感受到羊羔毛的绵密、柔滑和触手即有的温度。

下午，原打算到街中心的餐厅吃火锅，迟谷几个小辈说家里有烧烤工具和肉，不如买些烧烤调料、食材、水果饮料，自己动手吃烧烤。

烤肉啤酒歌声还有夜晚的篝火舞，都是那么真实的欢乐。活动停下的时间，是大家不论提起什么都能拉开话题的聊天。迟柳宋萱和迟禾听三舅妈吐槽舅舅，"根本不会操心孩子，操心羊倒是好得很。鼻炎一犯，啥活都干不成，把我忙得连日子都不想过了。"

三舅妈丽华是榆林人，比三舅梅锦小九岁，比迟柳迟禾还小两岁。迟柳问："舅妈嫁给我舅舅后悔了不？"

丽华说："不知道啥是后悔，也没想过，就算嘴上说日子过不了，照样要好好往前过。哪样的生活都是生活，让我像你们一样坐办公室上班，我也不会。我这样子的水平就过我这样子的生活，有你舅舅，有两个娃娃，有那么大的草场，那么多的羊，天天看太阳升起来落下去，够好了。"

迟禾说："舅妈太厉害了，这么能干，话还说得这么有道理，我舅舅娶媳妇也太有眼光了。"

舅妈笑了，喝了啤酒的酒窝醉了。

眼前的一切，无不透着美好，宋萱的情绪被深深感染，她把自己彻底放下，交给了夜晚的草原与星辰，交给了酣睡的羊群。她心里忽然有个奇怪的想法，想种下风的种子，五彩斑斓，在她生活的每个地方和需要有风的每时每刻，伴随花朵阳光，伴随面条米饭蔬菜瓜果，伴随运动中舒展的身体。不死不灭的风，成为她生命的信使，在已知与未知之间，希望着不死不灭的希望。

人大多是极易满足的，也极易说服自己从各种处境里走出。正如丽华所说，天天看太阳升起来落下去。从早到晚，想着要穿什么样的衣服；要把重复的工作怎样创新提效、体会更大价值感地往好做；要吃如何搭配的三餐；要在什么时候看场电影，读书追剧；要和谁一起聊天或是搭伴运动，打球游泳放风筝都可以。

每天都有那么多需要考虑的事情和需要摆正的情绪，凌乱、充实、满足、疲倦、痛苦、欢乐都挡不住生命滚滚而行的规律。一转眼、一抬头，发现花谢了，草由青转黄，杨树叶、银杏叶从树上一片片恋恋不舍地落下，难免慌张起来。小满、芒种、夏至、小暑、大暑、处暑、白露，在释放了所有属于节气的美好与浪漫后，抵达到需要抵达的时间与地方。

生活里，总有愿望。人类一路从四处无涯的时间长河溯岸而行，走出了熠熠生辉、多元一体的文化，愿望是文化构成中不可缺失的表达。中秋节的表达，是月光的抚慰。

吃过午饭，迟柳教几个孩子玩羊拐。

听到敲门声，丫丫去开门。只听丫丫甜声甜语地问了声："奶奶好。"随后，见白二妈崔四妈一人提着水果一人提两条鱼边回应丫丫的问好边进了屋。白二妈说水果是从娘家果园里现摘的，崔四妈说鱼是迟科钓的黄河鱼，拿回来刚拾掇好。

梅清道谢，二人说："几乎每年中秋都吃大嫂做的月饼，都是相互的，不说谢。"

确实，这么多年相处过来，一个"谢"字，于她们而言显得客气与生分。以前，一起到田里干活，面朝黄土晒背朝天的太阳，汗水顺着脸颊流到庄稼上，渗进土地里，等风吹来，掀起层层麦浪，丰收便指日可待。从初为人妇，到慢慢理解女人生儿育女持家的长久琐碎不易，她们有种无声默契地陪伴，她们知道各自生活中经历的难过与欢喜，又都在简单朴素的愿望里照耀所有能照得到的光明。更多时候，平凡的日子在一顿好吃的饭、一件满意的衣服、丈夫一句体谅的话语面前便自动闪闪发光。

夜幕初降，圆月温润的光在天空渐渐散开，洒向大地，家家户户的灯火似乎比往常更亮。月亮的影子落入秦渠，以天地为距离的高悬与流淌，在诗意的拥抱中，化孤独为炽热，由炽热而平静深邃。

翻开日记本，迟禾看看之前的记录，再把近期的生活一番梳理。这么多年过去，没人告诉自己也没人能告诉自己生活的每一天将如何到来，发生的一切当如何发生。迟禾想起白天哥哥说的话，"精神花朵能否开放和开放的绚烂程度，也许并不取决于正向的追求，万一屡次求而不得该如何，或许更取决于逆向的承受、包容、热爱与不弃。"

她写道："总是心怀美好，以为明天也总会是自己想要的模样，直到有一天，具备了可作思考的思考能力，才发现明天便是明天本身的模样。哥哥说，'万一屡次求而不得该如何'。是该庆幸还是要感恩，是我所求皆所得还是本就无所求。生而怯懦，也生而热烈。怯懦让我在没有底气的事情面前总想逃离，热烈又让我总会找到下一个合适的转角。生活中暂时消解不了的负面因素，便去包容，若是包容也无计可施，索性先学会承受。月是勇敢的，无论圆缺，都在发光发亮，是本质，也是使命。"

一场秋雨，祭奠了整个秋天。人的一生，最后也要交给一场或盛大或简单的葬礼，死亡，来不及也经不起告别。

从小就有哮喘病的迟元芬，在秋冬之交天空飘着小雨的一个上午，停止了呼吸，谁也不知道她在生的最后时刻，经历了怎样的挣扎。丈夫韩澎像平常的任何一天一样，边出去锻炼边买些家里需要吃的用的东西。妻子去世时，他正在给菜摊摊主结账，手里提着土豆、茄子、青椒和西红柿。出门时，天只是有点阴，没觉得会下雨，好在雨不大，不影响回家。儿子女儿们联系业务的联系业务、上班的上班，迟元芬一手带大的小孙女正在课堂上跟着老师领读的节奏读课文。

韩澎到家后习惯性地敲门，见屋里没反应，他拿出钥匙开门。进屋后，看到的一切让他的心瞬间抽搐，蜷在地上的妻子，额上的血已经顺着脸颊凝固。韩澎边唤妻子的名，边颤抖着手拿手机打急救电话，随后又给三个孩子和迟家几个妻弟妻妹打了电话。

迟元芬终究告别了像是从哪借来的一辈子，告别了拥有一世缘分的亲人，以无知无觉斩断了辛苦一生所求的结果，来不及留恋，像碎裂的碗碟，撒落的稀饭小笼包和破了屏握不到手里也拨不出号码的手机……

总有些孩子，会在远远近近的时间距离，失去母亲、失去父亲、失去不想失去的人、怀念总想怀念的事。安葬亡人后，墓碑上依然会先刻上一个人的名字，旁边给另一个会在死亡里相逢的人留下位置。

亲人们开始担心韩澎的状态，韩澎说让大家放心，元芬只是走完了自己该走和要走的人生之路，属于他的路，他会带着和她的记忆，很好地走下去。他是他自己，他又何尝不是另一个元芬呢。

阿宝媳妇怀了二胎，就快生了，元芬生前常和韩澎念叨说要是个男孩该有多好，有儿有女得是多大的福气。腊月中旬，一个八斤多重的胖小子出生，小名叫念念。

年三十当天开饭前，迟元易几兄弟和梅清几妯娌到社区划定好的烧纸区域给迟环旺李嫦月烧纸。孙子孙女们在家的也跟着父母一起去了。

中午，一大家人都在迟元易家吃饭，宋萱和婆婆还有妯娌们下厨，十几道分量足且荤素、凉热搭配适宜的爽口菜很快上桌。迟元易拿出迟谷带回家的两瓶宁夏贺兰山东麓葡萄酒和两瓶老银川白酒，有酒下菜，吃喝更尽兴。青萝卜炖羊肉、酱牛排、红烧鱼、油炸带鱼、凉拌椒麻鸡、水煮大虾、青椒平菇炒肉、藕片木耳胡萝卜小炒、生菜牛肉小炒、蒜蓉粉丝娃娃菜、炒油麦菜、炒西蓝花、凉拌豆角、凉拌海带、凉拌韭菜豆芽和豆皮，外加一盆小吃丸子汤。每碟菜都有自己的颜色与味道，合一块儿就像大片大片长在地里的庄稼，开在草原的花儿，汇入江河的水和飘在天空的云朵，自然形成一种气势。饭菜的气势勾起人食欲的本能。

迟茉忍不住拿手机拍了张照片，发了图文并茂的朋友圈。宋萱也拍了不止一张，洋溢着满脸的笑按下发送键，发到只有她和迟柳迟禾三人的微信群。

先收到迟柳的信息，"想立刻回去"。

紧接着闪出迟禾的信息，"晚上一起回去放烟花"。

宋萱回复，"太好了，等你们"。

正看信息的迟柳一阵默然心酸，她发现"想"是个很不靠谱的字，"想"如何是一回事，能不能如何是另一回事。她的身上没有枷锁，而此刻，除了忙碌，她所想的，什么也做不了。

看着照片里的饭菜，还有笑语盈盈的家人们，迟柳继续发出信息，"年三十的活为啥还是多得干不完。"像是在自嘲，也像是需要一种她自己也知觉不了的安慰。

"姐，你忙，咱把今天没放的烟花留着元宵节放，不是更热闹吗。"

"好。"

"咋都行，新年快乐就好。"宋萱的心愿全在那几个再朴素不过的字组成的意义里。

是呀，新年快乐便足够美好！

锅碗瓢盆的声响里，天地万物的栖息下，艰难从未远离，诗意也紧紧跟随。

临近春天，一场冬雪，醒了世界。

阳光一天天明媚起来，小草的芽尖终于冲破枯黄的土壤，村庄里的鸡鸣狗叫也跨过整个冬天的沉寂，在一个新的春天欢歌嘹亮。

春播让农田和即将生长的庄稼共同奔赴宿命的归属。

工作的人，怀着新的目标，要在既有重复又有创新的劳动过程中，更完整地把自己与自己承担的使命连接。

花开了，雨落了，在秩序的层次里细密绵延。

周末下午，陈妍约迟禾户外骑行，电话里，她说："要不要骑上心爱的自行车，同赏一路花开，共沐一季春光。"

迟禾说："此约甚得我心，欣然相应。"

两人沿秦渠北岸，从东向西，持续骑行十几公里，没有明确的目的地，却心照不宣地到了一起工作过的学校门口。南门前大片的苜蓿和三叶草，长势正好。沙枣树的叶出得略迟些，树身特有的泛着银光的灰绿得过些天才能见到。铁栅栏里边，是校园的正式地界，紫花槐树，挺拔成排，新芽与枯叶互不干涉，各占枝丫，几只喜鹊绕树追逐，正在西下的太阳把剥离了热烈的光洒在树梢、洒在草隙、洒在脱了黑漆的栅栏边。

陈妍说："我现在才明白，所有的改变，最后都得想办法回归。像这树上的新叶与枯叶一样。"

迟禾说："我的哲学家，脑瓜子又往哪遨游呀！"

"算了，不能回头，就继续前进。"

"算了，就算你语无伦次，我好好听就对了，听着听着没准就明白了。"

"你懂我的语无伦次。"

"意思太深，我不懂。好像就听出了点后悔。回什么归。你不回，也得归。生命原本就是个大循环。"

"特想辞职。"

"之后呢？不知该支持你深思熟虑地盲目，还是劝你自觉主动地清醒。"

"我在想，怎么就把自己活成了一个干啥提不起啥劲的人。前段时间，把两份工作一比较，还是觉着当老师好，可仔细想想当初迫不及待要逃离的窘态，又冷静地意识到，被放弃的已确定是经过选择的不适合。"

"所以结论呢？"

"结论，结论就是想辞职了。"

"辞职多简单，写个辞职报告，后面有多少人需要你这个岗位来确保自己不会风餐露宿。"

"想开个书店、花店之类的，也不至于风餐露宿。"

"开店要是简单，读了那么多年书还考什么编制呀。"

"唉……"陈妍一声叹息，"就是烦。"

"别总把'烦'字挂嘴边，不烦都得烦。多半是在冬天给冻傻了，这不是春天来了吗，多好。"

"也是，满目山河不假，眼前更重要，我该好好整理整理自己的认知系统和情绪了。"

"看来没傻，还有救。允许自己短时间失常，但不能把失常当常态。也别总去想什么价值意义追求之类的，都是些相对命题，看你自己需求而定。

专心工作，积极生活，就是一切。"

"自我对抗该如何？"

"没有对抗，何来统一。博大精深的中国传统哲学思想，提供给我们的，不仅有世界观，还有方法论，以前你不都说得头头是道吗。"

"我是典型的知行不合一，遇到不顺心、遇到情绪障碍，就容易一叶障目。"

"那就把那小小一片叶子拿掉吧，别负了大好春光。"

"说得对。继续往西还是返回？"

"回吧。"

"有人陪行陪聊陪感受可真好。"

"听出来了，我今天发挥大作用了，在用亲身陪伴，治愈一个可怜的孤独症患者。"

"这话不虚，确实如此。为表感谢，骑回去吃点好的。光叨叨我了，你最近工作状态咋样？"

"挺好，有种和教学不一样的踏实。以前总觉得承受不了有形无形的各种附加期待。现在，每调解好一场纠纷，处理好一件事情，效果就立竿见影地直接呈现，不内耗还有获得感，刚好也喜欢这样的工作环境，简单不热闹。"

"你心态是真好。"

"心态好是带有概率成分的，得感谢成长的平稳顺利，感谢精神层次的供需平衡，更要感谢性格里自带的欲求不多与容易满足。"

"我也学着些吧，就看学不学得来。"

"各自成性，不用学，也没法学。你就是你的全世界，只需调整，无需改变。调整到一个能让自己舒适生活的节奏中。"

"都听你的，接受。这些天身边好多人都在谈论迟庄村的原村支书马武，转变反差也太大了，忽然就从满身荣誉的先进模范村干部变成被执行逮捕的违法犯罪分子，家人也被牵扯进去不少。"

"没守住初心，没经起诱惑，侵犯人民权益，毁了自己，也毁了家庭，天网恢恢，道德审判不了的，法律义不容辞。"

"世事变幻莫测，我以后不再无病呻吟了，好好上班，好好挣钱，好好生活，当个快乐的善良人。"

"孺子可教。我这会子更关心咱回去吃啥。"

"想吃啥就吃啥，饭钱我掏得起。"

"应该感谢你的工作让你能掏得起饭钱。"

"还绕不过去了，拜托，我的姐，我再也不提辞职了。"

"哈哈……"

那天，两人的沿渠骑行追日落而去迎月升而归，途中春风不躁，花草清芬，没有忙碌和喧嚣，一切都是自己本来的样子，就像秦渠的产生与存在，千年间始终以固有的方向与姿态横亘在西北地区一片深沉的大地上，秦渠水载着使命汨汨东流，无分晴雨，流过不知多少季节、多少昼夜！

流逝是孤独，活着与离别，都是孤独。

和任何一个下班的下午一样，迟禾想着下午饭该吃啥，下公交车走了一会儿，路边有菜农摆摊卖菜，青萝卜大葱都惹眼得新鲜，要吃什么立刻有了答案。买菜付钱，回家后快速行动，争取能吃上饺子。刚把羊肉解冻，就听到开门的声音，林舒接润润回来了。闻到浓浓的葱味儿，林舒跟润润说："你猜妈妈在给我们做啥好吃的？"

润润也不回答，拖鞋还没穿利索就往厨房跑，回头说："爸爸，我猜妈妈要给我们吃饺子。"

迟禾逗润润，"不吃饺子吧！"

润润一副乖巧认真的模样，说："妈妈，我又不是三岁小孩，你骗不了我的。"

"不是三岁，那你几岁？"

"我都快四岁了！"

"哈哈，好吧，你已经长大了，妈妈确实骗不了你。"

林舒说："儿子，你的妈妈在行动上没骗你，结果上肯定会骗你。"

润润说："我相信妈妈。"

"媳妇，你相信自己不？"

"多少有点不相信，有你一起的话我就相信自己了。"

夫妻俩你言我语边聊天边做饭，润润在客厅地毯上坐着看绘本。

饺子和蘸料端到桌上时，一家人脸上笑出了不一样的花朵。

吃完收拾妥当，迟禾用留下的萝卜大葱羊肉继续剁馅，准备第二天给自己父母林舒父母和姐姐家都送过去尝尝。心里正想着，迟柳发来信息，姐妹俩平时都喜欢把每天做的饭菜互相拍照分享，一看信息，迟禾笑了，姐姐家里也吃饺子，只不过是韭菜鸡蛋馅的。

迟禾洗漱时，父子二人已熟睡。关了卫生间的灯，迟禾轻轻走进书房，安静地坐在转椅上，看向窗外。月光比往日黯淡些，树枝的摇摆，是风的耀武扬威，绿叶几分不舍几分忧伤地看着冬天里未褪尽的枯叶从树上掉落。还未来得及收回送别的目光，又听到雷声响起。大地已经做好接受洗礼的准备，可是，几声闷雷并未催来急雨。

从小喜欢听打雷声的迟禾，多少有点失望，心想这雷鸣是小气了些。

凌晨四点多，收到妈妈发来的语音，说三妈张萍走了。

又是明知无常始终存在但面对时依然猝不及防的沉痛与无力。往日种种，叠加着往脑海涌现。

到三爸家时，长辈们都在。

迟朗迟朴红肿着眼睛看大妈和元溪姑姑给自己的母亲穿上老衣。

十几年前，张萍确诊红斑狼疮，这些年一直吃药调控。人是在医院去世的，清醒时，还说迟柳包的韭菜鸡蛋馅的饺子好吃。当身体的疼痛开始抢夺生命时，张萍气息微弱地给自己深爱的丈夫说，别难过，人都有这一天。要是可能，有合适的，就给自己再找个伴。这些年，因为她的病，让他跟着受累了。

迟元展早已泣不成声，怎能放下，如何舍得，可她，终究是走了……

天亮了，是个晴天，张萍的亲人们要在这个晴天完成一场和她有关的送别，而她已在无知无觉中放下了所有，也归还了所有。

屋里，不知多少双脚匆匆忙忙走来走去，在各自的分工与任务中，走乱了往日属于这个屋子的秩序。阳台上摆的几盆花开得正旺，玻璃罐里腌好的酸菜只吃了一小半，冬天晒好的红枣还在竹篮里放着，它们依然在自己一如既往的轨迹里，没被切割，没被抛弃。

时间与生命互相裹挟，互相拥抱，或生或死，或悲伤或喜乐，总是行往相同的方向。生活在秦渠两岸的人们，本能地恋着哺育他们的这方水土，或许他们什么也不懂，不懂远方，不懂深刻，不求问意义，便在浅薄之中，守着希望，烟火腾腾，星辉照耀。

公园里，广场上，吃过下午饭的老年人中年人，聚在一起跳广场舞，路过的小孩子、年轻人有时也跟着节奏跳一跳，一曲结束，另一曲开始。

夕阳下，沙枣花的金黄，槐花的洁白，汇成大地的芳香。喜鹊们三五结伴，从这棵树飞到那棵树，热闹地叽喳。过往的人不知道它们在时光里飞过多少年，它们也不知道过往人的故事。秦渠岸，迟柳迟禾身倚雕栏，看着霞光波光辉映下粼粼漪漪的秦渠水。迟茉迟碧带几个孩子嬉闹玩耍。

风来了，她们是风，花开了，她们是花，雪落了，她们是雪。

她们看到，有多少人站在夕阳的无涯里，循着秦渠水，走向更深的无涯。先踏入时间的人，先抵达时间，先与后又有何区分？

春盛时，春归处，踩着通往夏天的长河……

生命行进的相当长的一段时间里，我曾是个快乐的孩子，无知无畏，也不担负任何责任与使命。

一季一季，田里的稻麦发芽、成熟、收割，记不清从哪天开始，一阵风吹过，吹醒了少年的生命知觉，从此，天开地阔的世界忽然裂开一道缝隙，一道刚好够一个人挣扎生活的缝隙。那时候，我并不知缝隙原来也有自己的成长轨迹，可明可暗、可伸可缩、可葱郁可荒芜。

守着期盼往前走，走过后才发现前路也总有不易与艰难。有时，我想从忙得停不下来的光阴里逃跑，可我哪有逃过光阴的本事，只好站在原地，怯懦又笨拙，任碾压而过的声响扯出生疼的寂静。我的爷爷奶奶也似这寂静一般被死亡收回活过的痕迹。我哭，他们听不见，找不到回响的泪却将生命的缝隙淹出一条蜿蜒曲折的河流，溯岸而行的人们从未讲述过他们的故事。

当我能真正理解万物相融、相爱、相对抗、相依偎的道理时，思念才算有了着落。人如蝼蚁，并非蝼蚁卑微，只是人和蝼蚁一样，都守着各自的生命轨迹。那些人，始终没有讲述自己的故事，他们把自己和与自己相关的一切都交予无数日出日落，直到日落之后再也看不到日出。也许，本就无人在意他们的故事，就像无人在意我爷爷奶奶的故事。

可他们的故事却重叠在我的岁月，流入那缝隙生出的河流。我的怯懦，我的笨拙原是我蜷缩立命的摇摇欲坠的壳，可他们竟然像个背叛者，硬生生把我从壳里推出去，让我去疼痛、去迎接、去讲述被风吹走的故事……